幼馴染のエリートDr.から
一途に溺愛されています

目　次

幼馴染のエリートDr.から
一途に溺愛されています

第一章　ＹＵＫＡと優花

「今日の投稿も、フォロワーの反応が良さそうだね」

八月五日、十三時。

ＳＮＳの画像投稿サイトに投稿したばかりの私の写真は、投稿と同時に押される「いいね」とコメント欄の通知ですごいことになっている。

画像を投稿する際にコメントを受け付けない設定もできるけれど、クライアントであるＫＡＴＯ《カトー》からフォロワーの反応が知りたいとの意向を受け、誰でもコメントを書き込める状態にしているせいで、私のスマホの通知欄は投稿後しばらく途切れることがない。

リプライはよほどのことがない限り誰にも返していないけれど、それでもコメントを書き込んでくれるフォロワーさんからの通知で、スマホはいつもパンク状態だ。

私は投稿の通知を切ると、声の主でありＫＡＴＯの十和子《とわこ》さんこと加藤《かとう》十和子に溜息を吐《つ》きながら返事をする。

「みんな、よくこんなどこの誰かわからない人にコメントとか送るよね……」

投稿した写真は、プロのカメラマンが撮影したもので、事前に十和子さんからこの投稿のためにメールで送られてきたものだ。写真に写る私の顔は、メイクさんが施《ほどこ》してくれる化粧のおかげで、まるで別人のようだ。いつものことながら、自分なのに自分じゃないように見えるプロの技術には驚かされる。

今回の写真のコンセプトは『存在感』ということで、唇に塗られた口紅が際立つメイクと表情を求められていた。

撮影衣装は、いつもコスプレでSNSに投稿しているフリルがたくさんついたゴスロリ系の可愛いものではなく、大人の女性を意識させる、身体のラインがはっきりと出るセクシー系のドレスだ。これも胸にパッドを詰めて、ウエストはコルセットで締め付けて、ヒップラインも綺麗に見えるようガードルと着圧タイツを穿《は》いてボディメイクも完璧だ。

これはもう、自分でも詐欺だと言いたくなるくらい、メリハリの効いたナイスバディに仕上がっている。今回の画像は、地毛をおろしたもので、胸元に垂らした髪は、洗い流せるスプレータイプのヘアカラーで明るい色に染めている。

「どんな表情でも、うち以外に露出がない『YUKA《ユカ》』の個人アカウントで、今日は新色発表の告知投稿なんだから、嫌でも注目されるわよ。それこそ他のSNSの動画投稿サイトでもアカウント作ったら、三次元のYUKAが見たいファンが多いからみるみるうちにフォロワー増えるわよ？」

十和子さんの言う『YUKA』とは、私、宮原優花《みやはらゆうか》の別人格で、私は本業の医療事務をする傍らYUKA名義でSNSにコスプレ画像を投稿している。

十和子さんの揶揄《からか》い気味な発言に、再び溜息を吐《つ》きながら言葉を返す。

「勘弁してくださいよ……ただでさえ、すぐにこうやって通知がいっぱいになっちゃうんだから、私にこれ以上アカウントを増やせるわけないじゃないですか。それに万が一、身バレした時が怖いし。普段のコスプレの時だって結構な数の通知があるのに、ＫＡＴＯの化粧品に関する投稿なんて、もう恐ろしくて自分のアカウント触れませんよ」

　アカウントの分散も考えたけれど、今でさえこのように通知の渋滞が起こるのだから、もう一つ別のＳＮＳアカウントを開設したところで同じ現象が起こるだろう。そう考えただけで、ゾッとする。

　私はＳＮＳからログアウトすると、スマホを鞄の中にしまう。そんな私の様子を見て、十和子さんはこれ見よがしに盛大な溜息を吐《つ》いた。

「相変わらず優花ちゃんは素っ気ないわね。今をときめくＫＡＴＯの専属イメージキャラクターだけでなくて、この際、こっちを本業に切り替えて本格的に芸能界デビューとか考えてないの？　それこそフォロワーの中には、大手芸能事務所のスカウトとか、スポンサーになってくれそうな企業さんだってたくさんいるでしょう」

　私がスマホを片付けたからか、十和子さんは自分のスマホをバッグから取り出すと、ＹＵＫＡのアカウント投稿と、フォロワーの反応をチェックし始める。

「芸能界だなんて、とんでもない！　私がそんな器じゃないの、十和子さんが一番知ってるでしょう？　それこそフォロー返しをしたらＤＭ攻撃されるのが目に見えてるし、この仕事を始めたせいで十和子さんや兄にも迷惑かけたから、ＫＡＴＯで仕事を引き受けてからは誰一人としてフォローしてないんだし。両親も私がＫＡＴＯのイメージキャラクターをやることに反対こそしなかったけど、実際にはあまりいい顔をしてないし、もしそんなことになったらきっと卒倒しますよ。それに化粧を落としたら、地味顔の私のことなんて誰一人として見向きもしないんだから」

数年前から私は、ひょんなことから十和子さんの実家であるＫＡＴＯという化粧品会社のイメージキャラクターに起用されて、ＹＵＫＡの名前で広告塔のような役目をしている。

このＹＵＫＡ名義のＳＮＳアカウントで晒《さら》している私の顔は、すべて十和子さんやＫＡＴＯの美容部員さんたちの手によって作られたもので、素顔の私とはかけ離れた仕上がりだ。おかげでリアルな知り合いでも、今のところ私があのＹＵＫＡだと気付いた人は誰もいない。

「もったいないわねえ、せっかく綺麗にメイクして別人のように変身してるのに。それこそお見合いなんてやめて、うちの弟と会ってみない？　すぐにでも紹介するわよ？」

私にお見合い話が来るまで、十和子さんは初恋の男の子を忘れられない私に向かって『新しい恋をするべきだ、弟を紹介する』と言って弟さんとの食事会をセッティングしようとしていた。そして私は毎回、それを角が立たないようにやんわりと回避していた。

眉毛を少し描き足して、まつ毛をビューラーでくるんと上げるだけでも全然印象が変わる。ＹＵＫＡに変身する時はそれに加えて日頃使わない色のアイシャドウやチーク、口紅などで別人のようになるのだ。ＹＵＫＡの一面だけを見て素の私を知らない十和子さんの弟さんはどう思うか……。

七月下旬に今回の新色のスチール撮影があり、その数日後に父からお見合い話を打診されたのだ。

いつもなら兄が、私の耳に入る前にお見合い話を握りつぶすところだけど、今回はそうさせまいと父が先に手を回していたようで、どうにも回避ができない状態だった。

この時点でお相手の情報はまだ何も聞かされていないけれど、ＹＵＫＡとしての活動をする際に父と交わした約束で、どうしてもそれを破るわけにはいかないのだ。

「いやいや、父との約束なのでとりあえずお見合いはしますけど、結婚まで話が進むかは……。それに、十和子さんの弟さんだって私の素性を知らないんだから、シンデレラの魔法が解《と》けた私にはきっと興味ないと思いますよ」

「そんなことないってば！　優花ちゃんは自分を過小評価しすぎよ。優花ちゃんは素顔でも充分可愛いんだから。弟もＹＵＫＡのアカウントをフォローしてるけど、あの子ならＹＵＫＡの正体を知っても、きっと驚かないわ」

今日はＫＡＴＯが手掛けているブランドの一つである『Ｔｅｍｐｔａｔｉｏｎ《テンプテーション》』の口紅の新色発表日だった。

発売日は十月十日。先ほど会社のホームページに情報解禁されており、そのタイミングに合わせて、私のアカウントでも新商品を使った広告用の画像を投稿公開したのだ。

その名の通り、このブランドのトータルコンセプトは『あなたを誘惑する』であり、今回の口紅はそこから派生する『存在感』をテーマに売り出される。

写真撮影は事前に終わらせており、今はＹＵＫＡではなく素の私、宮原優花の姿である。十和子さんに初恋の男の子、尚人《ひさひと》くんの話題を振られてからの弟さんアピールはいつものことである。

今回は趣味のコスプレの投稿ではなく仕事の投稿だ。ＫＡＴＯ側の指示での撮影だけに、いつも以上にフォロワーの反応が気になってしまう。

今でこそ宣伝アカウントとして活用しているけれど、元々このＹＵＫＡ名義のアカウントは、学生の頃に趣味のゴスロリやドレス姿のコスプレアカウントをフォローするために作ったものだった。

小さい頃から夢の国や童話に出てくるお姫様が大好きだった。幼少の頃のアルバムを見ると、フリルがたくさんあしらわれた洋服ばかり好んで着ていたのがわかる。

その中でも特別な思い入れのある服は、小学校に入学する前親戚のお姉さんの結婚式で着用するために買ってもらった淡いピンクのドレスで、本物の花嫁さんが着るドレスのようにスカート部分にボリュームの出るパニエもついている。

結婚式の時だけ袖を通すのはもったいないと思い、結婚式の前に試着して父の職場へ遊びに行きそこで出会った男の子――尚人くんに、まるでお姫様みたいだと褒めてもらえたことがとても嬉しかった。それ以降も、綺麗に着飾って病室へ遊びに行くと、尚人くんは喜んでくれた。今思えば、これが可愛く着飾りたいと思うきっかけだった。

でも、そのような可愛いお洋服を普段着で着用していたのは小学校を卒業するまでで、中学は校則が厳しくて有名な、大学までエスカレーター式の女子校である私立聖華《せいか》学園を受験し進学した。

聖華学園は良家の子女が多く、校則も厳しいと有名な学校だ。制服がとても可愛く、基本的にはどこへ行くにも制服の着用が定められている。制服に一目惚れした私は、むしろそれが着たいがために中学受験を志願した。

一方で両親は、本当は中学受験などさせずに子どもをのびのびと育てたいと思っていたようで、私が受験したいと口にした時、何度も意志を確認された。校則が厳しいこと、良家の子女らしい振る舞いを今以上に求められること。両親と何度も話し合い、それでも『どうしても可愛い制服が着たい』という私の邪《よこしま》な気持ちは揺るがなかった。

そして希望通り、聖華学園中等部を受験し、合格した。

私のように中学から受験して聖華学園に進学する人は意外と少なくて、多くは幼稚園や小学校からの内部進学者同士ですでにグループができていた。当時は親しい友人がいなかったため、休日に同じ学校のお友達の家へ遊びに行くことはなかった。でも外出時の服装も制限されていたため、塾に通う時も制服で、小学生の頃に好んで着ていた洋服は外出時に着用する機会がなくなった。

けれど制服は可愛いし、外出の際『あ、聖華の子だ』と羨望の眼差しで見られることには優越感があった。

人から注目されることに快感を覚えたのはこの頃からだろう。だから、SNSに投稿するのは別として、昔から可愛いお洋服を着ることに抵抗はなかった。けれど、その一方でいくら可愛いお洋服を着ていても、それを着こなす自分の顔立ちには自信が持てなかった。

＊　＊　＊

それから時は流れて——私は十七歳、高校三年の夏。

私と兄は学年は五つ離れているけれど、私が早生まれなので六歳年の差兄妹だ。そんな兄は、当時十和子さんとお付き合いをしていた。

二人は大学時代の同級生で、十和子さんはよくうちへ遊びに来ていて私とも仲良くなった。

「ねね、優花ちゃん。世の中にはこんなに可愛いお洋服がたくさんあるんだし、本格的にコスプレして、それをＳＮＳのアカウントに投稿しない？　顔バレが嫌なら、絶対に優花ちゃんだと気付かれないように私がお化粧してあげる！　だからお願い、私にプロデュースさせて！」

自宅で寛《くつろ》いでいた時だから、私は当然普段着だ。この頃になると、自分の趣味全開の服と、顔立ちのバランスの悪さは自覚していた。

でも可愛いお洋服を愛《め》でることは相変わらずで、そのような服は、購入しても箪笥《たんす》の肥やしになっていく。その一方で、自分で着る服は昔に比べると控えめになっていた。

十和子さんは大学を卒業後、家業であるＫＡＴＯに就職し、女性に磨きをかける勉強のためにエステ部門で女性のボディメイク、フェイシャルエステ後のスキンケアやメイクなどを学んでいた。

十和子さんの唐突な提案に私は驚きを隠せなかったけれど、そんな十和子さんの言葉を後押しするように、兄の学《まなぶ》が援護射撃をするような発言をした。

「いいな。せっかくだから、優花をとびきりのお姫様に変身させてみてよ。何なら俺がカメラマンやってもいいからさ」

「あ、それいいわね。いっぱいコスプレして写真撮りましょう！　せっかくだから優花ちゃんに似合うお洋服選びたいし、今よりも、もっと可愛いお洋服を着てお化粧もして楽しもう」

何だかんだと、兄と十和子さんに言いくるめられた感は否《いな》めない。けれど、最終的に頷《うなず》いたのは私の意思だった。

こうしてコスプレイヤー、ＹＵＫＡが誕生した。

コスプレは、その時の十和子さんの気分でメイクや洋服が決まる。

私は小さい頃から夢の国のお姫様が大好きだったので、それを知った十和子さんが選ぶ服は、フリルがたくさんあしらわれたゴスロリ系の服が多い。

けれど、時々十和子さんや兄のリクエストで、私たちが小さい頃に流行っていたアニメのキャラクターや少年マンガで連載されているマンガのキャラクターに扮《ふん》した格好をしてみたり、クリスマス時期にはサンタクロースになってみたりと、その服装は多種多様だ。

コスプレ用の写真を撮影する時は、絶対に私がＹＵＫＡだとわからないように、普段の私とは全然印象の違うメイクを施《ほどこ》してもらって撮影していた。もちろんウィッグとカラーコンタクトレンズは標準装備で、加えて撮影した画像はフィルター加工で実際の肌とは色味を変える仕上がりにしたりと、ひと手間をかけることも忘れない。

「だって私、母の好みで小さい頃はドールハウス系のおもちゃばかり買ってもらって、着せ替え人形は持ってなかったもん。だから、優花ちゃんを今以上に可愛く、綺麗に変身させたいの。それにうちには弟しかいないから、優花ちゃんが等身大の着せ替え人形みたいで、今、すっごく楽しい！」

十和子さんは瞳をキラキラさせてそう私に訴えた。

そんな十和子さんに、私が言い返せるはずもない。私はいつしか十和子さんのリアル着せ替え人形と化していた。

コスプレをするといっても、コスプレの聖地に出向いたり、コスプレイベントに参加するわけではない。ただ十和子さんと一緒に選んだ服に着替えて、十和子さんがそれこそまるでおとぎ話に出てくる魔法使いのように、私を別人に変身させてくれる。それを兄が写真に撮り、ＳＮＳアカウントに投稿していた。

服に合わせるアクセサリーも一緒にコーディネートしてくれたけど、それに関してどうしても譲れない点が一つだけあった。

それは、昔から大切にしているバラのモチーフのブローチを、どんな服を着用していても写真で見える場所に着けることだ。

そのブローチは洋服のイメージに合わない時もあったけれど、これだけは、何があっても譲れなかった。

だって、それは、初恋の彼がくれた大切なものだから……

事情を話すと、それこそ十和子さんは少女のようにはしゃいで初恋の君に届くようにと応援してくれたけど、兄はいい加減現実を見ろとばかりに呆れ顔だった。

いくら化粧で印象が変わるとはいえ、当時はやはり気恥ずかしさもあり、しばらくの間は写真を投稿しても、アカウントに鍵をかけていた。そしてフォロワーも当時は兄と十和子さんの二人だけの三人で、ひっそりとコスプレライフを楽しんでいたのだった。

この頃から、動画投稿用のＳＮＳに投稿してみたら？　と十和子さんは提案していたけれど、ひっそりとコスプレを楽しみたかった私は、それを受け入れられなかった。そんな私の様子を面白がって、兄も着飾った私の写真をいっぱい撮ってくれた。

私も最初の頃は兄や十和子さんと一緒に画像を選んでいたけれど、その膨大な枚数に辟易してしまい、最終的に画像選択は二人にお任せしていた。

いっそのこと投稿も兄に任せようと思い、兄のアカウントでコスプレした写真を投稿してもいいよと話を振るも、兄のアカウントは鍵をかけておらず他の人も見ることができる状態なのに優花の写真を俺が勝手に投稿するわけにはいかない、そんなことをすれば優花の正体もバレるし個人情報を大事にしろと厳しく注意された。

それ以来、私は兄の言葉に従って、スマホの通話アプリに二人が選んだデータを送ってもらい、それを投稿していた。

そんな風に楽しくコスプレライフを楽しんでいたけれど、風向きが変わったのは、それから二年後の早春だ。

聖華女子大学に進学し、大学生活にも慣れた二年のお正月。再び十和子さんに声を掛けられた。

「ねえ、優花ちゃん。今度うちの会社から若い子向けのスキンケアブランドが出るんだけど、先行モニターやってみない？　優花ちゃんのメイクをしながらいつも思ってたの。優花ちゃんってお肌も綺麗だし、何よりうちの化粧品がめちゃくちゃ映えるの！　その土台となるスキンケアも、モニターになればうちの新しいブランド、無料でお試しができるよ？」

それこそ有無を言わせない勢いで、私には十和子さんの提案に頷《うなず》く以外の選択肢は与えられていない。

ＳＮＳのアカウントは、それこそ最初の頃はさすがに全く見ず知らずの人が誰でも気軽に閲覧できることに抵抗があり鍵をかけていたけれど、高校を卒業した時に思い切って鍵を外してみた。すると、コスプレに関心のある人からフォローされ、フォロワーからの拡散により徐々にフォロワーの数が増えていった。

中でも熱心なフォロワーさんは何人かいて、それこそコメントは残さないものの、いつも投稿する写真に対して『いいね』ボタンを押してくれる人が何人かいた。

その中でもハンドルネーム『ＮＡＯＴＯ』さんは、後から聞いた話によると十和子さんが紹介したいと言っていた弟さんらしく、私がアカウントの鍵を外した時に、真っ先にフォローしてくれた人だった。

十和子さんの弟とはいえ、会ったことのない人だ。

ＮＡＯＴＯさんのアカウントは、アイコンが設定されていないし、私が写真を投稿したら、いいねは押してくれるけどコメント欄に特に何も書き込みもされていないからフォローを返したりもしていない。

ＮＡＯＴＯさん以外にも、コメント欄に『次はギャルのコスプレが見たい』とか『看護師さんのコスプレをお願いします』など、リクエストをくれる熱心なフォロワーさんも現れるようになり、こうしていつも反応をしてくれるアカウントはいつの間にか私の記憶に刷り込まれていた。

写真を投稿する頻度はまちまちだ。

初めて投稿した当時、私は高校三年生だったけど、兄や十和子さんは社会人一年目で忙しい時期だった。土日で十和子さんと予定が合えば一緒に洋服を買いに行き、その後メイクをしてもらい、兄が写真を撮影していたから、一か月に数回不定期で画像をあげていた。

いつしか兄は仕事が忙しくなり、写真撮影も十和子さんが担当することになったけど、ありがたいことに投稿のたびにフォロワーは少しずつ増えていった。

「もちろん、素顔や個人情報を外部に漏らしたりしないわよ。今度、ちょうど優花ちゃん世代をターゲットにした新しいスキンケア『Ｉｎｎｏｃｅｎｔ《イノセント》』を売り出すんだけど、社内ではさすがに該当する年齢の従業員がいないから大学生や社会人の若い女の子の使用した感想が欲しくて、会社のＳＮＳアカウントでもモニター募集の投稿をしてるの。だから優花ちゃん一人だけじゃないし、やってみない？」

思えばこの言葉を素直に受け入れたがために、後に気が付けば、あれよあれよとイメージキャラクターに抜擢されることとなったのだ。

ＫＡＴＯは国内の化粧品業界で五本の指に入る大手の会社で、色々な世代に合わせたスキンケアやメイクのブランドが多数ある。テレビＣＭにも有名な芸能人を起用して、順調に業績を上げていた。有名ブランドのスキンケアを無料で体験できるなんて機会はそうめったにない。

私は十和子さんの申し出を受け入れて、モニターとして新ブランドのスキンケアを使わせてもらうため、事前に肌水分量と肌のキメをチェックしてもらった。

そしてモニターを引き受けて半月が経った頃……

「優花ちゃん、スキンケアセットを使い切ったら教えてね。今度会う時に肌水分量と肌のキメを再チェックするからね」

十和子さんの言葉に、私は素直に頷《うなず》いた。

モニターなのだから、肌の状態をチェックされるのは当然のことであり、私自身も納得していたことだった。けれど、その数値を測定するために赴いたＫＡＴＯ本社で、突如たくさんの大人に囲まれた私は、ＫＡＴＯのイメージキャラクターに起用されることとなった。

どうやら、私がコスプレでＳＮＳに画像を投稿していることを、十和子さんが事前に上層部の人たちへ話をしていたようだ。

「うちの会社のスキンケアで、きちんと一か月間肌の調子を整えたから、今まで以上に絶対化粧が映える！　私を含め、プロの仕事を信じて。今まで以上に優花ちゃんだとわからないような仕上がりになるから！」

十和子さんのひと言で、ＫＡＴＯの中でもトップクラスの技術を誇る美容部員さんの手によって、私の顔は過去最高の変貌を遂げた。それを目の当たりにしたＫＡＴＯの上層部の人たちにイメージキャラクターとして契約してほしいと拝み倒されて、断るに断れなくなったのだ。

以前、十和子さんがＫＡＴＯの社長令嬢であることは本人から聞いていたけれど、ＫＡＴＯの専務取締役という役職に就いていて、加えて次期社長なのだということをこの時に初めて知った。

会社の人たちからは「優花ちゃんを通じて、メイク一つで女の子の可能性が広がる、どんな自分にでもなれることを伝えたい」と熱烈にプレゼンされたものの、素顔を晒すのなら私はイメージキャラクターの話はなかったことにしてほしいと断り、最終的には私の意見を尊重する十和子さんの決断でＹＵＫＡの素性は明かさないように調整され、現在に至る。

それまではアカウントもフォロワー数が数十人程度だったはずなのに、ＫＡＴＯのイメージキャラクターを引き受けて宣伝用の画像を投稿したら、自分の手に負えないレベルにまでフォロワー数が増え、今ではインフルエンサーと化している。

＊＊＊

「会社のアカウントも反応がすごいけど、ＹＵＫＡのアカウントのほうがいいねもコメントもかなりの数だよ？　何かお礼の言葉とか発信したら、それこそファンも喜ぶんじゃない？　特に古参のフォロワーさん辺り。その中にうちの弟も含まれるけどね」

十和子さんが意味深な口調で私に語りかける。

「うーん。昔から投稿しっぱなしで私は特にフォロワーさんと個別にやり取りなんてしたことないですけど……」

「そうね、そうだったよね。特定の人とやり取りなんてしてたらそれこそ炎上しちゃうわよね。でも、もしお見合いが上手くいって、結婚することにでもなれば……。お相手の考えもあると思うけど、ＹＵＫＡの活動を終了することになるとしたら、その時は自分のアカウントできちんとご挨拶はしたほうがいいと思うわよ」

十和子さんの言葉に、私は頷《うなず》いた。

今回のＴｅｍｐｔａｔｉｏｎの新色発表の場が、私のＫＡＴＯのイメージキャラクターとして事実上最後の仕事だったのだ。

私がＫＡＴＯのイメージキャラクターを務めてからもう六年。ＫＡＴＯと私の契約は、一年ごとに更新されている。まさかこんなに契約が続くと思っていなかっただけに、正直驚きを隠せないでいる。それだけこのブランドが、世の中の女性たちに支持されている証拠だろう。寂しいけど、父と交わした約束で、もしかしたら私はこのタイミングでＹＵＫＡとしての活動を終わりにしないといけなくなるのかもしれない。

＊　＊　＊

新色発表の日から二十日ほど経った、八月最終週のある日——

「優花ちゃん、院長がお呼びよ。至急ですって。片付けは私がしておくから、もうそのまま上がっていいよ」

内線電話を受けた同僚の崎田《さきた》ルミが、受話器を置くと私にこう告げた。

ルミさんは私より二歳年上で、事務所内では年齢が一番近い。後輩は私以外にもいるけれど、病院長の娘である私のことも他の職員さんと分け隔《へだ》てなく同じように接してくれる唯一の人だ。

今日はお昼の時間に、長年片思いをしている相手が病院にやってきたのだと他の同僚に話をしていたのを耳にしたので、ルミさんはいつも以上にご機嫌だった。

時計は十八時二十分を少し回ったところだ。外来の受付時間は十八時までなので、現在は受付時間外。受付カウンターは、会計の窓口以外カーテンを閉めている。

ここは宮原病院。地元でも大規模な総合病院で、私の父はこの病院の院長だ。

そして私は大学を卒業して、ＫＡＴＯのイメージキャラクターを務めながら、この病院で受付事務として働いている。

ＫＡＴＯの件は、父と事務長をしている兄と、税金の関係で副業を申請した経理部長以外は誰も知らない。けれど、私が院長の娘だということは、病院に勤務するみんなが知っている。

時間外とはいえ仕事中にこのように父から呼び出しがあると、職場の人たちには余計な気を遣わせてしまうので申し訳なく思ってしまう。特に事務所には事務長である兄もいるだけに、院長の身内である私までいると色々とやりにくいだろう。

「ありがとうございます……ではすみませんが、お言葉に甘えてお先に失礼します。後はよろしくお願いします」

私は事務所内に残っている人たちに聞こえるように声を掛けると、手早く机の上を片付けてロッカーから荷物を取り、足早に事務所を後にした。

この病院の本館一階は、外来の診察室、二階は検査室や外来の患者さん用の喫茶スペースなどがあり、三階に院長室がある。本館に隣接する入院病棟は五階建てで、階ごとにそれぞれの症状や診察の科に応じた病室がある。

私は事務所を出て、通路の奥にある病院関係者専用エレベーターへと向かうと、目の前にあるボタンを押した。行き先は、もちろん三階の院長室だ。

院長室のある三階に繋がるエレベーターは、ここともう一か所、守衛室横にある。一般の患者さんが使うエレベーターからは行けないように、館内にある他のエレベーターは二階までしかボタンがない。エレベーターの中に入ると閉ボタンを押し、次いで三階行きのボタンを押すと、深呼吸をした。

父が職場で私に声を掛けることはあるけれど、こうして呼び出すことはめったにない。それだけに、何かあったのかと不安になる。

今朝も父と家で顔を合わせたけれど、その時は何も言われなかった。もしかしたら、今日の勤務で患者さんからクレームを受けたのかと考えたけれど、それらしき出来事は何もなかったはずだし……一体何だろう。

エレベーターは瞬く間に三階へ到着した。

扉が開くと私は再度深呼吸をして、廊下の一番奥にある院長室へと向かった。

このフロアは、他のフロアと雰囲気が違う。病院というよりも、まるで高級ホテルのＶＩＰルームに続く廊下のようだ。

この病院には、それこそ地元の名士や有名人もお忍びで入院されるので、それなりの内装にしているのだろう。入院病棟の特別室がある最上階フロアも、ここと同じような内装である。

私は院長室の前に立つと、意を決してドアをノックした。

「どうぞ」

中から父の声が聞こえたので、私はそっとドアを開けた。

「お疲れ様、もう仕事は終わったのか？」

父は執務用の机から顔を上げると、立ち上がって応接ソファーへと移動する。

「ルミさんが気を遣ってあがらせてくれたの。院長からの内線ってだけでみんなが緊張するの、お父さんもわかってるでしょう？」

「ああ、悪かったな。ドアを閉めたらこっちに座りなさい」

父がそこへ座るように促した。

私はその言葉に従いドアを閉めると、父の前のソファーに腰を下ろす。

「もう診療時間が終わったから、大丈夫かと思ったんだ。呼び出して悪かったな」

言葉で謝罪の気持ちを告げていても、実際は全然悪いと思っていないのがこの父である。院長権限で、こうやって急に呼び出すことはやめてほしいものだ。

「で？　用事は何ですか？　家では話せない内容ですか？」

少しつっけんどんなものの言い方になってしまったけれど、父は一向に気にしていないようだ。むしろすぐに話をしたくてたまらないとばかりにその表情は柔らかい。

「いや、そんなことはないけど、早く優花の耳に入れたくてな」

そう言うと、応接テーブルの上に置かれていた封筒に手を伸ばす。そしてそれを私に手渡した。

「これは……？」

手渡された封筒は封がされておらず、中を開くとそこには、釣書と書かれた文字とお見合い写真らしきアルバムが入っていた。

「優花、この前話していたお見合いの件だが、お相手は小さい頃うちの病院によく入院していた尚人くんだ。覚えてるかい？」

父の言葉に、私は驚きを隠せない。

まさか……そんなはずはない。

だって、尚人くんは私が中学校へ進学する年に引っ越して、その後どうしているかなんて知らない。一体どのような接点で父と尚人くんが再び繋がったのだろう。

先日行われたスチール撮影の数日後に、父から突然告げられたお見合いの話の詳細がここでようやく明かされる。あの時はまだ釣書も写真も用意できていなかったけれど、以前優花と約束した条件のお相手が見つかったから、心の準備をしておくようにと言われてそれっきりだったのだ。それだけに、私は驚きのあまり言葉が出なかった。

「小さい頃、身体が弱くてうちによく入院していただろう？」

突如、思い出話が始まった。早く結論を聞きたいけれど、ここで遮《さえぎ》れば話が逸れる可能性もある。

私ははやる気持ちをグッとこらえ、父の言葉に耳を傾けた。

「優花には内緒にしてほしいと言われてたから話してなかったけど、実は当時から医者になりたいってよく相談をされていたんだよ。成長と共に喘息も治って体力もついていたし、外来通院もしなくてていいくらいに回復したし」

父の語る尚人くんの話に、私は当時を懐かしく思い出しながらも、自分の知らない彼の顔を知っている父に対して羨ましいと思うと同時に少し嫉妬した。なぜならこれまで、尚人くんに関する話を私には一度もしてくれなかったのだ。

私は相づちを打ちながら父に話の続きを促した。

「一時期京都に引っ越して、この地を離れていたけど、その間にすっかり身体も丈夫になって。こちらに帰って来てから、一度診察したんだけど、もうすっかり健康でね。小さい頃に真面目に治療を頑張った成果が出たよ」

小さい頃からずっと入退院を繰り返していたのを目の当たりにしていただけに、私は父の言葉に安堵した。

尚人くん、元気になって本当によかった。

「勉強も人一倍頑張って、大学も医学部に合格して、一人前の医者になったところだよ。この前の学会で一緒になって、その後二人で食事をしたんだ。その時に尚人くんはまだ独身って言ってたし、優花とお見合いしてみないかって聞いてみたら、快諾してくれてね。尚人くんなら、優花のことも小さい頃からよく知ってるし、父さんも安心して優花のことを任せられる」

未だ父の言葉が信じられず、私は封筒を持ったまま固まったままだ。

私の兄は医師にはならず、現在この病院の事務長をしている。

本当は父も、兄に医学の道に進んでもらいたかったようだけど、あいにく兄は昔から指先が絶望的なレベルで不器用だった。

専攻する科にもよるけれど、医者になるには、大抵は手術がつきものだ。

人の命にかかわる仕事なので、指先の不器用さが致命傷となり、兄は医学の道を諦めざるを得なかった。そして病院の将来を考えて、経営の道に進んだのだった。

その当時は父もかなり落ち込んでいたけれど、私が医師と結婚すればその人に病院を任せられると考えたのか、私が大学に進学した途端、お見合いの話を持ち掛けるようになった。

兄は現在三十二歳で、私は二十六歳。私が早生まれだから、六歳年の差でも学年で言えば五年の差だ。

高校生の頃は、まだお見合いや結婚の話は直接の話題には上らなかったけれど、付き合っている人の有無は折に触れてずっと確認されていた。

中学から女子校に通っているから男性との接点はなく、おまけに免疫すらないのだから、彼氏がいるだなんて嘘を吐《っ》いた日には一発で見破られる。おかげで今日まで私は誰ともお付き合いなんてしたことはない。

これまで勧められた縁談は、どれも父のお眼鏡に適うだけあり、お相手はそれなりに素敵な方々ばかりだった。でも、必ずと言っていいくらい三十歳を過ぎた人ばかりで、私との年齢差がありすぎた。

そんなに離れていたら話題も合わないし、絶対に上手くいくとは思えなかったので、私はお見合い話を受け入れる条件をつけた。

そして私も、父と交換条件として約束をしていたのだ。私の条件に合う人間が見つかったら、KATOのイメージキャラクターを辞めてそのお相手と結婚すると。

私が条件として挙げたのは、お見合い相手は兄よりも歳が下であること、浮気などせず私を一途に愛してくれる人、趣味でコスプレをして画像投稿していることを否定しない人。

年齢に条件をつけたのは、兄からすれば義理の弟となる人間が、自分より年上というのは何となく嫌なんじゃないかと思ったからだ。

医師になるには医学部で六年学び、医師免許を取得してから二年間、臨床研修として研修期間がある。俗にいう研修医がそれだ。現在の日本では、どんなに若くても二十六歳以上の人間しか医師になれない。

兄よりも年下の人となれば年代が特定されるし、一途に愛してくれる人は、世間一般的な倫理観では当たり前のことだけど浮気なんてするような人はまず受け付けない。

そして三つ目の条件であるコスプレをしていることを否定しない人、これが最も重要なことだった。

お見合い相手の個人的な趣味に、私はとやかく言うつもりもない。だからこそ、ありのままの自分を受け入れてくれる人ならば、一生添い遂げることができると思ったのだ。

ＫＡＴＯの仕事を辞めても、趣味の範囲でＳＮＳのアカウントに可愛い服を着て投稿できるならそれでよかった。

だからこそ、この三つはどうしても譲れなかった。

こうして少しでも自分が好きなことができる独身の時間を稼いでいたけれど、兄が二十七歳になった途端、改めて父は私にお見合いを勧めてきた。

条件としては申し分のないお相手でも、勝手に兄が釣書を見て気に入らなかったと邪魔したり、父を落胆させていたのも事実だ。

それ以来、父は何も言わなかったので、しばらくはお見合いの話もないだろうと勝手に思っていた。

けれど……ここにきて、またその話を蒸し返してくるとは思ってもみなかった。しかも相手は尚人くんだなんて。

父はよっぽど嬉しかったのか饒舌《じょうぜつ》になり、一人で色々と私に話をするけれど、その内容はほとんど頭の中に入ってこなかった。


現在KATO本社には、YUKAの特大ポスターや等身大のパネルが大々的に飾られているけれど、KATOと契約当時のYUKAの知名度なんて、皆無に近い状態だった。

芸能人でもない素人で、SNSのコスプレアカウントしか露出がなかったのだから、それは当然のことだ。

でもKATOが新商品のイメージキャラクターとしてYUKAを大々的にメディアへお披露目すると、あれよあれよと世間から注目を受け始めると同時に、YUKAのアカウントはみるみるうちにフォロワー数が増えた。

そしてYUKA名義のアカウントは、過去の投稿画像にまで遡《さかのぼ》って日々いいねやコメントの書き込みがされ、通知欄には見たこともないくらいの通知が表示されるようになった。

素性を明かさない謎のコスプレイヤーＹＵＫＡとは一体何者だ。ＫＡＴＯという老舗有名化粧品会社の戦略に、マスコミ各社から本社に取材の申し出があったと聞いて、身バレしないように情報発信には気をつけなければと改めて自分に言い聞かせた。

それだけならまだしも、私がフォローしている兄と十和子さんのアカウントをフォローしたりと、私の周辺を嗅ぎまわる動きを見せ始めたことで、これは大変なことになるのではと震えあがった。けれど、こうなることを予想して、この頃にはすでに二人ともアカウントに鍵をかけていた。

元々二人とは別の通話アプリでも繋がっているから、フォローをやめても特に問題はない。

三人で話し合った末、兄と十和子さんは私をフォローしているアカウント自体を削除した。

後日、別名義で再度アカウントを作り直してフォローしてくれたけれど、これ以上迷惑を掛けられなくて私からはフォローしなかった。

父は、ＫＡＴＯの仕事は私がやると決めたことだから最後まで責任を持ちなさいと、敢《あ》えて何も言われなかったけれど、内心はかなり心配していたことだろう。

このことがきっかけなのかどうかはわからないけれど、この頃から兄と十和子さんの仲は少しずつおかしくなっていった。

それまでに小さなすれ違いもあったのかもしれない。詳しいことは私も聞いていないし口を挟むつもりもないけれど、私が大学を卒業した頃には、二人は円満に付き合いを解消したと十和子さんから報告を受けた。

この件について兄からは何も聞かされてはいないけど、兄が私のお見合い話を何だかんだと理由をつけて片っ端から邪魔していたのは、十和子さんと別れたことで、再びシスコンモードになったからだと思う。

それにこの頃は私も結婚なんてまだ先の話だと思っていたから、兄の行動に感謝していたけれど、それを言葉に出していない。

両親も、兄の前でこの手の話題はまずいと察したのか、しばらくの間、恋愛やお見合いといった色恋が絡むワードは禁句となった。

父からのお見合い攻撃が落ち着いた頃に、十和子さんからは私も恋をすれば新たな魅力が引き出されるから合コンをしようとか、いつものように弟を紹介したいと言われるようになった。

のらりくらりとかわすこと数年、再びのお見合い話だ。

「尚人くんに優花の釣書を渡さなきゃならないから、今日帰ったら用意しなさい。写真は成人式のものでいいだろう。他の写真は特別に用意する必要はないから」

父が言う『他の写真』というのは、ＹＵＫＡの写真のことだろう。

尚人くんは、私がＹＵＫＡだということを知っているのだろうか。もし知らなかったら、知った時にどのような反応をするだろう。そして私のコスプレのことをどう思うだろう……

父と一緒に病院を出ると、まっすぐ自宅へと向かった。

父が経営する病院なので、自宅は病院の敷地内にある。

昔から緊急搬送される救急車のサイレンの音を聞いて育った私は、その音を聞いて父が家を出て病院に向かう姿を尊敬の眼差しで見ていた。

小さい頃、父は私のヒーローだった。

患者さんの怪我や病気を治して、その患者さんが元気な姿で退院していく姿を遠目から見ていて、とても誇らしい気持ちになったものだ。

父は内科を専門としていたけれど、小児科も時々診察で受け持っており、尚人くんはそんな父の患者さんの一人だった。

第二章　初恋の相手

尚人くんこと佐々木《ささき》尚人は、私より二歳年上で、当時父の病院に入退院を繰り返していた。

私が尚人くんと話をするきっかけになったあの出来事はいつのことだっただろう。

たしか、私が小学校に上がる直前の春休みで、私の六歳の誕生日だ。

この時、尚人くんは体調を崩して入院していた。

季節の変わり目で喘息の発作が出たのだ。

あの日は早咲きの河津桜が蕾《つぼみ》を膨らませて、春の訪れを今かと心待ちにしていた。

私は親戚の結婚式に着ていくドレスに袖を通し、結婚式の日を指折り数えて待っていた。素敵なお洋服を着ると、気分も上がる。お洒落する心に年齢なんて関係ない。私はそのドレス姿をみんなに見てもらいたくて、こっそり家を抜け出すと、父の病院へと向かった。

病院の敷地内に自宅があり、夜間や緊急時、医師の数が足りない時や担当医が間に合いそうにない時は父が駆けつけるのだ。

自宅から病院へは夜間通用口が最短距離の場所にあり、父も緊急時はここから病院内に入って行く。

夜間通用口は、二十四時間警備員さんが守衛室に勤務している。

「あれ、優花ちゃん？」

私に声を掛けてくれた警備員さんは、顔なじみの松田《まつだ》さんという父よりも年配のおじさんだ。

自宅の庭先や病院の敷地内で遊ぶ私に、いつも気軽に声を掛けてくれるうちに親しくなった。

「こんにちは、お父さんはいますか？」

幼稚園児の私を、あからさまに子ども扱いしない松田さんのことが大好きだった。

「こんにちは。今日は素敵なお洋服を着てるんだね」

「うん、来週親戚のお姉ちゃんの結婚式でフラワーガールっていうのをやるんだっ。だからこれ着ていくの」

フラワーガールとは、バージンロードに花びらを撒きながら花嫁を先導する女の子のことである。欧米の風習で、バージンロードを清める役割と言われている。可愛い服はもちろんのこと、初めての大役を任されたことが嬉しくて仕方なかった。

「フラワーガール？　それはすごいね。そのお洋服、優花ちゃんによく似合ってるよ。院長は、多分院長室にいるんじゃないかな？　ちょっと内線で確認してみるね」

「ううん、大丈夫。直接お部屋に行ってみる」

電話の受話器を手に、内線番号をダイヤルしそうになる松田さんを私は止めた。

「え、あっ、優花ちゃん！」

松田さんの忠告をスルーして、私はそのまま病院の中に入った。

廊下で立ち止まる私の後ろ姿に松田さんはすぐに追いついたはいいけれど……

「院長室って……どこ？」

私の呟《つぶや》きを聞いて思わず吹き出している。

「え、まさか優花ちゃん、方向音痴？」

「違うもんっ、ここから病院の中に入ったことないから場所がわからないの」

本館一階の外来にはよく出入りしていたけれど、正面玄関以外から建物の中に入ったことがなかったのだ。

それこそ体調を崩した時に父が在宅時は自宅で診察してくれたりするけれど、基本的にはみんなと同じで、お薬を処方する時や予防接種などは病院の小児科でお世話になっている。

この夜間通用口が病院内のどこに繋がっているかすら知らないし、診察の部屋が描かれている案内図を見たところで幼稚園児の私に漢字なんて読めないのだから、迷子になる確率は非常に高い。

「わかった、ここでちょっと待っていて。院長が今、どこにいるかを確認したら、私がそこまで連れて行ってあげるよ」

「本当？　ありがとう。じゃあここで待ってるね」

松田さんが守衛室に戻り、内線で父の所在を確認してくれている間、私は廊下に設置されているベンチに座って、壁に掛けられている絵画を見つめていた。

それは誰が描いたかはわからないけれど、満開の桜が咲き誇る春のワンシーンを切り取ったとても素敵な絵で、病院の敷地内に植樹されているソメイヨシノを思わせるものだった。

「お待たせ。院長、今、入院病棟にある特別室の患者さんのところにいるって。優花ちゃんと年の近い男の子が入院してるから、良かったら優花ちゃん、そっちに来てほしいって院長が言われてるんだけど、どうする？」

特別室という言葉に、私は興味が湧いた。入院病棟なんてもちろん足を踏み入れたこともないけれど、両親が時々家の中でも話題にする特別室というお部屋に一度入ってみたいと思っていたのだ。

「行ってもいいの？　行ってみたい！」

「わかった。じゃあ一緒に行こうか」

松田さんに連れられて、私はこの日初めて入院病棟の最上階、特別室があるフロアに足を踏み入れた。

エレベーターから出ると、テレビドラマで見るような病院の清楚なイメージとはかけ離れたゴージャスな装飾が目に入った。幼稚園児でも、ここは本当に病院なのかと目を疑うくらいに煌《きら》びやかなフロアだ。

「特別室は、この突き当たりだよ。私は仕事に戻るから、じゃあね」

「松田さん、ありがとう」

松田さんは最上階に足を踏み入れることなく、そのまま一階まで下りていく。エレベーターの扉が閉まるまで、私は松田さんに手を振っていた。

エレベーターが動き出したことを確認すると、私はたった今松田さんに教わった通り、突き当たりの部屋に向かって歩き始めた。

特別室の入口に、名前のプレートは差し込まれていない。

ＶＩＰ待遇の患者さんだから個人情報を外部に漏らさないための措置なのだと、ある程度の年齢になれば理解できたけれど、この時は何一つ知らなかった。そもそもこの部屋を使う人はめったにいないため、看護師たちも誰が入院しているかは申し送りで情報を共有しているから、名前を掲げる必要がない。

ドアの前で中に入っていいのか悩んでいると、突然ドアが開いた。

「優花、待ってたよ。さあ、お入り」

父に促されて入ったこの特別室は、テレビでよく見るような病室のイメージとはかけ離れている。まるでホテルの一室のような広さと、空調の管理はもちろんのこと、ベッドだけでなくなぜか応接セットまで用意されており、極めつけは大画面のテレビまで設置されていたのだ。

当時兄と同じ部屋で過ごしていた私は、その部屋の広さに思わず声が出てしまうくらいに感動したのを覚えている。

「優花、この子は尚人くんだ。尚人くん、この子はうちの娘で優花。四月から小学校に入学するから、尚人くんの二つ年下になるかな？　優花、尚人くんとこの部屋でおとなしく遊べるかい？」

父の言葉に、この部屋に父以外の人がいるということに初めて意識が向き、部屋をぐるっと見渡すと……窓辺に置かれたベッドの上で、吸入器を口につけて蒸気を体内に取り入れている男の子の姿が目に映った。

「尚人くんは喘息の発作があるから外に出られないんだけど、もう少ししたら吸入が終わるから、お絵かきしたりゲームをしたり、とにかく静かに遊べるかい？」

こんな広くて綺麗なお部屋で遊べるなんて夢みたいだ。父の言葉にワクワクした私は二つ返事で答える。

「うん、いいよ。優花も今日の格好でお転婆したら、お母さんに叱られちゃう」

「はは、そうだな。せっかく可愛い格好してるのに、汚したら大目玉食らうぞ」

父はそう言うと、私たちのお目付け役にと看護師で手の空いている人を呼び、仕事に戻ると言って部屋を後にした。

「尚人くん、何して遊ぶ？」

私は吸入中の尚人くんに声を掛けると、尚人は嬉しそうに微笑んだ。

「優花ちゃんは何がしたい？　お洋服、よく似合ってるね。まるでお姫様みたいで可愛いよ。せっかくのお洋服を汚すといけないから、吸入が終わったら一緒にパズルやらない？」

吸入マスクから、蒸気がシューシューと音を立てながら尚人くんの口元に吸い込まれている。

その笑顔がとても優しくて、私はひと目でその笑顔が好きになった。

「うん、やりたい！　パズルやろう」

「うん、いいよ。吸入終わるまでちょっと待ってね。それまでこのお部屋の中、自由に探検していていいよ」

「わあ、ありがとう！」

私は尚人くんの言葉に甘えて、特別室の中を色々と物色し始めた。クローゼットはもちろんのこと、併設されているシャワールームや化粧室、なんとバルコニーまであるのだから、ここが病室であることを忘れてしまいそうだ。

「わあ、このお部屋から、優花のおうちが見える!!」

ちょうど尚人くんが横になっているベッド付近に設置されている窓から、階下に見える我が家を見つけて私は思わず声をあげると、ちょうど吸入が終わり、吸入マスクを外した尚人くんが私の隣に並ぶ。

「優花ちゃんち、あれ?」

「そう！　あの大きな木の隣に建ってる白いのが優花のおうちなの」

「そうなんだ……優花ちゃんはお父さんがお医者さんだし、病院は近いし、羨ましいな……」

ポツリと呟《つぶや》く尚人くんは、年齢の割に小柄だった。

私は早生まれなのに、幼稚園の中でも身長は後ろから数えたほうが早く、月齢から見れば大きい部類に入る。見た目だけなら、二人は同い年くらいといっても違和感はない。

「吸入器、ここに置くから優花ちゃん、コードに引っかからないよう足元に気をつけてね。えっと、パズル出すからちょっと待って」

尚人くんはそう言ってベッドから下りた。ずっと室内で安静にと言われていたのだろう、尚人くんはパジャマ姿だ。このホテル張りの素敵な部屋でこの格好はさすがに浮いて見えるけれど、その姿と吸入器の存在で、ここが病室だという現実を思い知らされる。

尚人くんは喘息で入院中とのことなので、医療器具はこれだけしか置かれていない。

この頃は私も幼くて何も思わなかったけれど、重篤《じゅうとく》な患者さんがこの部屋に入院した時のことを考えると、敢《あ》えて広い部屋で医療器具を搬入、設置しやすいように設計されていると思えば納得がいく。

私は邪魔にならないように応接セットのソファーに移動すると、置かれていたソファーに腰を下ろした。

「わあ、すごいっ、尚人くん、このソファーもう座った？　すごいフカフカだよ」

私のはしゃぐ声に、尚人くんはパズルを探す手を止めた。私が嬉々としてソファーに座ったり立ち上がったりを繰り返していると、自分もやりたくなったのか私の隣にやって来て、勢いをつけて腰を下ろした。

「ホントだ、これ、かなり沈むね。今度ここでお昼寝してみたいな」

はしゃいだ声の尚人くんに、私も嬉しくなる。

「いいなあ、優花もここでお昼寝したい」

幼稚園児である私は思っていたことがつい口に出てしまう。そんな私に尚人くんは優しい言葉を返してくれる。

「また来てくれたらできるよ？」

「来てもいいの？　優花、尚人くんの邪魔にならない？」

「全然。優花ちゃんが遊びに来てくれたら退屈しないし、僕も嬉しいよ」

二人で顔を見合わせてクスクスと笑っていると、背後に人の気配を感じた。

「こらっ、尚人くん、暴れちゃダメだよ。それと優花ちゃんも、せっかくのお洋服がしわになっちゃうよ」

先ほど父が内線で呼んだ看護師さんだった。小児科の外来で、予防接種の時にいつも顔を合わせる大野《おおの》さんだ。

「暴れてないよ。ふかふかのソファーに座っただけだよね？」

尚人くんが私に同意を求めてくる。私もその言葉に加勢する。

「うん、尚人くんは全然暴れたりしてないよ。優花がね、このソファーがフカフカだからってこっちに呼んだんだよ」

「そうなの？　院長も言ってたように、尚人くん、走り回ったりしちゃダメだからね。優花ちゃん、今日のそのドレス姿、すっごく可愛いから今日はおしとやかにしてようね」

「はぁーい」

私は大野さんにやんわりと注意されたことよりも、ドレス姿を褒められたことに気を良くしていた。

「尚人くん、吸入終わった？　酸素濃度を測りたいから、ちょっとだけ手を貸してくれる？」

大野さんはそう言って医療衣のポケットから酸素濃度計を取り出すと、尚人くんの右手を優しく掴《つか》む。人差し指にそれを挟み、数値を計測している。数秒後に、大野さんは尚人くんの指先からそれを取り外した。

「うーん、ギリギリの数値だけど、おとなしくしてる分には大丈夫でしょう。ねえ、ところで二人とも何して遊ぶの？」

大野さんは数値をメモをして、そのメモと酸素濃度計をポケットの中にしまい込む。私たちが座るソファーへ一緒に腰かけると、尚人くんはバッグの中からパズルを取り出し、大野さんを交えて三人で一緒に組み立てた。

こうして私がお見舞いと称して尚人くんの病室へ顔を出すようになると、大野さん以外の看護師さんも時々巡回で様子を見にやって来ては、私たちの遊び相手をしてくれていた。


尚人くんの病室にお見舞いと称して遊びに行ったある日のこと。

この日は樹脂粘土を使って工作をしていた。

幼稚園に通っていた頃、粘土遊びが気に入って、自宅でも粘土で遊んでいた。けれど、せっかく上手に作品が完成してもすぐに崩れてしまう。それが粘土のいいところでもあるけど、私はきちんとした形に残したかったのだ。

そのことを母に相談すると、樹脂粘土なら固まるよと教わり、早速買ってもらったそれを尚人くんの病室へと持ち込んだのだ。

早速二人で色々なものを作ろうと遊んでいる時に、尚人くんから不意に質問された。

「ねえ、優花ちゃんのお誕生日っていつ？」

尚人くんは、樹脂粘土を小さくちぎって、それを薄く平らに伸ばしている。一体何を作るつもりだろう。

私は自分の樹脂粘土を指で捏《こ》ねながら返事をした。

「えっとね、三月二十六日。この前ここで初めて会った日だよ。尚人くんは？」

私の言葉に尚人くんは手を止めた。

「え、そうだったの？　何であの時教えてくれなかったの？」

「だって……」

普通なら、特別室に小学生が一人で入院するなんてありえない。

ましてや父が担当医だなんてよっぽどの患者さんなんだと、以前看護師さんが噂していたのを聞いていただけに、尚人くんには何か事情があると幼心に感じたから、余計に何も言えなかった。

私が黙って俯《うつむ》いていると、尚人くんは優しく微笑んだ。

「じゃあ、優花ちゃんに僕が今からプレゼント作るから、受け取ってくれる？」

尚人くんの言葉に、私は首を傾げた。

「プレゼント？」

「うん。この樹脂粘土って固まるんでしょ？　これからブローチ作ってあげる」

「わあ、ホントに？　嬉しいな」

思いがけない発言に、私は嬉しくてつい大きな声を出してしまった。

「うん、じゃあ今から作ろう」

尚人くんはそう言うと、私の目の前で器用にバラの花を作っていく。先ほど薄く平らに伸ばした粘土は、どうやら花びら部分だ。

中央の蕾《つぼみ》になる部分を細く丸め、その周りが重ならないよう交互に重ねている。私は尚人くんの邪魔にならないよう、作業工程を黙って見学することにした。

尚人くんは、とても器用に花びら部分を組み合わせていく。できたと声が上がったそれを覗き込むと、本当にバラの花のように仕上がっていた。

母が買ってくれた樹脂粘土は、色も赤、青、黄色、ピンク、オレンジ、緑、黒とバリエーションが豊富だ。尚人くんは、赤の樹脂粘土を使ってバラの花を作ってくれた。赤いバラは自分が持っている服に合わせやすそうで、とても嬉しかった。

「これ、このままの状態だと乾いてないから、今触ると形が崩れるよ。粘土もまだたくさん余ってるし、他のものも作ろうか」

本当にこれ、私にくれるんだ。

私は嬉しくて頷《うなず》いた。

「うんっ！　でも尚人くん、本当に上手だね。本物みたいだよ」

小学生にしては、本当に上手な作品だ。

「乾いたら、ブローチに付ける金具を取り付けなきゃいけないんだけど、どうしよう……ここには材料がないな」

私の隣で、尚人くんが独《ひと》り言《ご》ちた。

「じゃあ、それは家に帰ってからお母さんに聞いてみるね！　ねえねえ、それより他にもたくさん作って」

母に事情を説明すれば、ブローチの留め具を買ってくれるだろう。私は尚人くんにおねだりして、他にも粘土で色々なものを作ってもらった。

尚人くんが作ってくれたバラの花は、吸入の時間に巡回で訪れた看護師さんもお世辞抜きで大絶賛するくらい、完成度が高い。

その日は、尚人くんの夕食が病室に運ばれてくるまで、ずっと樹脂粘土で遊んでいた。

「じゃあ、優花もおうちに帰ってごはん食べるね。尚人くん、また明日も遊ぼうね」

「うん、優花ちゃん、また明日ね」

樹脂粘土で作ったバラの花は、乾燥させるために応接セットのテーブルの上に置かれている。

この日は他にもウサギや猫なども作り、くっつかないようそれぞれ間隔を空けて並べた。私はそれに視線を向けると、特別室を後にした。

帰宅してすぐ母に今日の出来事を話すと、翌日留め具を買いに行くことになり、私は興奮してなかなか寝付けなかった。

そして翌日、約束通り母にブローチの留め具を買ってもらった。

帰宅してすぐ、私はお店で紙袋に入れてもらったそれを握りしめると、尚人くんの元へと向かう。

病室に入ると、いつも通り尚人くんが迎え入れてくれた。もうすぐ吸入が終わるのか、看護師の上田《うえだ》さんも一緒だ。

「尚人くん、持ってきたよ！」

私の声に、上田さんが尚人くんの代わりに返事をしてくれた。

「優花ちゃん、もうすぐ終わるからちょっとだけ待ってね。尚人くんにブローチ作ってもらうんだって？」

「うん、そうなの。昨日、バラのお花を作ってくれてね、今日はそれに留め具をつけるの！」

私はそう言って、紙袋を突き出した。そんな私を見て、尚人くんはコクコクと頷《うなず》いている。

尚人くんの吸入が終わるまで、私は応接セットのソファーに座って待つことにした。

上田さんの言葉通り、吸入が終わるのにそこまで時間がかからなかった。

上田さんが吸入器のスイッチを切ると、尚人くんは吸入マスクを顔から外し、ベッドから飛び降りた。走ったら上田さんに怒られるので、ちょっと速足気味でやってくると、私の隣に座った。

「お待たせ。じゃあこれ、くっつけようか」

「わあい、ブローチブローチ！」

尚人くんはそんな私を見て笑いながらブローチの留め具を受け取ると、昨日作ったバラの裏面を濡らし、そこへくっつけた。

「あ、そういえば樹脂粘土って水に弱いから、濡らすと粘土の色がつくし、形が崩れるんだって。これを着けた時に優花ちゃんの洋服が汚れたらどうしよう」

そう言いながら、自分の指を私に見せた。

差し出された指を覗き込むと、たしかにその手は赤く染まっている。

「あ、ホントだ……。どうしよう……せっかく尚人くんが作ってくれたのに」

上田さんは尚人くんが先ほどまで使っていた吸入器を片付けていたけれど、しょんぼりしている私たちの姿が気になったのか、会話に入ってきた。

「二人ともどうしたの？」

上田さんの言葉に、尚人くんが無言でブローチと樹脂粘土の色が付着した指を見せた。

それを見た上田さんが、ちょっと考えて口を開いた。

「ああ、色移りしちゃったんだね。これって樹脂粘土だっけ？　完全に乾かしてから、レジン液で硬化させたら問題ないんじゃないかな」

「「レジン液？」」

私と尚人くんの声が揃った。

「うん。えっとね、紫外線……って言ってもわかんないか。おひさまの光を当てたら固まる液があるんだけど、それを表と裏、全体に塗れば、色移りも防ぐことができるんじゃない？」

上田さんはポケットの中からメモ帳を取り出し、『レジン液』と書き込むと、それを私に手渡した。

「優花ちゃんのお母さんに、このブローチとこのメモを見せて説明したら、多分わかると思うよ。尚人くん、手を洗ったら指出してね」

いつものように血中酸素濃度を計測するためだ。尚人くんも素直に従って計測してもらうと、数値は今回も問題なく、上田さんはその数値をメモして病室を後にした。

「じゃあ、これはお母さんに仕上げてもらうね」

私の言葉に、尚人くんはソファーから立ち上がると、テレビの横に置いてある小さな箱を手に取った。

「うん、わかった。でも、このままだと手が汚れるから、これに入れて持って帰るといいよ」

それは有名なお菓子屋さんの箱で、偶然にもちょうどいい大きさだった。

「遅くなったけど、お誕生日おめでとう」

「ありがとう」


帰宅してから、母に上田さんから教わったことを伝えると、パソコンでレジン液について一緒に調べた。

百円ショップにもレジン液はあるけれど、手芸用品店で取り扱っているレジン液は断然品質がいい。せっかく尚人くんが上手に作ってくれたものだからと、母は手芸用品店のレジン液を買ってくれた。

「ねえ、バラのお花もキラキラしてるほうが素敵じゃない？」

母はそう言うと、ネイルに使うラメを取り出した。

「これをレジン液に混ぜて塗れば、キラキラになるわよ」

母の素敵な提案に、私は早速レジン液にラメを混ぜて、バラの花びらを一枚ずつ丁寧に塗った。

母は自身でも時々ＵＶライトを使ってジェルネイルをしているので、ブローチを硬化させるのにそのライトを使わせてくれた。

そうして世界に一つだけのオリジナルブローチが仕上がった。

翌日、そのブローチを胸に着けて病室を訪ねると、尚人くんはすぐに気付いてくれた。

「すごい、よく似合ってる」

尚人くんの言葉に、私は誇らしい気持ちになった。

「素敵なプレゼント、ありがとう！　これ、大人になってもずっと大事にするね」

私の返事に、尚人くんはこう言った。

「じゃあ大人になって、初めて会った時みたいにお姫様みたいな格好する時は、これを着けてくれる？」

「うん！　もちろんだよ。その時は優花、尚人くんだけのお姫様になる！」

幼い頃に交わした小さな約束だった。

＊＊＊

帰宅してから私は事務服から部屋着に着替えた。学生の頃はコスプレの投稿をする前までは、家の中でもゴスロリ系の洋服を着用していたけれど、どこで身バレするかわからない。だから外出時に着るようなお嬢様系のシンプルな服を着用するようになった。

院長の自宅までやってくる病院関係者はほとんどいない。それでも、用心するに越したことはない。撮影時に着用している服のままで外に出ると、アカウントをフォローしている人や投稿写真を見たことがある人に気付かれる可能性もあるかもしれないのだ。

十和子さんは、メイクで完全に顔を変えているし、スチール撮影やSNS以外のメディアに露出をしていない。それくらいでは気付かれることもほとんどないと言っているけれど、念には念を入れている。

「量販店で購入した服だから、重ね着やコーディネートを変えれば大丈夫。せっかくのお洋服、全く着ないのはもったいないないよ」

そう十和子さんに言われて、最近ようやくその気になってきたところだ。その言葉を信じて、せっかくだからこれからの季節は活用しようかな……

素顔の私は化粧映えする顔だと言われるけど、言い換えるとそれだけ地味なのだろう。大病院の令嬢というオーラすら感じさせないくらいに存在感も薄いので、ここまで用心する必要はないのかもしれない。

父に言われた通り私はペンを手に取り、尚人くんに渡すための釣書を書いた。

特に面白い経歴なんてないけれど、ＫＡＴＯの仕事をしていることも父は尚人くんに話をしているのだろうか。尚人くんは私がＹＵＫＡだと気付いているだろうか……

ドキドキしながら釣書を書き上げると、それを封筒に入れて、父のいる一階のリビングへと向かった。

リビングに入るとちょうど帰宅したばかりの兄が、ネクタイを緩めながら鞄をソファーの横に置いていた。

「お帰りなさい、お兄ちゃん」

私に気付いた兄は、目線を私に向けながらそのままネクタイを外し、ワイシャツの一番上のボタンに手をかける。

「ああ、ただいま。俺も着替えてくるから、みんなで夕飯食べよう」

「うん、そうだね。私も夕飯の支度手伝ってくる」

兄はネクタイと鞄を持って、二階の自室へと向かう。私は兄がリビングを出ていく姿を見送ると、ダイニングチェアに腰を下ろして新聞を見ている父に、先ほど書いた釣書を渡した。

「はいこれ。釣書、書いたんだけど、これでいいかな？」

私が父に声を掛けると、新聞をテーブルの上に置いた父がそれを受け取った。

父は封をしてない私の釣書に一通り目を通す。

「ところで尚人くんは、私がＹＵＫＡだということを知ってるの？」

釣書の中身に問題はなかったようだ。それを封筒の中へしまう父に、思わず聞いてみた。父はその釣書を自分の鞄の中にしまうと、改めて私に向き合った。

「ああ、知ってるよ。アカウントもフォローしてるって言ってたよ。このことは、尚人くん以外には誰にも話をしていないし、話すつもりもない。優花のお見合い相手としては最高の相手だと思うから、もし仮に優花が尚人くんのことを気に入らなかったら、他に誰がいるかな……」

あっけらかんと答える父に私は驚きを隠せない。それに私のお見合い相手として尚人くんが最高の相手だと言い切るなんて、ひょっとして父は本気で尚人くんを婿養子に迎えるつもりで家庭環境などを調べたのだろうか。

あまりの衝撃に私は言葉を発せずにいると、そこへ助け舟を出すかのように母が私に声を掛けた。

「優花、これ、そっちに運んでくれる？」

夕飯の配膳を頼まれた私は、ダイニングからキッチンへと移動する。母がすでに夕飯の支度を終えており、それぞれの席へ配膳をするだけになっていた。

器をそれぞれの席に運び終えると同時に、着替えを済ませた兄が再びダイニングに現れた。

「ああ、腹減った」

兄はそう言うなり自分の席に着いた。今日は珍しくみんなが揃っている。家族みんなで一緒に食卓を囲むのはいつぶりだろう。

「じゃあいただきましょう」

母の言葉に、久しぶりに全員が顔を揃えて食事をした。

食事が終わり、母が食器を洗って棚に片付けるのを私も手伝った。

父と兄は、珍しく二人一緒に晩酌をしている。

キッチンで後片付けをする母が、徐《おもむ》ろに口を開いた。

「お父さんから聞いたわよ、尚人くんとお見合い話があるんですってね？」

母の言葉に、思わず手にしていたお皿を落としそうになったけれど、必死で両手に力を入れる。

母も尚人くんのことを覚えていることに驚きを隠せなかった。

「お見合い用のお写真は、成人式の時のを使うわね。改まって写真を撮るの、嫌でしょう？　それともＹＵＫＡの写真でも使う？」

「じょ、冗談やめてよっ、ＹＵＫＡの写真はそれこそＫＡＴＯの技術を駆使して出来上がった別人格なんだから、そんな写真を渡したらそれこそ詐欺で訴えられちゃうよ」

私の返事に、母は必死に笑いをこらえている。

「そんな、詐欺だなんて大袈裟ねえ。どちらも優花、あなた自身なんだから、胸を張っていなさい。優花もＹＵＫＡも、尚人くんはそんなこと気にしたりしないわよ」

ＹＵＫＡの活動をあまり快く思っていなかったはずなのに、一体どういうことだろう。自信ありげな発言をする母に、その根拠を聞こうとした時だった。

「そういや今日、十和子から連絡があってさ」

ダイニングから兄の声が聞こえた。

「あら、十和子ちゃんから？　久しぶりね。で、十和子ちゃん、何て？」

母が兄の声に返事する。二人が付き合っていたことはきっと両親も薄々は知っていただろうけれど、そのことについてみんな何も言わないので、私も余計なことは口にしないでいようと黙っていた。

「ああ、近々この前の撮影の打ち上げやるから、打ち上げの日は残業させるなって。優花にも連絡があっただろう？」

「ごめんなさい、まだスマホを見てないの。撮影も打ち上げも、こっちの事情はお構いなしでいつも予定組んでるんでしょう？」

お昼の休憩時間にスマホのメールはチェックしていたけれど、十和子さんからのメールはなかった。仕事終わりに父から呼び出されてお見合い話を聞かされて、気持ちが追いつかない状態で今を迎えている。それこそスマホを触る余裕なんてなかったのだから、午後からの連絡だったら確認できていなくて当然だった。

「うん。通話アプリで詳細も優花に送ったって言ってたから、ちゃんと後で確認しといて。それと、来年度の契約は更新しないように俺からも後日話をしておくから、自分の口からもきちんと伝えるようにな」

兄の言葉に、私の手が止まった。

どうやらお見合いの話は、もう家族全員に周知されたようだ。そして、私が尚人くんと結婚することを前提に話が進んでいる。

「尚人くんとお見合いするんだろう？　多分向こうは断らないだろうから、優花の気持ち一つで結婚もすぐに決まりそうだな」

兄の言葉に再び私は固まった。どうして尚人くんは私とのお見合いを断らないと断言するのだろう。

それに十和子さんと別れてしばらくの間、私に来るお見合い話をあんなに潰していたくせに、今回は妨害しないのは一体どういうことなのか……

「だって、父さんからお見合いの打診をしてその場で快諾したんだろう？　俺は会ったことがないから知らないけど父さんがそこまで肩入れするのも珍しいし、第一に昔から尚人くんは優花には心を許していたっていうんだから、優花がイエスと言えばすぐにでも結婚すると言い出すんじゃないか？」

　尚人くんは私が中学校へ進学した年に、病気療養のため引っ越してそれっきりだった。私が尚人くんの病室にお見舞いと称して遊びに行く時、兄は塾通いや部活で時間が合わなくて、顔を合わせることはなかった。本当なら、私よりも同性である兄のほうが、当時の尚人くんの遊び相手としては最適だったのではないだろうか。

「まあ、尚人くんったら情熱的ね。お父さん、それこそ尚人くんが改まってうちへ挨拶に来る時『娘はやらん！』ってごねたりしないでね……って、そんな心配はなさそうね。このお見合いの話を持ち込んだのはお父さんなんだし」

「いや……まあ、そのつもりではいるけど……やっぱり、いざそういう日が来るとなればわからないな……」

　両親がまだ起こってもいない勝手な未来を想像して盛り上がっている中、私一人、先ほどの兄の言葉を深読みしてしまう。でもその疑惑を打ち消す発言をしたのはやはり兄だった。

「今日、優花が昼の休憩時間に、尚人くんが釣書と写真持って病院に来たの、父さんから聞いてるんだろう？」

「え？　尚人くん、来てたの？」

　私の素っ頓狂な声に、父が苦笑いを浮かべている。

「おいおい、父さんは優花に見合い写真を渡した時に、それもちゃんと話をしたよ？　それに、うちの病院に引き抜きの話もしたけど……。ああ、あの時優花は驚いて放心状態だったから覚えてなかったのか」

父の言葉に、たしかにあの時院長室で饒舌《じょうぜつ》な父が色々と話をしていたけれど、話のほとんどが頭の中に入ってこなかったことはお見通しだったようだ。父は手に持っているグラスの中のビールを飲み干すと、それをテーブルの上に置いた。

「優花が心配することは何もないよ。尚人くんはいい青年だ」

いい青年かどうかは、会ってみて話をしてみないことにはわからない。父と私とでは捉え方が違うかもしれないのに断言する辺り、かなりの思い入れがありそうだ。

父は言葉を続けた。

「小さい頃から全然変わってない。父さんは尚人くんなら優花を安心して任せられると思ったから、見合いの話を打診したんだ」

よほどのことがない限り、父はここまで肩入れしない。父が尚人くんを気に入っていることがひしひしと伝わってくる。

でも、もしどちらかが気に入らなかった場合、どうなるんだろう。断ることができずに、結婚しなければならなくなったら……

「身構えてしまう気持ちもわからないでもないけど、優花も尚人くんの小さい頃を知ってるだろう、あのまま大きくなったと思っていて大丈夫だよ。まあ、見た目は随分変わったけど、あれは多分優花に関しての精神年齢は小学生のままだぞ」

父の言葉を聞いて、母が一人惚けた顔を見せながらも、私にしっかりと言いたいことは伝える。

「優花、女性は愛されてこそなのよ。話を聞いている限りでは、きっと大丈夫。お見合いと言っても私たちが立ち会ったりするような無粋な真似はしないから安心しなさい。二人でお茶でも飲んで昔話をして、合わないなと思ったら、お断りするのもアリなんだからね。お見合いしたから、その人と結婚しなきゃいけないって思い詰めなくていいのよ。そのままの優花で、尚人くんに会ってみなさい」

ズバリ、私が心の奥底で思っていたことを母は見抜いていたようだ。

母に加勢するように、兄が口を開いた。

「優花にとって、尚人くんはずっと大切な存在なんだろう？　大事な人との縁談をこれまでみたいに俺が邪魔したら、それこそ一生恨まれるからな。そう深く考えずに会うだけでも会ってみろよ」

兄の言葉の後に、父が口を開く。

「お見合いの日取りは尚人くんの都合でもう少し先になりそうだけど、問題はないだろう？　それよりも肝心なことを確認してなかったけど……優花、今特にお付き合いをしている人とかいないよな……？」

「そうよ、それが一番大事なことよ。もしそんな人がいるんだら、その人に対しても、尚人くんに対しても失礼なことになるから……」

両親の心配は嬉しいけれど、残念ながらそのような相手はいない。中学から女子校に通っていた私は男性への免疫すらない、正真正銘の処女なのだから。

「いないよ、そんな人」

私の言葉に、三人は安堵の表情を浮かべている。

「わかった。ならさっき預かった釣書は尚人くんに渡しておくから。あ、母さん、優花の成人式の時の写真をお見合い用に用意しておいてくれるかい？」

父の上機嫌な声に、母も笑顔で答えた。

「わかりました。ＹＵＫＡの写真は一緒に入れなくていいのかしら？」

「それは優花が直接尚人くんに話をしてからでいいんじゃないか？　ＹＵＫＡのことは私からも話をしているけど、話をする前から尚人くんはＹＵＫＡが優花じゃないかと薄々気付いていたようだし」

「まあ、そうなのね」

父と母のやり取りを聞きながら、この人たちには何一つ隠しごとはできそうにないなと思った。

「お見合いの日程が決まったら伝えるから、優花もそのつもりで」

「はい、わかりました」

食器の片付けも終わり、私は自分の部屋へと引き上げた。

部屋に戻ると、私は鞄の中からスマホを取り出した。通話アプリの受信通知がアイコン横に表示されている。

アイコンをタップして画面を開くと、兄の言うように十和子さんからメッセージが届いていた。

内容は兄から聞いていた通り、Ｔｅｍｐｔａｔｉｏｎの情報が解禁され、商品の予約も好調であることと、定例の打ち上げを行うことが記載されており、絶対参加するようにと念押しされていた。

兄にも連絡して、スケジュールを調整してもらう旨も記されている。

ここまできちんと根回しされていては、承諾の返事をするしかないだろう。

メッセージの内容を確認すると、十和子さんに了解の旨をスタンプで返事をした。

兄から言われた来年度の契約の件で、直接話をしたいとメッセージを送るとすぐに既読のマークがついた。そしてしばらくして届いたメッセージを見て、私は思わずスマホを落としてしまいそうになった。

『全然大丈夫だよ。こっちこそいつもありがとう。ついさっき学から連絡が入ったけど、来年度の契約更新をしないって、本当？　今なら通話大丈夫だよ』

後日改めて連絡すると言っていたくせに、すぐに十和子さんに連絡している辺り、二人はお付き合いを解消した割に連絡が密で驚きを隠せない。

来年度の契約更新をしないことはきちんと伝わっていることは確認できたけれど、理由はきっと私自身で直接伝えたほうがいいと伏せているに違いない。そして、メッセージの最後の一文に私の眼が釘付けになる。

何だか気を遣わせてしまって申し訳ないな……

少しの間固まっていると、私のスマホに着信が入った。相手はもちろん十和子さんだ。

「も、もしもし」

『もしもし、優花ちゃん？　さっきの件、一体どうしたの？　学からは次回の契約更新はしないってだけしか聞いてなくて、優花ちゃんから直接きちんと聞きたくてずっと返信待ってたの！』

緊張気味な私の声とは正反対に、食い気味の十和子さんの声に、スマホ越しでも戸惑う私に気付いたのだろう。十和子さんは咳払いを一つして、言葉を続けた。

『ごめんね、ちょっと興奮しちゃって。契約更新をしないって、直接優花ちゃんの口から聞いてなかったから驚いちゃって』

「ううん、大丈夫です。えっと……以前お話をしていたお見合いの件で、今日、お相手の釣書をいただいたんですが……」

十和子さんに気圧《けお》されながらも、きちんと伝えなければならないことだから、慎重に言葉を発する。するとスマホのスピーカー越しに、十和子さんの奇声がこだました。

『キャー、そうなの？　で、お相手はどんな方？』

「それが……実は偶然にも私の初恋のお相手で……」

『キャー、素敵!!　前に聞いてた病弱な男の子でしょう？　一体どんなご縁でお見合いすることになったの？』

一人で盛り上がる十和子さんのテンションについていけないけれど、私以上に喜んでくれている十和子さんの気持ちを無下にしてはならないと、聞かれたことに素直に答えた。

「その男の子、お医者さんになっていたそうなんです。学会に参加した父が偶然その彼と再会して、その時に父が私とのお見合いを打診したらしくって……」

私の返事に、十和子さんは一瞬言葉が途切れた。電波の状況が悪いのかと思っていたけれど、そうではなかったようだ。

『え、そうなんだ。じゃあそのお相手も、少なからずこのお見合いに乗り気なんだね？』

「父が言うには、父がお見合いの話をしたら快諾してくれたそうですけど、もしかしたら断れなくてそう返事するしかなかったのかもしれないですし、私は何とも言えないです」

私の返事に十和子さんがいつものようにはっぱをかけてくる。

『何を弱気になってるの、お相手の方だって、いくら宮原病院の院長直々のお見合い話でも、将来の伴侶として嫌だと思ったらお見合いの話なんて受けないわよ。昔馴染みのお相手で優花ちゃんのことを少なからずいいと思ってくれたからこそなんだろうし。お見合い、上手くいくといいわね。そっかぁ、なるほどねえ。私としては、弟推しだったから是非とも紹介したかったんだけどな……これで学もようやく妹離れするかしらね』

十和子さんはそこまで一気に話すと、ようやく一呼吸して言葉を続ける。

『昔から、学って優花ちゃんのことをすごく大事にしてたでしょう？　優花ちゃんは小さい頃からそれが当たり前で育ってきたから自覚ないかもしれないけど、私たちの仲間内では学って、実はシスコンって有名だったんだよ』

十和子さんの言葉に、私は思わず絶句した。

『私と付き合ってた頃だって、二言目には「優花が」っていつも口癖のように話していたし。今だから話せるけど、私、優花ちゃんに会うまでずっと優花ちゃんに嫉妬してたんだから。そんな可愛い妹のお見合い話、しかも優花ちゃんの初恋の相手なら、学も応援するに決まってる。それこそ目の中に入れても痛くないくらいに可愛くて大事な妹なんだから』

十和子さんの口から初めて聞かされる兄の思いに、思わず涙ぐみそうになる。

『でもさ、優花ちゃんがお嫁に行っちゃうと、私のお楽しみがなくなるね。なんてったって「リアル着せ替え人形」だったんだから。だから旦那さんになる人に言っといてよ。優花ちゃんのコスプレはこのまま続けさせてって』

父や兄は、この縁談がまとまったらＫＡＴＯとの契約更新をしないようにと言っている。ということは、おそらくＹＵＫＡも引退したほうがいいと思っているだろう。

お見合いの相手が尚人くんだとわかった今、コスプレ画像を投稿しているＹＵＫＡのアカウントは、契約終了時に削除してもいいと思い始めた。

だってこのコスプレは、あの日尚人くんが私の着ていた洋服を褒めてくれたことがきっかけで、私を尚人くんに見つけてほしくて始めたことだから――


十和子さんとの通話を終えると、スケジュール帳に打ち上げの日を書き込んだ。

私は机の上にスケジュール帳を置くと、溜め息を吐《っ》く。そして先ほど机の上に置いていた院長室で手渡された見合い写真と釣書の入った封筒が目に入り、それに手を伸ばしながらふと考えた。

私が席を外していたお昼の時間に尚人くんは病院に訪れたと言っていたけれど、休憩時間とはいえ、受付カウンター奥の事務室には電話番で常に誰かが在室中だ。

誰かがお昼に院長を訪ねてきたという話は、午後からも聞いていない。もしかしたら直接院長室へと足を運んだのだろうか……

封筒から写真を取り出すと、その台紙をそっと開いた。

そこにはあの頃の面影を残しながらも大人の男性へと成長した尚人くんが写っている。

垂れ目のせいか、優しそうな表情はあの頃と変わらない。今どきの俳優さんみたいな髪型がよく似合う。

私の中では尚人くんは中学生の頃で時間が止まっているから、大人になった尚人くんの写真を見ていると、何だか不思議な気分だ。写真を見ながら、昔の記憶を辿っていく。

学年で言えば尚人くんは私の二つ上だった。私が早生まれだから、尚人くんが早生まれじゃなかったら、実質は三歳年上になる。

そういえば私は、尚人くんのことをほとんど知らない。

小さい頃から父の病院で入退院を繰り返していたこと、そしてその病室がいつも特別室であったこと……

あの部屋は、普通の入院費以外に追加料金がかなりかかるので、尚人くんの実家は裕福な家庭であっただろう。その後、医学の道に進んだという話だったけれど、あの身体の弱かった彼が体力勝負の医者になったのだ。それだけでも相当の努力を重ねているに違いない。

私は続いて一緒に入っていた釣書に手を伸ばした。

初めて見る尚人くんの字は、とても几帳面な性格が窺《うかが》える。バランスも整った綺麗な文字だ。

この時私は違和感を覚えた。それは、釣書に書かれていた苗字と、ご両親の名前にあった。

――これは一体どういうことだろう、彼の幼少時代を知る父は、このことを知っているのだろうか。

私は釣書を手に部屋を飛び出すと、まだ父がいるであろうリビングへと向かった。

「お父さん、これ……!!」

私はダイニングで晩酌を続けている父と兄、リビングでテレビを観ながら寛《くつろ》いでいる母の元に釣書を持って駆け込んだ。

「ああ、封筒の中を確認したんだな?」

父にとって私の反応は想定内だったようだ。兄もそんな私のことを気にしている。母は一人、推しの俳優さんが出ている番組を喜んで視聴している。

「これ、一体どういうことなの? 尚人くんって、十和子さんの弟さんなの? お兄ちゃんはこのこと、知ってたの?」

驚きのあまり、思わず早口でまくし立てるような言い方になってしまった。

「おとう、と……? 誰が十和子の弟だって……?」

私の言葉に反応して、兄は私の手から尚人くんの釣書を取り、それに目を通した。そして尚人くんの名前を見て目を見開いている。

「この字を『ひさひと』と読ませるのか……。そういうことか」

違和感の正体はこれだったのだ。

小さい頃、本人から聞いた苗字は『佐々木』だった。釣書にもそう記されている。

けれど、家族構成欄にある父親の名前にはＫＡＴＯの社長の名前があり、そこには家族として姉の名も十和子としっかりと書かれていたのだ。

　私の言葉に、兄も驚いている。

　兄は十和子さんと付き合っていた頃に、十和子さんがよく私に弟を紹介したいと言っていたので、その存在は知っていたはずだ。弟さんはＹＵＫＡのアカウントをフォローしているＮＡＯＴＯさんだということも。でも、それが尚人くんだと知らなかったとは一体どういうこと……？

「優花、説明するからそこに座りなさい。学も一緒に話を聞くだろう？」

　父の言葉に従って、私はダイニングの自分の席に着くと、兄もキツネにつまれたかのように茫然としている。どうやら本当にこのことは知らなかったようだ。

　父は私が席に着き、兄がようやく現実に戻って来たのを確認すると、徐《おもむ》ろに口を開いた。

「そこに書かれているように、尚人くんは加藤社長の息子で、十和子ちゃんとは異母姉弟になる」

　父のこの言葉に、私と兄は息を呑んだ。父は私たちに構わず話を続けている。

「学は十和子ちゃんから弟の存在は聞いていただろうけど、このことは聞かされてなかったんだな……尚人くんはうちの病院で生まれて、引っ越しするまでずっと父さんが尚人くんの担当だった」

　院長である父が患者を担当するのは、よほどの理由があると察したのは、私もある程度の年齢に達してからだ。まさか、こんな秘密があったとは……

「あそこはちょっと複雑な家庭でね……尚人くんからも、多分優花が疑問に思うかもしれないから、何か聞かれたら説明してほしいとお願いされていたんだ。わかっているとは思うけど、これは個人情報だから、口外はしないようにな」

父は晩酌を終了させたのか、いつの間にか机の上には湯呑みが置かれている。兄もまだ晩酌中だったけれど、その手はもう止まっている。私たちが無言で頷《うなず》くのを確認すると、父は徐《おもむ》ろに口を開いた。

「ＫＡＴＯの、十和子ちゃんのお父さんとお母さんは、元々親同士の決めた婚約者でね。いわゆる政略結婚だったんだよ。でもその当時、社長には恋人がいてね……それが尚人くんのお母さんだ」

父の言葉は衝撃的な内容だった。

「本当なら好き合っている者同士で結婚できれば良かったんだけど、会社の取引先のご令嬢であった十和子ちゃんのお母さんとの結婚は、どうしても避けられなかったんだ。十和子ちゃんの実のお母さんは元々身体が弱い人だったんだけど、出産時に無理が祟《たた》って、十和子ちゃんが生まれて少しして亡くなられた」

先ほどまでテレビを観て喜んでいた母も、話の流れから空気を読んでテレビを消し、この空間に沈黙が流れた。

「尚人くんのお母さんが後妻に入るのを、ＫＡＴＯの親戚……特に十和子ちゃんのお母さん側の親戚がいい顔をしなくてね。そうこうしているうちに、入籍する前に尚人くんが生まれた」

尚人くんの出生の秘密に驚きを隠せなかった。

父の話に絶句しているのは、私だけではない。兄もまた、黙ったまま父の話を聞いていた。

「お互いの気持ちだけで一緒になることは難しいと二人も承知の上で、当時、尚人くんのお母さんは十和子ちゃんの気持ちも慮《おもんぱか》って、敢《あ》えて入籍せずにこのままでいることを選んだんだ。今で言う事実婚というやつだな」

思いもよらぬ事実を次々と聞かされた私と兄の中には、色々な感情が渋滞して、情報を整理するだけで精一杯だ。

父も、そんな私たちの反応を見ながら、言葉を続ける。

「もちろん、加藤社長は十和子ちゃんを蔑《ないがし》ろにすることもなく、尚人くんや彼のお母さんにも同じように愛情を持って接していた。尚人くんのお母さんも、十和子ちゃんを実の娘のように可愛がっていた。その後、色々あったようだけど親戚側も世間体があるからか、ようやく二人の仲を認めて晴れて入籍したんだ。でも、その時に尚人くんは事情があって、この地を離れることになったんだよ」

父の話に、ふと疑問が浮かぶ。

尚人くんのお母さんが結婚されているなら、なぜ尚人くんは加藤の苗字を名乗らないのだろう。それに、この地を離れなきゃならない理由って一体何だろう。

「尚人くんだけ苗字が違うだろう。これは十和子ちゃんのお母さん側のご親戚に配慮しているからなんだよ」

私と兄もおそらく同じことを考えていたのだろう。私たちの疑問なんてお見通しだとばかりに父が言葉を続けた。

「尚人くんはＫＡＴＯの後継者としての資格が充分にあるにもかかわらず、その道には敢《あ》えて進まず医者になる道を選んだ。なぜだかわかるかい？」

たしかに異母姉弟なら、尚人くんにも後継者としての資格がある。父親がＫＡＴＯの社長で、その血筋を受け継いでいるのだから、当然のことだと思う。

でも、なぜ尚人くんは医者になろうと思ったんだろう。いくら考えても答えは出なかった。

お手上げだという表情を浮かべた私たちに、父が話を続けた。

「前妻の娘と後妻の息子……後々、ＫＡＴＯの中の権力者争いの火種になりかねないからと言って、尚人くんのお母さんが結婚する時に、戸籍上は母親の戸籍に残って他人であることを、自らが選んだんだ」

尚人くんのお母さんとお父さんが、晴れて結婚したのは、尚人くんが中学三年になる直前。そう、尚人くんが突然引っ越した時期だ。

「ちょうど二人が結婚すると噂が立った頃、尚人くんの存在を嗅ぎつけたマスコミから尚人くんを守るため、表向きは病気療養という名目で、この地を離れることになったんだ」

それはまるで、尚人くんの存在を世間から隠したかったかのようにも取れる。少なくとも、事情を知らない人がこの話を聞いたら、そう解釈してもおかしくない。

父の話はまだ続く。

「十和子ちゃんは先妻の娘だから世間で騒がれることはないけど、尚人くんと尚人くんのお母さんはそうじゃない。本人同士は愛し合っての結婚だからといっても世間は……ゴシップ大好きな人間が、事実を歪曲してわざと人を貶めるようにもっていく」

たしかに、父が言うように穿《うが》ったものの見方をする人だっているだろう。火のないところには煙は立たないのだから、わざと事実と違う噂を広めて陥れる人もいるに違いない。

「だから、ほとぼりが冷めるまで、一時的に尚人くんはお母さんの実家がある京都に身を寄せていたんだ。一年くらい経ってから、尚人くんもこっちに戻ってきて。その時に、親戚の前で自分は医者になると宣言して、ようやく平穏を取り戻したんだ」

父の言葉に、私と兄は何も言葉が出てこなかった。

父の話によると、尚人くんのお母さんが内縁関係でいる間にも、十和子さんのお母さん側の親戚からかなりの圧力があったのだろう。マスコミに尚人くんや尚人くんのお母さんのことを知られてスキャンダルが出ると、下手すれば業績に関係なくても株価に影響が出てしまう可能性もある。そうならないように、実の父との接点も持てなかったであろう幼少期の尚人くんの心の傷を思うと、胸が締め付けられる。

父もぼかして話をしているけれど、きっと色々苦労してきたに違いない。

「幸い、尚人くんは宣言通りこうして医者になった。それに尚人くんは最初から加藤の戸籍に入っていないから、ＫＡＴＯの上層部で尚人くんを後継者にという人間はいない。事情を知っているのは上層部でも親戚だけだからな。この件で色々言われることもないだろう。優花との縁談がまとまってうちに婿養子として入ってしまえば、世間の目に晒《さら》されることはない。それに、お見合いの話抜きで、前々から尚人くんにはうちの病院に転職の話もしていたんだ」

父の話に、私の表情は固まった。

これじゃまるで、尚人くんのお父さんと十和子さんのお母さんみたいな政略結婚みたいではないだろうか。そこに尚人くんの意思があるとしても、これが愛情ではなく打算だったとしたら……

「父さん、尚人くんは本当に優花のことを好きなの？　そんな裏事情を聞かされたら、打算的な政略結婚だと取れる。病院の後継ぎは、たしかに医者がいないと話にならないけど、いざとなれば事務方の俺だって……」

兄の言葉を父が遮《さえぎ》る。

「そうだな。学の言い分もわかる。でも、病院の将来のことを考えたら、信頼できる人間は一人でも多くいてくれたほうがいい。事務方の学に、優花の将来の旦那さん予定の尚人くんがいてくれたら、父さんは安心だな」

父の言葉に、私の心は落ち着かない。

私の将来の旦那さん……尚人くんにその意思が本当にあるのか……

「話を戻すけど、尚人くんの家庭の話は、本来なら誰も知らなくてもいいことだ。でも、いずれ悪意を持つ人間が尚人くんの家庭の事情を知った時、色々憶測であることないことを吹聴しかねない。その時は、事実をきちんと知った上で優花や学が判断すればいい」

この父の言葉に、私と兄は強く頷《うなず》いた。

そうだ、事情通と称する他人がとやかく言う話を真に受けるわけにはいかない。

父は私たちの意思を確認すると、再び言葉を続ける。

「優花はこれを政略結婚だと思うかもしれないけど、それでもお互いの気持ち一つで、これが運命の出会いになるかもしれない。お見合いであったとしても、そこから恋愛すれば恋愛結婚にもなる。優花の旦那さん候補がそれこそ別の誰かだったら、婿養子なんて考えすら及ばなかったけど、尚人くんは昔から知ってる子だ。それに優花の初恋の相手なんだし……」

「ちょっ……お父さん！」

父の言葉に私は思わず叫び声をあげる。するとリビングのソファーで話を聞いていた母が、ようやく口を開いたかと思えば、爆弾を落としてくれる。

「そうねえ、尚人くんが入院すれば、いつも喜んでお見舞いと称して病室へ遊びに行ってたわよね。退院すると、喜ばしいことなのに寂しいってよく泣いてたし。きっと尚人くんも優花のことを気に入ってくれていたから、このお見合い、快諾してくれたと思うわよ。それよりも、お見合いの日、何着て行くの？　やっぱり振袖かしら。それとも仲人も立てないから清楚なワンピースあたりでもいいかしら」

私の初恋は家族も知っているとはいえ、改めてみんなの前で話をされると、恥ずかしくて地中深くまで潜りたくなる。初恋相手がお見合い相手になるなんて、こんな夢みたいな話はありえない。もしかしたら運命なのかと一瞬でも考えてしまう。

でも、先ほどの疑問がまだ解決していない。十和子さんの弟が尚人くんだと、兄が知らなかったことだ。

「ねえ、お兄ちゃん、十和子さんの弟が尚人くんってことは、本当に知らなかったの？」

私の質問に、兄は頷《うなず》いた。

「ああ。俺も実は会ったことなかったんだ。学生の頃、十和子の実家に何度か行ったことはあるけど、いつも弟は大学に行って不在だったし。家庭環境のことも聞かされてなかったから、正直言って今の話、かなり驚いてるよ。弟のアカウントは知ってたけど、まあハンドルネームだから本名ではないよなとは思ってた。『尚人』って、『ナオト』って読めるもんな」

兄の言葉に、私もようやく納得がいった。兄との会話が終わったところで、母が口を開いた。

「でも初恋の相手がお見合いの相手だなんて、これも何かの運命かしらね」

母と同じことを思っていた私は内心で同意しつつも、父や兄に冷やかされるのが恥ずかしくて、早々に部屋を飛び出した。

父の話によると、尚人くんは研修医として勤務していた大学病院で小児科医として勤務しており、小児科も少子化が進んでいるとはいえ難病を抱える子どもも多く入院しているため、いつ休みが取れるかわからないというのが現状らしい。

どうか尚人くんが激務でこのお見合い話が流れないことを願わずにはいられなかった。

第三章　想いが重なる時

尚人くんから父に連絡があったのは、九月中旬の金曜日だった。

さすがに今回は父も業務時間外であっても私を院長室に呼びつけることはなく、自宅でその知らせを聞いた。

「突然で悪いんだけど、優花、明日は何か予定が入ってるかい？」

夕食を済ませ、買ってきたファッション誌のページをめくっていると、父が帰宅するや否《いな》や開口一番に私の翌日の予定を確認した。

「あ、お父さんお帰りなさい。明日は土曜日だから午前中は仕事だけど……」

「午後からの予定は？」

珍しく、食い気味に私の予定を聞いてくる。一体何があるのか気になりながらも、聞かれたことにはきちんと返事をした。

「午後？　特に何も……」

「急で悪いんだけど、明日の午後、ここで尚人くんが待ってるから」

そう言うと、父は胸ポケットの中から時間と場所の記されたメモを手渡した。それを受け取りながらも私は思わず素っ頓狂な声をあげている。

「……は？」

「は？　じゃないだろう？　この前お見合いの話をしただろう、明日なら尚人くんも都合がつくそうなんだ」

唐突に予定を組まれてしまい、私はそれこそ驚きのあまり、目を丸くした。

「明日の午前中は優花も仕事だからと話しているから、午後から支度して夕方そこに行って、ゆっくり食事でもして昔話に花を咲かせて来るといい。何だったら、返品不可ってお持ち帰りされてもいいぞ？」

「なっ……お、おもちかえ……!?　何をどうしたらそうなるのっ」

父が私を揶揄《からか》っているのはわかるけれど、そんな話題に免疫のない私は思わずその言葉を真に受けてしまい、挙動不審だ。耳まで熱くなっているからきっと父の目から見てもわかるくらいに赤面しているに違いない。そんな私を見て父が笑う。

「優花は本当に純粋でいい子に育ったな。尚人くんのことだから、きっとすぐに結婚の申し込みにくるかもしれないな」

話がすでに飛躍しており、驚きのあまり私は手にしていた雑誌を足元に落としてしまった。

「ちょ……け、結婚って、まだ会ってもないのに早すぎるでしょう？」

私が落とした雑誌を拾おうと父が私の足元に手を伸ばす。そしてそれを私の膝の上に乗せると隣の空いた席に腰を下ろした。

「お見合いなんてそんなものだよ。結婚が前提なんだから、気に入ればすぐにプロポーズ、結納、結婚式。とんとん拍子に話が決まるものだ。婿養子の件も、今日改めて尚人くんに聞いてみたら問題ないそうだ。よかったな」

……ちょっと待って。当事者である私を置いて、どうしてそこまで話が飛躍するんだろう。本当に尚人くんはそれでいいのか逆に不安になってくる。

「このホテル、バーから見える夜景が綺麗だから、楽しんで来なさい」

情報量の多さで私のキャパがいっぱいいっぱいになっているところに、父は着替えてくると言ってリビングを後にした。私は膝の上に乗せられた雑誌の背表紙に視線を落としながらも、考えることは明日のことと尚人くんのことばかりだった。

翌日、仕事を終えて帰宅すると、玄関で母が待ち構えていた。

「ああ、優花、お帰りなさい。大変よっ、早くこっちに来なさい」

母のただごとでない様子に私も急いで靴を脱ぐと、玄関には男物の革靴が置かれているのが目に入った。父の靴にしてはサイズが大きいし、兄も今日、スーツで出掛ける予定でもあっただろうかと不思議に思いながらもスリッパに履《は》き替えて母の後に続くと……

「ごめんね、優花ちゃん。夕方まで待ちきれなくて、迎えに来たよ」

これは、夢だろうか。

それとも尚人くんに会いたくてその願望が見せる幻だろうか。

そう思わずにはいられない。

そこには、素敵な大人に成長した尚人くんがいた。

釣書と一緒に渡されていた写真よりも、目の前に立つ尚人くんは数倍も素敵で、身長も百六十二センチの私がヒールのある靴を履《は》けばバランスのいい高さだろう。

小児科医だとのことで、子どもにもきっと好かれるであろう優しい顔立ちは、初めて出会った頃の面影が残っている。あの頃は病弱なせいか小柄で身体の線も細かったのに、いつの間にか身長も伸びて肩幅もしっかりとして身体にもそれなりに筋肉がつき逞《たくま》しくなっている。

「本当に、尚人くん……？」

本人を目の前に、思わず口から出た言葉に尚人くんは照れくさそうな笑顔を見せる。

「優花、尚人くんに失礼よ、ごめんなさいね」

「いえ、こちらこそ時間前にこうして突然お邪魔してすみません」

母は私の発言に呆れ返り、尚人くんはそんな母に恐縮している。

「優花ちゃん、もうお昼ご飯は食べた？」

帰宅して間もない私を気遣う尚人くんの視線がとても気になる。

私は仕事帰りだから事務服のままだ。

尚人くんが素敵な男性に変貌を遂げているせいで、私の今の格好だと、釣り合いが取れなくて何だか恥ずかしい。

「まだ……今、仕事が終わったばかりだから、本当に何も支度できてなくて……」

「じゃあ、ドレスコードはないけど、ちょっとお出掛け用の服に着替えてきてくれる？　お昼は簡単に済ませて、夜は院長に話していたホテルで食事しよう」

今日の尚人くんの服装を見て、何着か選んでいた服の中からベージュのワンピースを着ることにした。

ドレスコードがいらないというだけあり、尚人くんもそこまで畏《かしこ》まった格好ではないけれど、フォーマルすぎず、カジュアルすぎない服装だ。

「じゃあ、優花の準備が終わるまで、少し私の話し相手をしてくれるかしら？」

母が尚人くんの前に置いているティーカップに紅茶を注ぎ入れると、部屋の中に紅茶の良い香りが漂う。

「はい、もちろんです。優花ちゃん、僕のことは気にせずゆっくり支度しておいで」

母と尚人くんが昔話を始めたので、その隙に私は自分の部屋へと駆け込んだ。

まさか家に尚人くんが来るなんて予想もしていなかったので、私は緊張が収まらない。部屋に入ると、クローゼットの中からワンピースを取り出した。

アクセサリーも、どんな洋服にも合わせやすいパールのネックレスをジュエリーケースから取り出して、机の上に置いた。

事務服をハンガーに掛けてワンピースに袖を通す。

髪型をどうしようかと、卓上に置いている小さめの鏡を覗き込んだ。本当なら、一度シャワーを浴びて化粧直しもしようと思っていただけに、大幅に予定が狂ってしまう。

さすがにシャワーを浴びる時間はないし、尚人くんを待たせるにも限度がある。仕方なく私はシャワーを諦めてネックレスと化粧ポーチを入れた鞄を手に持つと、洗面所へと向かった。

洗面台に設置されている三面鏡の前で、スタイリング剤を使いながら髪型を整える。鏡で自分の背面をチェックしながら、髪の毛を器用に結い上げた。

髪型は、以前スチール撮影の際にスタイリストさんから不器用な私でも簡単にまとめ髪ができるように教わったもので、毎晩風呂上がりに練習をして、何とかサマになるまでに腕を磨いた。

鏡の前でネックレスを着け、薄化粧を施《ほどこ》す。あまりにもがっつりと化粧をすると、それこそＹＵＫＡになってしまう。ＹＵＫＡのメイクも、十和子さんに一から教えてもらって自分でもそれらしき仕上がりの化粧ができるようになったけれど、まだ別人のような完璧な技術は習得していない。

それこそ、中途半端にＹＵＫＡに似ていると周囲に騒がれたら、尚人くんに迷惑をかけてしまうだろう。

普段の化粧品は、Ｔｅｍｐｔａｔｉｏｎシリーズの中でも控えめな色合いの口紅やチークを使っている。けれどメイクポーチの中には、それこそ撮影の時やコスプレで十和子さんと顔を合わせるたびに非売品の口紅の見本だとか試供品をもらうので、それらを入れっぱなしにしていた。

私はポーチの中からサンプルを取り出すと、必要最低限のものだけ再度詰め、残りは洗面台横に置いている小さなカゴの中に入れた。それらを持ち歩いていると、下手したら身バレの可能性もある。自意識過剰と言われたらそれまでだけど、身バレに繋がるようなことは徹底して避けたい。

ようやく納得できるメイクに仕上がり、洗面台の周囲に広げていた化粧道具を急いで片付けると、化粧ポーチを鞄の中に入れ、尚人くんの元へと向かった。

リビングでは、母と尚人くんが盛り上がっている。

洗面所で支度中も、二人の笑い声は廊下にまで響いていた。先ほど急いでリビングから部屋へ移動した際に扉をきちんと閉めていなかったようで、どうやらそこから声が漏れているようだ。

念のため、ドアをノックしてリビングに顔を出すと、同時に母と尚人くんが私に視線を向ける。

「相変わらずお姫様みたいだ……」

尚人くんがポツリと呟《つぶや》いた。

その表情は、初めて出会った時のままだ。嬉しそうで、少し照れもあるのかはにかんだような、私の大好きな笑顔だ。

尚人くんの言葉は最高の賛辞だ。今日着ているのは落ち着いたワンピースだけど、髪型は頑張ったのだ。尚人くんの言葉と態度で、その努力が報われた。

「さあ、せっかくなんだから二人でゆっくりしてきなさいね。お父さんに見つかったら、それこそ話が長くなってデートする時間がなくなるわよ？」

揶揄《からか》うような口調で母が私たちを送り出す。

「遅くなるようだったら、連絡しなさいね」

「うん、じゃあ、行ってきます」

用意していたパンプスを履《は》くと、玄関の前で待ってくれている尚人くんに手を差し伸べられた。

一瞬我が目を疑うものの、気付かなかったで流せる空気ではない。恥ずかしくて俯《うつむ》いたままその手の上に自分の手を乗せると、尚人くんは明るい声で母に告げる。

「良いご報告ができるように頑張ります」

その言葉に、父の言葉が脳裏をよぎる。尚人くんは本当に私と結婚を考えてくれているのだろうか……もしそれが本当だとしたら、父が言っていたように、ＫＡＴＯの後継者にはならず婿養子に入るつもりだろうか。

母に見送られて家を出ると、ガレージに向かった。

病院の駐車場に車を停めているのかと思ったけれど、あそこは人の目につきやすい。こうして二人で出掛けている場面を病院関係者に目撃されると、それこそ月曜日にゴシップ大好きな看護師さんたちから根掘り葉掘り聞かれるだろう。

「さあ、どうぞ」

私の目の前には黒のＳＵＶが停まっていた。

尚人くんに助手席のドアを開けられて、私は素直にそれに従う。座席に座ったことを確認すると、尚人くんがドアを閉め、そのまま運転席に乗り込んだ。

「夜はホテルのディナーを予約しているから、お昼は軽く済ませたいんだけど、何か食べたいものはある？」

私を気遣ってくれる尚人くんは、今も昔も変わらない。こうしていると、尚人くんが病院に入院していた頃を思い出す。

「そうだね、何がいいかな。尚人くんはお腹空いてる？　もう十四時になるけど、お昼ご飯は食べた？」

シートベルトを締めながら、運転席に座る尚人くんを仰ぎ見る。あの頃は掛けていなかった眼鏡に何だか妙に色気を感じた。

「尚人くん、眼鏡……」

「ああ、これ？　普段は掛けなくても大丈夫なんだけど、仕事中や運転する時はね」

その言葉に、お互い知らない時間が流れていることを実感する。

尚人くんが引っ越してからのことを、私は知らない。父から複雑な家族構成や育ってきた環境は聞いたものの、本人の口からはまだ何一つ聞いていない。

「で、優花ちゃんは何が食べたい？　もし特に思い浮かばなかったら、ハンバーガー食べに行かない？　美味しいバーガー屋さんがあるんだ。サンドウィッチもあるし、軽く摘まむ程度でシェアしようか」

尚人くんの言葉に頷《うなず》くと、尚人くんが柔らかく微笑んだ。

「昔もよく、お菓子を半分こしたりしたよね。懐かしいな」

そう言いながら、尚人くんが車のエンジンをかける。他の人の車にあまり乗る機会がないので、思ったよりもエンジン音が静かなことに驚きを隠せない。

「優花ちゃんは車の免許は？　釣書に書かれてなかったけど……」

車は静かに動き始めた。尚人くんは運転に集中するため前を向いて両手でハンドルを握っている。

「ああ……一応は持ってるんだけど、いわゆるペーパードライバーってやつでね。身分証明書が必要な時くらいしか活用したことないかも」

「え？　そうなんだ。運転しない理由って何かあるの？」

「うーん、特に必要性を感じなくて。いつも出掛ける時は父や兄が車を出してくれたりするし、それにずっと運転してないから、いざハンドルを握ると怖くって……」

「そっか。じゃあこれからも優花ちゃんは助手席専門になるのかな。でも、運転ができるに越したことはないから、僕の車で運転の練習してみる？　この車、頑丈だから少々ぶつけても問題ないよ」

十数年ぶりの再会とはいえ、何とか会話が続くのは、尚人くんのコミュニケーション能力の高さの賜物だ。小児科医というだけあり、話し方も柔らかく、患者さんが赤ちゃんから中高生までバラエティーに富んでいるせいか話題が豊富だ。

私は事務職で患者さんと世間話もほとんどしないし、同僚からも院長の娘という目で見られているだけに壁を感じるから、尚人くんに話を振ってもらわなければ車内でも会話は成立しない。

しばらく車を走らせると、どうやら目的地であるお店の駐車場に到着したようだ。

「ここ、穴場なんだ。僕が学生の頃よく通ってたお店でね。優花ちゃんも気に入ってくれたらいいんだけど……」

そう言って連れて来てくれたお店は、言葉の通り学生街の一角にあるお店で、ランチタイムが終わった今の時間帯でも学生らしい客層で賑《にぎ》わっている。

店先にはテラス席があり、涼しい秋風の中での少し遅いランチタイムは気持ち良さそうだ。

「ここって、テイクアウトもできるの？」

たった今、お店から出てきたお客さんの手には、お店のロゴが入った紙袋が握られていた。

「うん、できるよ。テイクアウトして、どこか公園でピクニック気分でも味わってみる？」

私が考えていたことをズバリ言い当てたことに驚きを隠せない。建物の中で話をするよりも、童心に戻って屋外で過ごしたいと思ってしまったのだ。

「いいの？　せっかくお天気もいいし、外で食べたいな」

「了解、じゃあ、一緒に何を頼むかお店で決めて、テイクアウトしよう」

話がまとまると行動は早かった。

二人でお店に入ると、それぞれが食べたいサンドウィッチを注文した。ハンバーガーがおすすめと聞いていたけれど、バーガーを頼めばシェアできないと気付いた私たちは、それぞれが違う種類のものを選ぶ。

お会計の際、尚人くんが先に支払いを済ませてしまい、ドリンクは私が買うことで了承を得た。

近くにあるコンビニへ入ると、それぞれが飲みたいドリンクを選んだ。

私はペットボトルのアイスティーを、尚人くんは炭酸ジュースを選ぶと、それをレジに持って行く。ここは約束通り私に支払いをさせてくれたので安堵した。会計が終わると各自がドリンクを持って店を出て、近くにある公園へと向かう。

「そういえば屋外でのご飯って、高校の遠足以来かも……」

外で食べようと言ったものの、レジャーシートがないことに気付き、公園のベンチに並んで座った。ウエットティッシュと除菌用のアルコールスプレーは、職業柄尚人くんが持ち歩いているとのことで、それを使わせてもらった。

「風が気持ちいいなあ。お天気もいいし、またこんな風に屋外で食べることがあれば、もう少し気を遣わない普段着がいいな」

「うん、そうだね。その時はお弁当を持って、ちゃんとレジャーシートも用意しなきゃ。……そういえば、昔言ってたよね。尚人くん、喘息の発作が出るから遠足も行けなかったって。喘息はもう大丈夫なの？」

毎年季節の変わり目に、ひどい喘息の発作が出て入退院を繰り返していた時、遠足などのイベントに喘息が理由で参加できなかったとこぼしていたことを思い出した。

「覚えていてくれたんだ。もう大丈夫。院長との約束で、小さい頃から真面目に毎日吸入してたし、身体も成長と共に丈夫になって。学生時代は水泳で身体を鍛えたから喘息の発作も出なくなって、おかげさまでこの通りだよ」

力こぶを作る仕草をしながらおどけた口調で話してくれるけれど、小さい頃は気候の変動で体調を崩していたことを知っているだけに、ここまでになるのに陰では人一倍努力を積み重ねて来たに違いない。

「そりゃあ覚えてるよ。初めて会った時のことから……って、今日はお見合いなんだよね。とりあえず自己紹介とかやっといたほうがいいのかな？　そういえば、私のＳＮＳのアカウント、フォローしてくれてるって父からも聞いたんだけど……」

今さら感満載ではあるけれど、今日はお見合いで尚人くんと会うことになっていたのだ。それらしいことはしておいたほうがいいのではないかと思って提案してみた。

その中で、ＳＮＳのアカウントのフォローのことを話題にしてみた。

十和子さんからも弟さんがフォローしていると聞いていただけに、本当に同一人物なのか確認したかったのだ。

「うん、ＮＡＯＴＯってハンドルネームで、結構早い時期からフォローしてる。そういえば、随分前からうちの姉と交流があったんだって？　その頃から姉に、『すごく可愛い子がいるから紹介したい』って話を持ち掛けられて。でも僕も医者になるための勉強で忙しかったりでそれどころじゃなかったから話半分で聞いてたんだ。まさかその相手が優花ちゃんだとはＳＮＳのアカウント画像を見せられるまで思わなかったから、正直驚いたよ。姉にはまだ今日のことを話せてないから、知ると驚くだろうな……。自己紹介は、夜の食事の時に改めてしようか。今は純粋にデートを楽しみたいな」

やっぱり尚人くんがＮＡＯＴＯさんだったんだ……ＮＡＯＴＯさんは、私がアカウントの鍵を開けて投稿を始めた最初のフォロワーさんだ。プロフィール欄も空白だしアイコンも未設定なので、十和子さんから弟のアカウントだと言われても、今一つピンとこなかった。

兄も言っていたように、『尚人』の漢字は、『ナオト』とも読める。私のアカウントも同じ理屈でのハンドルネームだから、納得がいく。

それよりも唐突に尚人くんが発する『デート』の単語に、これまでの二十六年間、女子校育ちでそのような経験のない私は余計にドキドキしてしまう。

そうして、二人で懐かしい昔話で花を咲かせながら、束の間のひと時を過ごした。

屋外で食事を済ませると、童心に戻って遊ぼうと言う尚人くんに釣られて、それこそ十数年ぶりかのブランコに乗った。

「実は小さい頃、こうやってブランコに乗るだけでも喘息の発作が出るからって理由で、ブランコ禁止されてたんだ」

小学校のグラウンドに舞い上がる砂埃や、大気中に蔓延する花粉や細かい粒子を吸い込むことで、喘息の症状が悪化する。ましてやブランコは漕ぐ勢いで風を全身に感じるのだから、呼吸時に何らかの影響が出そうだと容易に想像がつく。

今、私たちは並んでブランコを漕いでいる。

尚人くんはそれこそ思いっきりブランコを満喫中だ。

私はというと、ワンピースの裾がめくれ上がらないようにスピードを加減して漕いでいる。

「そういえば、尚人くんと外で遊んだことってなかったよね」

いつも私たちが遊ぶのは、尚人くんの病室だけだった。

あの頃は尚人くんの家庭環境なんて知らなかったから、特別室に入院する尚人くんのおうちはお金持ちなんだということくらいの感覚でしかなかった。

けれど先日父から聞いた話で、きっとＫＡＴＯの社長は尚人くんの存在を外部に知られたくなかったこと、知られた時に尚人くんが世間の目に晒《さら》されてしまい尚人くんの生活が脅かされてしまうこと、そして何よりも自分の息子に最先端の医療を受けさせたかったなどの複雑な思いがあったのだろうと想像がつく。

大人になった今だからこそわかることだ。

「うん。だからあの頃は、いつか僕が元気になったら、優花ちゃんとこうして外で遊びたいって思ってた。これでようやく夢の一つが叶ったよ」

ブランコを漕ぎながら、こんな些細《ささい》なことすらできなかった幼少期の尚人くんを思うと、切なくなる。

「それこそ急に引っ越しが決まって、優花ちゃんにさよならの挨拶すらできずにこの地を離れた時は、もう会えなくなるかもしれないと思って寂しかった。戻ってきても身体は元気だから病院には行けないし、自宅を訪問しようかとも思ったけど、僕のこと覚えてないって言われたらショックだし。……だからこうして医者になって、院長から優花ちゃんとのお見合いの話を聞いた時は、なりふり構わず即答したから優花ちゃんへの思いは院長には筒抜けだと思う」

尚人くんの言葉に私のブランコを漕ぐ足が止まった。それに気付いた尚人くんも、徐々にスピードを落としてブランコを漕ぐことを止めた。

「こんなところで言うつもりじゃなかったけど……あの頃、僕の世界の中で唯一の光が優花ちゃん、君だった。優花ちゃんがいたからこそ、退屈な入院生活も我慢したし治療も頑張れた」

尚人くんの表情は、緊張からか少し強張《こわば》っている。

「僕の生い立ちの話は院長から聞いてると思うけど、色々あってＫＡＴＯの後継者問題にも巻き込まれたくなかったし、小さい頃、院長に出会ったおかげで、僕も同じ医師の道に進もうと思った。無事に医者になれたことで、家業や生い立ちについてとやかく言わせないだけのものは身に付けたと思う。だから――優花ちゃん、僕と、結婚してください」

唐突なプロポーズに、私の思考はついていけなかった。

お見合いの話を聞いた時に、父からそれらしいことは仄《ほの》めかされていたけれど、まさか本当に……？

「優花ちゃんがＹＵＫＡであることは昔、姉から『この子、可愛いでしょう？』ってまだアカウントに鍵をつけていた頃に見せてもらっていたんだ。表情によってはあの頃の面影も残ってるし、優花ちゃんだとひと目でわかったよ。だから鍵を外したタイミングで即フォローした。その後の投稿も、鍵をつけていた頃の投稿もすべてチェックした」

再び尚人くんの口から爆弾発言が飛び出す。私は驚きのあまり、きちんと自分の口から説明したいのに、上手く言葉にならない。

「大丈夫、誰にも話してないから。姉にＹＵＫＡのアカウントを教えてもらった時、自惚《うぬぼ》れかもしれないけど画像を僕に向けて発信してくれているって思ったら、ものすごく嬉しかった。姉から紹介してあげるって何度も言われたけど、あの頃はまだ僕も学生で医者になれるかもわからなかったし、自分から会いに行きたかったから、姉の言葉にも素直になれなかった。でも、他のフォロワーからコスプレのリクエストが上がると、返信こそしないけど時間がかかってもそれに応えてるのを見て嫉妬したりもした。でも、陰ながら優花ちゃんをずっと応援してた」

尚人くんに、私の意図がきちんと伝わっていたことが嬉しくて、胸が熱くなる。

「写真の、優花ちゃんの画像のどこかにいつも、僕がプレゼントしたブローチを着けてくれていたよね。ブローチをプレゼントした時、『大人になって、初めて会った時みたいにお姫様みたいな格好する時にこれを着けてくれる』って約束してくれてたから、あれを見つけた時、優花ちゃんだと確信したんだ。アカウント名もＹＵＫＡだし」

初めて出会ったのは偶然にも私の誕生日だ。後日それを尚人くんに話したら、バラの花をモチーフにしたブローチを作ってくれ、プレゼントしてくれたのだった。

入院中は喘息の発作が起こらないように病室の中でじっとしていなければならず、退屈しのぎに二人で色々と工作したり、絵本やＤＶＤを観たりして一緒に遊んだ記憶が蘇《よみがえ》る。

思い返せば、この頃から尚人くんは手先がとても器用だったので、医者は彼の天職とも言えるだろう。

あの時にプレゼントされたバラの花のブローチを、コスプレの画像を投稿する際に必ず服の見える場所に着けていたのだ。気付いてくれていたことが素直に嬉しいと共に、あの頃尚人くんに抱いていた淡い気持ちが蘇《よみがえ》ってくる。

「気付いてほしかったの……尚人くんに、私のことを見つけてほしかった。尚人くんが引っ越して、消息がわからなくなって……それこそ小さい頃は春休みや夏休み、冬休みに長期入院していたから、いつでも病院に行けば会えたけど、年を重ねるにつれて入院期間も短くなってたし。父に聞けば尚人くんの受診日がわかるから、いつだって会えると思ってたけど、いつの間にか引っ越して定期検診にも来なくなっていたし……私には、尚人くんを探す手立てが何もなかった」

通院しなくなるということは、病状が良くなった証拠だと思っていた。でも転居や転院の可能性も考えられる。この頃はすでに個人情報の取り扱いは厳格化されていて、父以外の誰かに聞いたとしても教えてくれなかっただろうし、就職してから病院内で当時のカルテを調べることもできなかった。

「だから、尚人くんに見つけてもらうしか方法がなくて……本名でのアカウントは正直迷ったけど、ＹＵＫＡは、ユカともユウカとも取れるから、ずっとアルファベット表記を崩さずにいれば何とかなる。フォロワーさんのコメントにも返事をしなければ、どうにかなるって思って……」

だからこそ、ＹＵＫＡとしてコスプレして画像を投稿する際、洋服とミスマッチなブローチだとコメント欄で指摘を受けてもすべてスルーしてきた。私にとってそんなことはどうでもよかった。

尚人くんにＹＵＫＡが私であることを、当時の約束通り、お姫様に変身する時も、それ以外に変身する時も必ずブローチを着けていることを、それをずっと大切にしていることを知ってほしかったのだ。

「うん、ちゃんと見つけたよ。偶然にも姉にＹＵＫＡのアカウントを教えてもらったからズルにはなるけど……だからこうやって満を持して会いにきた」

尚人くんの声は力強かった。

「入院中、優花ちゃんの存在に本当に僕は救われたんだ。うちの複雑な家庭環境を知られないように入院のたびに毎回特別室で過ごしていたけど、同年代の話し相手は誰一人いないし、何ひとつ満たされなかった」

　当時の尚人くんの心情を考えると、胸が苦しくなりそうだ。もし私が尚人くんの立場だったとしたら……

「外部との接触を遮断されているから、広くて豪華な部屋にいてもすることもなく一人、心が折れそうになっていた。そんな時に、院長が優花ちゃんを連れて来てくれたんだ。おかげでそれからの入院生活は楽しかったし、ずっと入院していたいとさえ思ったくらいだよ」

　尚人くんはそう言うとブランコから立ち上がり、私の目の前に跪《ひざまず》く。目線は私とそう変わらない高さにまで下がったかと思うと、私の左手を取りその手の甲に唇を重ねた。

「もう、優花ちゃんから離れたくない。ずっと一緒にいたい。十数年も会ってないのに、今日突然こんなこと言って頭おかしいと思われるかもしれないけど……僕は優花ちゃんと結婚したいと思ってる。優花ちゃんのアカウントを一方的に見ていて、ストーカーって思われても仕方ないことも覚悟してる。今まで、いろんなことを我慢したり諦めたりしたけど、優花ちゃんのことだけは、どうしても諦めたくない」

　昔馴染みで初恋の相手。偶然にもお見合い相手として十数年振りに再会し、会ったその日にプロポーズされている。こんな夢みたいなことが現実であっていいものなのか……

　色々な思いが頭の中を駆け巡る。

　尚人くんにこの気持ちをどう言えば、きちんと伝わるだろう。

　思いあぐねていても、ただ時間だけが過ぎていく。なので、なかなかまとまらない私の今の気持ちを、正直に口にした。

「あの頃の私だったら、何も考えずに『尚人くん大好きだから嬉しい、尚人くんのお嫁さんになる』って即答してると思う。……尚人くんは私の初恋の人だから、すごく嬉しい。けど……」

「けど？」

私の返事に顔を曇らせる。そんな表情をさせたいんじゃない。でもこのまま尚人くんに流されてもいいのか、不安な気持ちを素直にぶつけてみた。

「私、中学からずっと女子校に通っていて、その……男性経験はおろか、お付き合いをした経験もなくて……。それに、この気持ちが恋なのかどうかもわからなくて……結婚って、一生に一度するかしないかわからないものを、即決するのは今の私には難しくて……」

私の精一杯の気持ちを言葉にする。

「優花ちゃんは、僕のこと、好き？」

尚人くんはそう言って不安気な眼差しを私に向ける。

……そんな顔を見たいんじゃない。気がつけば私の口は勝手に言葉を発していた。

「好きだよ。好きだからこそ、きちんと考えたい」

私の答えに、満足そうな表情を浮かべると、私の手をグイッと引っ張った。私はバランスを崩して、尚人くんの胸の中に転がり落ちるように抱きすくめられる。

「ありがとう……僕は、優花ちゃんとこうして一緒にいられるならそれでいい。できるだけ返事は早く欲しいけど、イエスしか受け付けないから、優花ちゃんにも僕から片時も離れたくないと思ってもらえるように頑張るよ」

尚人くんの言葉には、突っ込みどころがたくさんある。でも多分、私がそれを指摘したところでそれらを論破するだけの口説き文句を返されて、私は何も言えなくなりそうだ。

ようやく抱擁《ほうよう》が解《と》けると、私は何だか照れくさくて顔を上げることができないでいた。心臓の音もすごいことになっているけれど、それ以上に顔が熱い。きっと今、私の顔は耳や首の辺りまで真っ赤になっているだろう。

「可愛い。もっとそんな表情が見たいけど、他の人には見せたくないから、その顔は僕限定だよ」

自分が今、どんな表情をしているかなんてわからないけれど、とにかく今は、早く平常心を取り戻していつもの自分に戻りたい。

「そろそろ車に戻ろうか、他にも優花ちゃんと一緒に行きたい場所があるんだ。付き合って」

尚人くんに手を引かれて車に戻ると、次の目的地へと向かった。

行き先は聞いていない。けれど尚人くんのことだ、きっと私が嫌がるような場所へは行かないだろう。私の勝手な思い込みだけど、そう信じている。

一時間ちょっと車に揺られ、私たちは人工ビーチがある駐車場へやってきた。

時刻は十六時を過ぎたところだ。車から降りると、海から吹く風が磯の香りを運んできた。海風は潮を含んでいるので、長時間外にいると肌がべたつきそうだ。

こうして海に来るのは、一体いつぶりだろう。

ここはデートスポットとしては穴場なのか、季節的な事情もあるのか、思っていたほど人はいなかった。

「砂浜に降りてみる？　その靴だと、中に砂が入るし後から大変になるからやめとこうか」

尚人くんは自分がドレスコードを指定した手前、私のことを自分のこと以上、気に掛けてくれている。自分のことには無頓着なのに……さっきの公園でも思ったけれど、自分の服は、汚れようが何だろうがお構いなしだ。

「尚人くんも、お互い今日はちょっとだけ堅苦しい格好だし、きっと靴の中に砂が入っちゃうよ。さっきもブランコでお尻の部分、少し汚れたでしょう？」

先ほどの公園で座ったブランコは、座席部分が花粉や埃《ほこり》で少し汚れていた。車の中から持ち出して用意していたウエットティッシュはサンドウィッチを食べた時に使い切ってしまい、そのまま座席に腰を下ろしたため、尚人くんの穿《は》いているスラックスはお尻の部分がうっすらと汚れてしまっていた。

「僕は、自分の服は着られたらいいって考えだから、多少汚れても何てことはないんだけど。優花ちゃんの着てる服が汚れたら大変だ。……ところで投稿しているコスプレの服って、何か特別なこだわりがあるの？」

自然に繋がれた手に緊張が走るのは私だけだろうか。尚人くんの表情は全然変わらない。

「今日の服は、多分汚れてもそんなに目立たないから大丈夫だよ。コスプレの写真はね、ほとんどが十和子さんの選んだ服なの。だからあれは、ほぼ十和子さんの趣味だよ」

今日の装いに、無難なベージュのワンピースを選んで良かったと思いながら、尚人くんの問いに答えた。

「十和子さんって、小さい頃着せ替え人形を持ってなかったとかで、私がリアル着せ替え人形だって、喜んでコーディネートしてくれるの。メイクもそれこそ別人みたいな仕上がりでしょう？」

ビフォーアフターで自分の顔を見比べると、別人のような仕上がりに、いつも驚かされる。

「普段着は地味な格好だよ。学生の頃は、それこそSNSでYUKAが着ているような服を家でもよく着てたけど、KATOの仕事を始めてからはコスプレ用の撮影やスチール撮影以外では、身バレしないように気をつけてるから着る機会がなくなったかも」

実家の病院で医療事務として就職が決まり、YUKAの仕事との二足の草鞋《わらじ》を履《は》いてみると本当に忙しく、学生時代のように家の中で着飾る元気すらなかった。いつしか家の中では適当な格好をするようになり、学生の頃のような熱意はなくなっていた。

「でも今日は、可愛い格好をしてくれてる」

昔だったら、尚人くんの褒め言葉を素直に受け取っていただろう。

でも今は、あの頃とは違う。

年齢を重ねた分だけ、それが上辺だけのお世辞なのか本心からの言葉なのか、微妙な駆け引きも見え隠れするだけに、私も言葉選びが慎重になる。

「たまには、ね」

昔から、尚人くんの言葉には嘘がない。

そのことを知っている私は、照れ隠しでついつい口調がぶっきらぼうになる。それもお見通しなのだろう、尚人くんは笑っている。

「喘息持ちの僕に唯一許された運動っていうのが水泳でね、小さい頃も体調がいい時は、スイミングスクールに通ってたんだ。おかげで肺活量も増えて身体も鍛えられて、高校の時はインターハイに出場できるくらい元気になったよ」

小さい頃、病室内でいつも吸入をしていて、喘息の発作が起こるたびに咳き込みが辛そうで、本当に大丈夫なのかと子どもながら心配をしていたことを思い出す。

そんな過去も知っているだけに、今、こうして目の前にいる尚人くんが本物なのかと正直未だ半信半疑なところもあった。けれど、話をすればするほどに、あの頃の懐かしい気持ちが蘇《よみがえ》る。

あの頃の、ただ純粋に尚人くんのことを大好きだった思いが呼び起こされる。

恋愛経験を全く積んでいない私と違い、色々と努力と苦労を重ねて健康を取り戻し、且つ人の命を預かる医師になって……本当に尚人くんはすごい。そんな尚人くんのお嫁さん候補に私が指名されているなんて、本当にそれでいいのだろうか。

「何だか今でも信じられないいんだけど……本当にあの尚人くんなんだよね」

「僕も信じられないよ。今日という日をどれだけ心待ちにしていたことか……僕の仕事の都合でなかなか日時が決まらなくて、予定を伝えたのもギリギリで。少しでも早く、少しでも長く一緒にいたくて待ち合わせの時間も無視して迎えに行ったくらい、今、浮かれてる」

私の言葉に尚人くんも同じ反応を示す。いや、それ以上の言葉を返してくれる。

これが経験値の差だろうか。心臓が壊れてしまうのではないかと思うくらい、私の心拍数はすごいことになっている。今、脈拍を測られたらとんでもないことになっているだろう。今日はずっとこんな風にドキドキすることばかりだ、こんなことで大丈夫だろうか。

「こうやって、手を繋いで散歩するだけでもすごくドキドキするんだけど、優花ちゃんも同じだと嬉しいな」

今の言葉に耳を疑った。ドキドキしている？　どこが？　平然としているように見えるのに、本当だろうか。

「ホントに……？　尚人くん、全然表情が変わらないから、こういうことって慣れてるのかと思った」

「え、そんなことないよ」

その言葉にお互い見つめ合い、どちらからともなく吹き出した。ようやく緊張の糸が少し緩み、私もまだあの頃と同じようにはいかないけれど、少しは距離が縮まったように感じた。

「この公園って、恋人たちの聖地って呼ばれる場所があるんだけど、行ってみない？」

本当に尚人くんは私をドキドキさせる天才だ。返事をするまでもなく私の手を優しく引くと、そのままその場所まで無言で歩く。私は尚人くんから半歩遅れてその後に続く。

「本当は夕日の綺麗な時間帯に来たかったんだけど、ホテルのディナー、予約してるから間に合わなくて。何か格好つかなくてごめん」

口ではそう言うものの、尚人くんの身のこなしはスマートで、私に接する態度も今のところ紳士的だ。

歩幅もゆっくりで、私が追いつける速度に合わせてくれているし、何より常に私を気にかけてくれているのが充分に伝わる。

きっと十和子さんがこのことを知れば、この程度で二度目の恋に落ちるなんてチョロいと言われるだろう。それでも、私をここまでドキドキさせるのは、後にも先にも尚人くんだけだ。この気持ちが恋じゃないなら、一体何だろう。

「ここだよ」

連れて来られた場所は、人工ビーチの中央部分に作られた岬だった。

そこからの展望は、海面が西に面しており夕日が沈むのを一望できる。モニュメントも置かれていて、夕日をバックに逆光で撮影するとたしかに映えそうだ。

「せっかくだから記念に一枚、撮りたいな」

そう言うと尚人くんはポケットの中からスマホを取り出して、カメラアプリを起動させる。内カメラボタンを押して私の肩を抱くと、撮り慣れた様子でシャッターボタンを押す。フォルダでカメラ写りを確認すると、尚人くんは私にスマホを出すよう指示した。

「連絡先、交換しよう」

私は、通話アプリのアプリを開いてスマホを手渡した。

「私、機械全般苦手でやり方がよくわからないから、お願いしていいかな？」

「わかった。僕の連絡先ここに入れとくね。登録してもいい？」

「うん、よろしくお願いします」

尚人くんがスマホの画面を開いて操作をし、私のスマホに尚人くんの連絡先が加わった。尚人くんのスマホも同様で、私の連絡先が加わった。

早速尚人くんから画像が転送されると、その画像を確認する。

「やだ、これ化粧崩れしてる」

ＫＡＴＯのスチール撮影でプロのカメラマンが撮影するようになってから、肌の調子はもちろんのこと、化粧もそれなりに気にし始めた。

プロの技は本当に素晴らしく、光の当たり方一つで被写体の印象は丸っきり変わる。私の写真も、プロが撮影するポスターやＷＥＢで掲載されたものと、それまでに兄が撮影してＳＮＳに投稿していたものと比較すると仕上がりが全然違う。

「そんなの全然気にならないから大丈夫だよ。優花ちゃんは可愛いから。そういえば昔から僕たちって、一緒の写真が一枚もなかったよね」

先ほどの軽食で、口紅が取れている。可愛いと褒められて何だか恥ずかしいけれど、昔話を振られたら化粧崩れのことなんてどうでもよくなった。

「言われてみれば……一緒の写真ってないよね。そもそも入院中の写真もないでしょう？」

私たちは当時スマホなんて持っていなかったし、尚人くんが入院中は病室で一緒に遊んだり勉強を教えてもらっていたけれど、こうして写真を撮ったことがなかったのだ。

「うん。父親の件で身バレするとマズいからって誰もお見舞いには来てくれなかったし、もし仮にその時の写真があったとしても、僕にとっては寂しい思い出にしかならなかったから、写真がなくてよかったのかも。それに優花ちゃんがいつも一緒にいてくれたからそこまで寂しいとは思わなかったかな」

尚人くんと初めて出会ったのは、私が小学校に上がる直前の春休みだ。たしかにその当時から、私がいつ病室へ遊びに行っても尚人くんのお見舞いに来る人と出くわしたことは一度もなかった。

尚人くんは私に気を遣って最後はこんな風に言ってくれたけれど、本当は寂しかったということはひしひしと伝わる。

今さらかもしれないけれど、できることならば、あの頃の寂しい思い出を出会えてよかったと思える嬉しい思い出に塗り替えたい。そう思ったら、私の身体は自然に動いて尚人くんを抱き締めていた。

「優花ちゃん……？」

「大丈夫だよ。ずっと私が側にいるから……これからはもう、寂しい思いなんてしなくていいからね……」

頭上から尚人くんの戸惑った声が聞こえる。

この気持ちは決して同情なんかじゃない。

それを上手く伝えるにはどうすればいいのかわからない私は、こうして尚人くんを抱き締めることしかできない。

端から見れば、私が一方的に抱きついているようにも見えるだろう。それでも……

私の意図が伝わったのかどうかはわからない。けれど、尚人くんはそんな私をそっと抱き返した。どのくらい時間が経っただろう。二人が抱擁《ほうよう》を交わしていた時間は数秒かもしれないし、数分かもしれない。今の尚人くんには大事なことだと思った私は、抱き締められてじっとしていた。尚人くんも、私が抱きついてもじっとしていた。

「……優花ちゃん。これ、プロポーズの返事だと思って、いい……？」

そう取られてもおかしくないことを私は口に出している。

今、目の前にいる尚人くんは大人の男性に成長していても、私の目にはあの頃の、喘息の発作で入院していた頃の幼い尚人くんの姿が重なって見える。そんな尚人くんが愛おしく思えた。

この気持ちは、きっと恋だと思う。恋愛経験値は全くないけれど、父も太鼓判を押しているお見合い相手で、何といっても初恋の相手だ。躊躇う必要はない。私は迷うことなく頷《うなず》いた。

「ありがとう……一生大事にする。二人で幸せになろう」

ファーストキスは、海風の香りがした。

その後公園の中の海が見える場所に設置されているベンチに移動して、さっきの公園で話せなかったことも色々と話した。交際ゼロ日でプロポーズを受けてそれを承諾するなんて、こんな風にジェットコースターのような怒涛《どとう》の展開が自分の人生に起こるなんて、今でも信じられない。

ＫＡＴＯのイメージキャラクターに起用された時も同じように思ったけれど、それとこれとはまた次元が違う。

いつしか陽も傾いて、モニュメントの影が先ほどから少しずつ細長く伸びている。

尚人くんと過ごす時間はいつだって楽しくて、いくら時間があっても足りないと思うくらいに一緒にいたいと思う。これは今も昔も変わらない。

「そろそろ移動しようか。食事の予約、してるから」

尚人くんの言葉に頷《うなず》くと、車に戻る。

繋ぐ手は自然と指をしっかりと絡め取られる。いわゆる恋人繋ぎというやつだ。

初めてのことばかりで、今日の私はずっとドキドキしっぱなしだ。本当に命がいくつあっても足りないくらいに……

吹き付ける海風は日中よりも強くてきっと肌寒いはずなのに、今の私は顔が熱くてむしろ心地よく感じる。

車に乗り先ほど通った道を戻ると、次第に見慣れた風景が広がってくる。

自分で車を運転する機会もなく、いつも後部座席に座っていると、助手席から見る景色がとても新鮮だ。カーステレオから流れる曲は、私たちが学生時代に流行っていたバンドのもので、サビの部分は今でも口ずさめるくらいに当時はよく耳にしたものだ。

ＢＧＭのおかげもあり、この沈黙が苦ではない。一緒にいる時間が長くなると、昔のことを思い出すので緊張の糸が解《ほど》けたことも大きな要因だ。

車を少し走らせると、父がメモに書いていたホテルに到着した。

尚人くんが車を来客用駐車場に停車させ、私たちは車から降りるとホテルの正面入口へと向かった。エレベーターに乗ると、尚人くんがボタンを押す。

「私、こんな畏《かしこ》まった場所でのお食事って、初めてかもしれない」

院長である父も医師である以上、急な患者さんがいたり土日も学会などで忙しく、両親が懇意にしている特定のお店以外では、めったに外食をする機会がなかった。そのせいで、初めて訪れるお店だと緊張してしまう。

思わず小声で尚人くんに耳打ちすると、尚人くんは小さく笑った。

「緊張しなくても大丈夫、個室取ってるから」

エレベーターの扉が開くと、そこは異次元の世界だった。私がそう簡単に足を踏み入れるような場所ではないような気がして気後れしてしまいそうになる。

尚人くんが従業員に声を掛け、私たちは予約席へと通された。そこは窓辺にテーブルがセットされた個室で、他の利用客の視線を感じることもなく食事を堪能することができる。

コース料理を予約してくれていたので、オーダーに迷うこともなかった。食事が終わるまで、日頃味わうことのない贅沢な空間でのひと時は、かけがえのないものだった。

私も尚人くんも食前酒に用意されていたワインを口にした。それはつまり、この後尚人くんは車を運転しないつもりだということに気付かないほど私も初心《うぶ》ではない。それが何を意味しているかも――

もし尚人くんにそういった気持ちがなく、ただ単にうっかりお酒を飲んだだけなら、タクシーを使って帰ればいい。

食事が終わり、窓の外を見ると、すでに辺り一面が暗闇に包まれていた。

バーに移動すると、カウンター席に並んで座り、お酒に詳しくない私は、バーテンダーの勧めるアルコールの度数低めのカクテルを飲んだ。目の前に置かれている熱帯魚の入った水槽が、ブラックライトに照らされて存在感を放っている。

「ここにいる魚って、何だかＹＵＫＡみたいだよね。こうしてライトを当てられて煌《きら》びやかに見えるけど、照明を落としたら、ぱっと見メダカと変わらないし」

ほろ酔いの私がポツリと呟《つぶや》くと、一瞬尚人くんは目を丸くしたかと思えば、肩を震わせて笑いをこらえている。

「メダカって……優花ちゃんってびっくりすること言うね。それは優花ちゃんがそう思うだけであって、僕はそう思わない。本質は同じなんだから。優花ちゃんがメイクして可愛らしくＹＵＫＡに変身しても、優花ちゃんなんだから。僕はどちらの優花ちゃんも好きだよ」

尚人くんは水槽に映る私の顔を見つめている。

尚人くんが注文したウイスキーの、グラスの中に入っている氷がカランと音を立てた。

琥珀《こはく》色のウイスキーと氷の溶けた水が混ざり合う。まるでその液体は、真夏に見る逃げ水のようだ。

「僕は、優花ちゃんがＹＵＫＡだから好きになったんじゃないし、でもコスプレを投稿しているＹＵＫＡである優花ちゃんも、大好きだ。どんな服を着ても、あのブローチを絶対着けてくれていた。

僕に『見つけて』って発信してる優花ちゃんを、ようやく捕まえた」

そう言って私のほうを見つめる尚人くんの視線から目が離せない。

「……これ飲んだら、部屋取ってるから、移動しよう」

気がつけば、私は頷《うなず》いていた。

カクテルを飲み干すと、尚人くんがルームキーを見せて私たちはバーを後にする。いつの間に尚人くんは部屋を取っていたのだろう。私の疑問に、移動しながら答えてくれた。

「今日のお見合いのために病院からも連絡が入らないよう、スケジュールを調整した。少しでも長く優花ちゃんと一緒に過ごしたかったから、宿泊の予約をして、優花ちゃんの家へ行く前にチェックインも済ませておいた」

意外に用意周到な尚人くんに、私は開いた口が塞《ふさ》がらない。

「もし今日、私がプロポーズの返事を断ったりしてたら、どうするつもりだったの？」

「その時はその時で、せっかくだから部屋だけでも見てもらおうとは思ってたよ。優花ちゃん、きっと驚くと思う」

到着したフロアは、どう見ても一般の宿泊客が足を踏み入れるような場所ではない。ドアの数からして、おそらくこのフロアにはスイートルームしかないだろう。

カードタイプのキーをドアに差し込むと、ドアの鍵を開けて私を中に誘導した。私は尚人くんにエスコートされて部屋の中に入ると、全面ガラス張りの窓から夜景が一望できる。最上階だけあり、先ほどまでの景色とは一味違う。

「わあ……素敵！」

部屋からの景色は圧巻で、高層階から階下を眺める機会がなかった私は、その高さに思わず驚きの声をあげる。

しばらく窓辺に張りついてその展望を眺めていたけれど、ガラス越しに合う尚人くんの視線に気がついた。何だか子どもみたいな私の反応に呆れていないかと思うと急に恥ずかしくなり、視線を部屋へと戻すと……

「ここ、何だか特別室に似てない？」

先に口を開いたのは、尚人くんだった。

言われてみれば、部屋の間取りや調度品の配置など、既視感を覚える配置だった。

「そう言われてみれば……似てるね。偶然にしては、すごいね」

私が特別室に入ったことがあるのは、尚人くんが入院していた時だけだ。

でもここは客室だけあって、部屋も広いし内装や置かれている調度品はかなりのものだ。

「今思うと、あの頃はすごく贅沢な環境で治療を受けてたんだなって思うよ」

ソファーに座るように促され、そこに座ると隣に尚人くんが腰を下ろした。

「あの頃は優花ちゃんに心配ばかりかけていたけど、もうそんな必要はない。身体も丈夫になったし大人にもなった。……本当はこんなこと、もう少し時間をかけてから言うべきなのはわかってるけど、優花ちゃんを僕のものにしたい。いいかな？」

酔いも手伝って、尚人くんの目が熱を帯びている。

「もちろん嫌ならしない。優花ちゃんの気持ちを大事にしたいから。でも、もし少しでも優花ちゃんもそう思ってくれてるなら……」

食事の時にお酒を口にした時から予感はあった。けれど、まさか本当に会ったその日のうちにそのような行為をするだなんて、貞操観念を疑われたりしないだろうか……

「あの、ね……私、さっきも言ったけど、今まで誰ともお付き合いとかしたことなくて」

緊張のあまり声がうわずっていると、尚人くんはそのまま私をソファーに押し倒し、唇を重ねた。

日中初めてしたキスとはまた違う、テレビドラマや映画で見るラブシーンのような、ねっとりとするキスだった。でも、それが気持ちいいと思うのは、お酒が入っているせいだろうか。それとも……

「――院長には、後で電話しとく。優花ちゃんは、緊張からお酒を飲み過ぎて気持ち悪くなって、このままここに泊まるってことにするけど、いい？」

耳元で囁《ささや》かれ、身体の奥がきゅんと疼《うず》いた。こんな感覚は初めてのことで、恥ずかしさのあまり返事ができないでいる私に、尚人くんは優しいキスをする。

唇が離れると、尚人くんにシャワーを浴びて来るように促され、私は小さく頷《うなず》きパウダールームへと向かった。

ドキドキしながら服を脱ぎ、シャワーを浴びる。クレンジングなどのアメニティは、ホテルに備え付けのものを使った。

バスルームから出ると、ガウンが用意されていた。下着をつけるべきか悩んだけれど、どうせ脱がされるのだからと思い、そのまま素肌の上にそれを羽織る。

……恐れることはない。きっと、尚人くんは言葉通り私のことを大事に抱いてくれる。そう直感した私は、合わせの部分を整えて部屋へ戻った。入れ違いで、尚人くんもシャワーを浴びる。すれ違いざま寝室で待っていてと言われたので、私はベッドの隅に腰を下ろし、その時を待った。

寝室は間接照明で仄暗い。そのせいか、これから起こるであろう行為のムード作りも手伝っているように感じるのは私だけだろうか。何だか急に恥ずかしくなって、この後尚人くんの顔を正視できそうにない。

ドキドキし過ぎて心臓がどうにかなってしまいそうだ。

私は気持ちを落ち着かせようと、何度か大きく深呼吸した。

数分後、シャワーを浴びて戻ってきた尚人くんは、そっと私をベッドの上に横たわらせた。そして私に跨《また》がると、自分が羽織っているガウンを脱ぎ捨てて、逞《たくま》しい身体のラインを見せつけるかのように覆い被さった。

初めて見る尚人くんの裸は、彼がもうあの頃の病弱な小さな男の子ではないことを教えてくれる。

学生時代、水泳をしていたというだけに肩幅の広さはもちろんのこと、逆三角形のがっしりとした上半身は、今でも鍛えているのがわかるくらいにしっかりと筋肉に覆われている。

尚人くんは着痩せして見えるせいで、先ほどまでのギャップに驚きを隠せない。

嫌でも大人の男性だと意識してしまう。

私を見つめる眼差しは、さっきまでの優しい彼とは違って野性の雄を感じさせる激しさを宿している。そんな目で見られると、私はどうすればいいかわからない。けれど、私の身体の奥深い場所が、ずくんと疼《うず》くと同時にその場所から熱い蜜が流れ出て、じんわりと秘めたる場所が濡れていくのを感じた。

尚人くんの顔が近付いてくる。

先ほどのような大人のキスをされるんだと意識すると、何だか恥ずかしくて瞼《まぶた》を閉じた。尚人くんはそんな私の頬を優しく両手で触れ、そっとキスをしてくれる。そのキスは、私が知っている唇が触れる軽いものから段々とレベルが上がっている。

呼吸が苦しくて唇を軽く開くと、待ち構えていたかのようにそこから尚人くんは舌を侵入させ、私の歯列をなぞっていく。私は驚きのあまり目を見開くと、尚人くんと視線が合った。

「優花ちゃん、眼を閉じて」

尚人くんの言葉に私は慌てて瞼《まぶた》を閉じると、再び深いキスが始まった。歯列の隙間からさらに舌が侵入し、私の舌を絡め取る。尚人くんの身体も私に触れており、片時も私から離れたくないと全身が訴えているように思えるのは勘違いなんかじゃない。

尚人くんは丁寧に私へのキスをする一方で、ガウンの紐を解《ほど》いた。合わせの身ごろをずらし、私の肌を露出させる。

途端に身体から熱が奪われる。ひんやりとした空気が肌に触れるけれど、尚人くんのてのひらが、私の胸にそっと触れる。

言葉にこそ出さないけれど、生唾を飲み込む音が聞こえ、尚人くんの喉仏が大きく上下に振れた。

私の胸の先端を指で軽く触れたかと思うと、そこへ口を運んだ。

尚人くんの舌がチロチロと先端を舐める感覚はくすぐったい。まるでデザートを口に含むように、優しく丁寧に愛撫する。舌先の感覚が、くすぐったさから快感に変わるのはすぐだった。それまでそんな触れ方をされたことがないだけに戸惑いが大きいものの、与えられる快楽は、まるで私にとってのご褒美のようだ。

「あっ……」

思わずこぼれる声が、まるで自分の声じゃないような気がする。それこそテレビドラマや映画の官能シーンで聞くような艶めいた声に、自分自身が一番驚いている。

まさか自分がそのような声を発するとは思ってもみなかった。自分の声に、それまで尚人くんに流されて忘れかけていた理性が急に顔を出す。恥ずかしさのあまりに私は自分の手で胸元を隠そうとしても、大きく逞《たくま》しい腕がそれを阻んだ。

「隠さないでいい、こんなに綺麗なんだから。ほら、ここもこんなに尖《とが》ってる」

そう言って私の胸の先端を指で撫でると、全身に電流が走るようにビクンと身体が弓なりになる。そこはつい今しがた、尚人くんが口に含んだせいで唾液まみれになっており、間接照明に照らされた胸がきらきらと煌《きら》めいて見える。

「声、聞きたい。我慢しなくていい。優花ちゃんの可愛い声、いっぱい聞かせてほしい」

尚人くんは再び私の胸にむしゃぶりつくと、反対側の胸を優しく揉みしだき始めた。むにゅむにゅと、優しく私の乳房を掴《つか》みながら、人差し指と中指で私の乳首を挟んでいる。胸を揉みながら器用に力を加減して、その頂を刺激する。そして反対側の胸も、口に含みながら舌先で舐め上げる。

両方の胸に与えられる初めての感覚に、私の身体は何だかおかしくなりそうだ。

胸の先端だけでこんなに気持ちよくなるなんて、どうかしてる。おまけに下腹部の、ちょうど子宮の辺りがきゅうっと締まるような、そしてそこから熱い何かが沸き出る感覚まである。一体自分の身体に何が起こっているんだろう。

「あ……ま、待っ……、あ、ああ……、んっ……なん、か……へ、ん……んんっ！」

私の必死の訴えに、尚人くんは耳を貸すどころかますます刺激を与えてくる。いつの間にか乳房を揉んでいた手は乳首を摘まんで、その先端を指の腹でクニクニと撫でている。その指の動きが、力加減が絶妙で、私の口からは、自分でも聞いたことのないような嬌声が漏れている。

「可愛い。その表情、僕以外に見せないで」

尚人くんはそう言うと、胸元の愛撫をそのままに、空いた手で私の下半身をなぞっていく。その触れる手は優しくて、ツツツ……と、普通だったらくすぐったくて払いのけるであろう触られ方なのに、この時ばかりは全身が歓喜の声を上げているようだった。

下半身に触れる右手がお腹を伝い、私の大切な場所へと到達した時、今まで誰も触れたことのない場所は私の甘蜜で濡れそぼっていた。

尚人くんから与えられる官能で、思考がまともに働いていない私はされるがままだ。それでも時折り羞恥心から理性が戻り、いつの間にかガウンも脱がされ一糸まとわぬ姿に恥じらう私を、尚人くんはじっくりと眺めている。

「綺麗だ……」

尚人くんはあらかじめ、ベッドルームの枕元に小さな箱を置いていた。それを手に取ると、セロファンの封を切り、中から何かを取り出した。それが避妊具であることに気付いた私は、思わず目を見開いた。

私の裸に欲情してくれている尚人くんの表情は、言葉に言い表せないくらい色気に溢《あふ》れている。視線を下半身に向けると、尚人くんの男性の象徴といえるそれが、大きく膨らんで勃ち上がっている。そしてその先端部分が私の太ももに触れた時、少し湿り気を感じた。シャワーを浴びた後だから、きちんと水分を拭き取れていないのかと思っていたけれど、そこが濡れていることに気付いた私を見て、尚人くんは妖艶《ようえん》に微笑んだ。

「気付いた？　早く優花ちゃんの中に入りたくてたまらない」

返事に困っていると、私の身体を起こして向き合うように座り、自分のものを掴《つか》み、反対の手でその先端を指差した。

「先端が濡れてるだろう？　もうすぐ優花ちゃんの中に入る準備ができたって意味だよ」

ようやく意味を理解して、何気なく私がそこに指で触れると、尚人くんの身体がビクッと跳ねた。

今まで誰ともお付き合いをしたことがないので、このように男性の裸をまじまじと見るのは初めてのことだ。

幼少の頃、父の帰宅時間はいつも遅く急患で病院に呼び出されることも多かったため、父とお風呂に入った記憶は数えるくらいしかない。

兄は私が物心ついた頃にはサッカーのクラブチームに所属していて、練習が終わって帰宅するとさっさと一人でお風呂に入っていたので、一緒にお風呂という記憶はほとんどない。おかげで男性の裸に免疫なんて全くない。

間接照明でぼんやりとした明るさとはいえ、いや、むしろ間接照明のせいで、尚人くんの男らしい体型が陰影を帯びてさらに強調されている。水泳で鍛えた身体は、逆三角形で胸板も厚く、腹筋も割れている。尚人くんの色香で私の心臓は過去最速の心拍数を叩き出していることだろう。

私の視線の先にある男性の熱い塊は、昔教科書で見たミケランジェロが制作したダビデ像の彫刻とは全然違う。学生時代のおぼろげな記憶だし、当時は恥ずかしさのあまりそんな部分までまじまじと見ることもなかったので、こうして生で見ると、とてもグロテスクな赤黒い肉棒に驚きを隠せない。そして、何の恥じらいもなく自らの全裸を晒《さら》す尚人くんの身体と私の身体とは全然違うので、どこへ視線を向けていいかわからない。

そんな私の考えはお見通しだったようだ。

「こうして男の裸を見るのって初めてだろう？　——不思議だね。同じ人間なのに、全然違う身体なんだから。優花ちゃんの姿に、僕のここが反応して、こんなに大きくなってる。これがこれから優花ちゃんの中に入るから、触ってみて」

尚人くんの手が、自らの屹立《きつりつ》に触れるように改めて私の手を掴《つか》むと、私にそれを握らせる。それはカチカチに勃起しており、急に不安が過《よぎ》った。

「え……こんなに硬いし、大きいの……？　これ……本当に入るの……？」

私の心の声はダダ漏れだ。尚人くんはクスリと笑うと再び私にキスをする。先ほどの、大人のキスだ。息ができなくなるくらいにとても深く、情熱的なキスだった。

「心配しなくても大丈夫。これから時間をかけてじっくり解《ほぐ》すよ。優花ちゃんの中を僕で埋め尽くすから、覚悟して」

その言葉の後は、初めて経験することばかりだった。女子校育ちの私には、尚人くんの一挙手一投足のすべてが羞恥心を刺激するものの、快楽という名の欲には勝てるはずがない。再びベッドの上に横たわると、唇に落とされた情熱的なキスは、ゆっくり下半身へと向かっている。胸元への愛撫がようやく落ち着いたかと思っていたら、その手は私の下半身へと伸びていた。

私の太ももをぐいっと割ると、私の大切な場所が丸見えになる。そこはもう、私の蜜で溢《あふ》れ返っていた。

先ほどから甘い滴《しずく》が私のお尻を伝い、シーツを濡らしている。そんなところを見られて恥ずかしいのに、尚人くんはその蜜を指ですくい上げ、私の目の前へと差し出した。

「見て、こんなに濡れてる。キスだけでこんなになるなんて、優花ちゃん可愛い」

先ほどまでの紳士な態度から一変、淫靡《いんび》な尚人くんの一面が顔を出す。その指は、私の蜜……さらさらとした液体で濡れている。その指が、私の花びらの奥に隠れている小さな突起に触れると、先ほど以上に私の身体が大きく跳ねた。と同時に、私の口からは甘い叫び声が漏れた。

「きゃっ……、あっ……あぁんっ……！」

今までに感じたことのない感覚に、何も考えられなくなる。

与えられる刺激は、官能として脳に伝達されている。いつの間にか理性やら羞恥心やら、ごちゃごちゃ考えていたことなんて忘れて、ただ尚人くんに触れられた場所から伝わる感覚に身を委《ゆだ》ねていた。

「――もっと気持ち良くなって」

私の股間に顔を埋めながら、尚人くんはその突起を舐め始めた。

尚人くんの吐息が、私の身体を粟立《あわだ》たせる。

こんなの初めてだ。

突起への愛撫は、先ほどの指から与えられたもの以上に気持ち良くて、身体から力が抜け落ちそうになる。おまけにぴちゃぴちゃと、わざと音を立てながら舐める仕草は、視覚的にも聴覚的にも私の本能を刺激する。

快感を逃がそうと、私は身体をよじって腰を浮かせるのに、尚人くんはそれを許してくれない。しっかりと私の腰を掴《つか》んで離さない。

「ダメだよ、これからこの中を解《ほぐ》すんだから。じっとしてて」

そうじゃないのと言いたいのに、言葉を発するよりも先に、私の口からは甘い声がこぼれ落ちていくだけだ。

「……はぁ……、あぁっ……ん……んんっ……!!」

尚人くんは花びら奥の芽を舐めながら、蜜壺に指を挿《さ》し入れていく。その異物感に私が驚きの声をあげると、尚人くんは一度指を抜き、それを自分の口へと含ませた。

「想像以上だ……優花ちゃん、すごいよ……」

うっとりとした表情で私を見つめると、再び顔を私の股間へと埋め、花びらへとキスをする。そうしてゆっくりと指を私の蜜に絡ませると、再び蜜壺へと指を挿《さ》し入れ抽挿《ちゅうそう》し始めた。入口の浅いところを執拗に攻めあげられて、目の前が白くなりそうになるのに、尚人くんはタイミングを見計らったかのように抽挿《ちゅうそう》を止めるのだ。もう少し擦《こす》られていたらどうなるのかまだ未知の領域だけど、こうもギリギリで指の動きを止められると、生殺しもいいところだ。それを何度か繰り返し、いよいよその時が訪れた。

「僕もギリギリまで我慢してたから、早く入りたくてたまらない」

そう言って尚人くんは身体を起こすと、先ほど封を切った避妊具の一つを取り出した。

十数年ぶりの再会なのに、まさかお見合い当日でこんな展開になるだなんて思ってもみなかった。でも、尚人くんがこれを用意しているということは、そうなることも想定していたのだろう。

私たちもいい年をした大人なんだから、これは自己責任だ。そう考えたら、尚人くんがどれだけの覚悟を持って今日のお見合いに挑んでくれていたのか……

避妊具を装着して、再び自身の熱い昂《たかぶ》りの存在をアピールすると、徐《おもむ》ろに入口付近に溢《あふ》れ出ている蜜を擦《こす》りつけ、私に覆い被さりながらゆっくりと腰を落とした。

指とは比べ物にならない太さと長い楔《くさび》が、私のお腹の中に、ゆっくりと沈められていくのがわかった。私が痛みを感じないように、花びら奥の芽にたくさんの刺激を与えながら徐々に奥へと進んでいる。

薄膜越しに尚人くんの熱を感じるものの、未開の場所への道のりは容易ではない。女の子の初めては痛みを伴うものだと友達やネットなどの情報で知っていたけれど、あまりの痛さに口からは叫び声しか出てこない。

「いっ……たあ……!!」

私の声に、尚人くんが動きを止めた。まだ私の中で尚人くんの一部が繋がっている。痛みのあまり、涙がにじみ出ている私の目じりを、そっと拭《ぬぐ》ってくれた。

私は痛みを逃がすのに必死でシーツを握りしめている。

「ごめん……、もう少しだけ辛抱して。今この状態で、やめられない。僕の首に手を回して、しっかり掴《つか》まって。痛かったら引っ掻《か》いてもいいから」

そう言いながら尚人くんは、私の手の上に自分の手を乗せた。シーツを掴《つか》んで強張《こわば》っていた私の手は、そのぬくもりで力が抜けていく。シーツから離れた手を掴《つか》まれて、両手を首に巻き付けるように誘導された。しっかりと首に掴まったことを確認すると、尚人くんは私の上半身をギュッと抱き締めながら、再び腰を沈めていく。言葉にならない痛みが全身を駆け巡っている。尚人くんは引っ掻《か》いてもいいと言ったけれど、そんなことできるわけがない。私は自分の手首を交互に掴《つか》み、ギュッと力を入れて痛みを耐え忍んだ。

時間にしてどのくらいだろう。痛みが永遠に続くかと思ったその時、尚人くんが耳元で囁《ささや》いた。

「優花ちゃん、一番奥まで入ったよ」

その言葉で我に返った私は、両手の力を抜いて尚人くんの首から手を解《ほど》いた。尚人くんは、今どのような状況になっているかを私の視覚に焼きつけようと、私の上半身を両手で支えるように浮かせた。

「わかる？　僕が優花ちゃんの中にいるんだよ」

尚人くんの手が私の右手を優しく掴《つか》むと、私の下腹部へと添えた。たしかにそこには違和感がある、それが尚人くん自身であると理解することに少しだけ時間がかかった。でも下半身が重なり合って密着している状態で、肉眼で確認することは難しい。

私をベッドに横たわらせて再び尚人くんが私の上に覆い被さると、少しだけ腰を引いて、肉竿の付け根が私の入口から顔を見せる。この時に、ようやく本当に尚人くんと繋がることができたんだと理解できた。

「まだ痛い……？　どうする？　やめる？」

尚人くんは私を気遣ってそのような言葉を掛けてくれるものの、男性側はこんな状態でやめるというのはどうなんだろう。きっと身体は辛いはずだ。

「……め、……ちゃ……だ。……やめないで」

この痛みはきっと生理痛に似たものだろう。それなら我慢できる。

それに、尚人くん一人に辛い思いはさせられない。

私は尚人くんを見つめながら訴えると、私の意思は伝わったようだ。再び尚人くんはゆっくりと腰を沈めて私の最奥までやってきた。

「わかった。痛みが引くまでこのままでいるから」

そう言って、私をギュッと抱き締めながら優しいキスを唇に落とした。

言葉には出さなくても、愛してると言われているような、慈《いつく》しみが込められたキスだった。私は再び尚人くんの上半身に腕を回すと、その逞《たくま》しい身体をギュッと抱き締める。

尚人くんの体温を直に感じる。その心臓も私と同じく心拍数が多く、緊張を伝えてくれた。

「優花ちゃん、ありがとう。大好きだよ」

その言葉に、それまでこらえていた痛みも吹っ飛ぶかと思うくらいに、心が大きく飛び跳ねた。

こうして気持ちをまっすぐに伝え合えることって、とても素敵なことなんだと改めて感じた。

「私も……、好き」

お互いの瞳を見つめ合い、気持ちを伝えると、再び私の唇に尚人くんの唇が触れた。

「嬉しい……」

耳元で囁《ささや》かれた声が心地いい。気持ちが通い合うと欲目センサーが働くのか、今まで以上にすべてが素敵に映る。

「尚人くん、動いていいよ」

私の声に、尚人くんが少し身体を起こして私の顔を覗き込んだ。無理しなくていいと言おうとする尚人くんの言葉を遮《さえぎ》って私は言葉を続ける。

「この程度の痛みなら大丈夫だよ。そのうち気持ち良くなるんでしょう……？　経験ある子がそう言ってたから。それに……、尚人くんのほうが、辛いでしょう……？」

私の身体の中に留まっている尚人くんの分身は、その存在を大きくさせている。男性の生理現象についてよく知らないけれど、元の大きさに戻すためには一度中のものを出さないと、このまま張った状態だと痛いに違いない。

「だから、大丈夫」

私が微笑みかけると、尚人くんの抱擁《ほうよう》の手に力が籠った。

「優花ちゃん……そんなに煽ってくれるなよ」

そう言うと、背中に回していた私の手をそっと解《ほど》き、尚人くんはゆっくりと上半身を起こした。

そしてその手を私の骨盤部分へと添えると、そこをしっかりと掴《つか》み、ゆっくりと腰を動かし始めた。

痛みで顔をしかめる私に、少しでも痛みを紛らわせようと、右手を腰から離すと、クニクニと指の腹で私の肉芽に触れた。

「ああんっ……！」

その瞬間、私の口からは淫《みだ》らな声が発せられた。痛みよりも先ほど教えてもらった快感が全身を駆け巡り、私の身体が大きく跳ねた。と同時に、私の蜜路が尚人くんの大きな昂《たかぶ》りをキュッと締め付ける。

「うっ……そんな締め付けるなって。もう出そう」

眉根を寄せて苦悶する尚人くんが視界に映ると、再び私のお腹の奥の切ない場所がキュンとすると同時に、たくさんの甘蜜が溢《あふ》れ出た。尚人くんと密着している下半身は、すでに私の蜜と尚人くんの唾液が混ざり合い、大変なことになっている。

「いいよ。いっぱい出して」

「いっぱ……、……その言葉、忘れないで？」

どうやら私は押してはいけないスイッチを押してしまったようだ。

その後の尚人くんは、ストロークを長く取りながらも私の最奥をめがけて何度も杭を打ちつけた。

私も最初は違和感と痛みしか感じなかったけれど、いつの間にか快感の波が押し寄せて、必死になって尚人くんにしがみついていた。

激しい律動《りつどう》に、次第に私の中で気持ちよさが最大限に近付いてきたことを直感した。

目の前が段々と真っ白になっていく。先ほど寸止めされた感覚が戻ってきて、このまま揺さぶられ続けると私は一体どうなるのだろうと思うと、怖くてしがみつく手に力が籠る。

「……ごめん、僕がもう持ちそうにない。いくよ」

その声の後、腰の動きが激しくなり、私もその時を迎えた。

大きく身体が痙攣《けいれん》し、尚人くんを締め付けている。

尚人くんも私の中でひときわ大きくなったその瞬間、薄膜越しに熱が放たれていくのがわかった。

熱が、三度、四度に分けて放たれる。私の中に留まったまま、尚人くんは私に覆い被さるとそのまま体重を私に掛けていく。

上半身は汗でしっとりと濡れており、私の胸がその重みで押しつぶされる。でも素肌が触れ合うことで、ようやく結ばれたことを実感した。

こうして十数年の空白を埋めるかのように、私たちは一つに重なった。

＊　＊　＊

翌朝、ホテルのベッドで目が覚めた。

もちろん着衣などなく、尚人くんと肌を重ねた後、そのまま眠ってしまっていたようだ。下半身に重だるい感覚が走り、昨夜の出来事が夢ではないことを教えてくれている。

日頃使わない筋肉を駆使したせいか、足の付け根が悲鳴を上げている。

初めての経験で痛みは伴うけれど、大好きな人と結ばれたそれは、とても幸せな痛みだった。

起き上がろうと身体を動かすと、私のお腹辺りに尚人くんの左手が添えられていることに気付いた。尚人くんはまだ夢の中だ。

尚人くんを起こさないようにそっと腕を動かして寝返りを打つと、昨夜着用していたガウンが床の上に散乱していた。

よく初めての後は動けないと聞くけれど、一晩眠って身体を休めたおかげで下半身に意識を集中させると何とか動けそうだ。

ゆっくりとベッドから起き上がり、ガウンを拾うと袖を通す。

ようやく素肌を隠すことができて気持ちに余裕が生まれたおかげで、改めて寝室を見渡した。

そういえば、昨日着ていたワンピースをパウダールームに置きっぱなしだ。

尚人くんも、昨日着ていた服がそのままかもしれないと思った私は、寝室の壁面にあるクローゼットからハンガーを取り出そうとその扉をそっと開いた。すると、私のワンピースと尚人くんが着ていた服が掛けられてあった。

一体、いつの間に……？

昨日、私が眠った後に、どうやら尚人くんが服をここに持って来て、ハンガーに掛けてくれていたようだ。クローゼットの足元部分に、私の下着も置かれている。

シャワーを浴びようと、寝室を後にしようとしたその時だった。

「優花、ちゃん……？」

どうやら尚人くんが目覚めたようだ。寝起きのせいか、声が掠れている。その声色すら愛おしく思う。

「おはよう。……シャワー、浴びてくるね」

まだ身支度の整っていない格好を見られるのは恥ずかしい。

昨夜散々身体の隅まで見られていても、朝の明るい部屋の中とはまた話が違う。まるで逃げるように寝室を出た私は、下着と服を持ってバスルームへと駆け込んだ。

昨日は緊張していてシャワーをサッと浴びただけだったから気にしていなかったけれど、大きな浴槽は大人が二人で入っても余裕の広さだ。

本当は朝から湯船を張ってゆっくりと浸かりたかったけれど、さすがにそれは贅沢な気がして、今日もシャワーで済ませることにした。

時間をかけてシャワーを済ませると、自分の服に袖を通した。スキンケアを手早く済ませ身支度を整える。ドライヤーで髪を乾かしながら、この後尚人くんにどう接すればいいのか考えても、一向に答えなんて見つからない。

化粧ポーチから化粧道具を取り出すと、いつものようにファンデーションと口紅程度の薄化粧を施《ほどこ》した。

普段の私は、本当に申し訳程度の化粧しかしないから、ＹＵＫＡのメイクとのギャップが激しい。だから病院のスタッフや友人も、誰一人として私がＹＵＫＡだとは気付かない。

尚人くんはあのブローチをしていなくても、私がＹＵＫＡだと気付いていただろうか。

身支度を終えパウダールームから出ると、テーブルには朝食が並んでいた。

「優花ちゃん、身体しんどくない？　優花ちゃんが支度してる間にルームサービス頼んでみたんだけど、和食でよかったかな？」

見れば、味噌汁にごはん、焼き魚に漬物、サラダに納豆などの和食が並んでいる。

匂いに釣られて私のお腹が盛大に鳴り響いた。

昨日全身をくまなく愛されたこととお腹の音と、二重で恥ずかしい。

「ありがとう。身体……どうなんだろう。まだ違和感はあるけど、こうして動けるから多分大丈夫だよ。朝から和食、嬉しい……」

ホテルの朝は大概ビュッフェ形式だから、まさかルームサービスでゆっくりと和食を食べられるとは思ってなかったので、心の声が素直に口から漏れていた。

ビュッフェだと、ついつい食べすぎてしまいそうだったから、嬉しい誤算だ。

「昨夜無理させてると思うからあっさりした和食にしたんだけど、もしかして洋食のほうが良かった？」

「……お腹空いてるから、お米が食べたかったの」

昨夜、お互いが貪《むさぼ》るように身体を重ねて、日頃使わない筋肉が悲鳴を上げている。思った以上に体力を消耗したらしく、朝からお腹が空いている。しっかり食べないとお昼まで持ちそうにない。

「あはは、そうだな。僕も昨夜は緊張して、食事も味がわからなかったから、しっかり食べよう。僕も食事が済んだらシャワー浴びようかな」

尚人くんは昨日とは違う服を着ている。

薄手のVネックのセーターにデニムのパンツといったカジュアルな雰囲気で、きっと休日はいつもこんな服装なんだろう。

「じゃあ、いただきます」

朝食を配膳された席に着くと、美味しくいただいた。

ホテルの用意してくれた料理はとても美味しくて、残さず全部綺麗に食べた。尚人くんも同様に、お櫃《ひつ》に入っているご飯をお代わりしている。

食事が終わって尚人くんが席を立とうとした時、私は気になっていたことを聞いた。

「あ、私、昨夜家に連絡しなかったんだけど……」

昨夜、無断外泊をしてしまって、尚人くんが家に連絡を入れてくれるとのことだったけれど、私の記憶にはなかったのだ。

「大丈夫だよ。優花ちゃんが眠った後に、僕のほうから院長の携帯に連絡入れてるから。もしかしたら、今日帰ったら嫁入り前なのに朝帰りって怒られるかな。その時は僕も一緒に謝るから。あと、こんなこと聞いていいかわからないけど……僕は良かったけど、優花ちゃんはどうだった？」

そう言って私の頭の上に軽く手を乗せた。後半のセリフはわざわざ私に聞かないでほしい。

初めてのことで私には相性なんてわからない。

けれど尚人くんと繋がった時に、破瓜《はか》の痛みが甘い疼《うず》きに変わった時、もうずっとこのままこうしていたいと思っていただなんて口が裂けても言えない。初めての行為なのに、尚人くんの腕の中で乱れた姿を見せて、恥ずかしい。

「お泊りのこと、院長に本当の理由、言ってもいい？」

尚人くんが私の耳元で爆弾発言をするものだから、途端に私の顔は瞬間湯沸かし器のように熱を持つ。

「なっ……」

「冗談だよ。さすがにそれを言うと僕が院長に殺される。じゃあシャワー浴びてくるね」

笑いながらパウダールームに向かう尚人くんを見送ると、温くなった湯呑みのお茶に手を伸ばし口をつけた。

チェックアウトを済ませ、この後どうするかと聞かれた私は、無断ではないにしろ外泊をしている以上、一度家に帰ったほうがいいだろうと思い、そのことを尚人くんに伝えた。どうやら尚人くんも同じことを考えていたようだ。

「お見合い当日に外泊なんて、やっぱりあの言い訳は苦しかったかな」

今さらながら頭を抱えている。その表情は、まるで悪戯《いたずら》をしてバレる前にどうしようといった子どものようだ。

「私はあまりお酒を飲まないから自分の限界を知らないし、大丈夫とは思うんだけど、もしかしたら父や兄にはそういう目で見られるかもしれないね……」

「何か、優花ちゃんのほうが僕よりも肝が据わってるね。そういえば昔もこんなことあったね」

二人だけの思い出話が、とても嬉しい。純粋に尚人くんのことが大好きだったあの頃を思い出させてくれる。

「もし何か言われても、尚人くんのお嫁さんにしてくれるんでしょう……？」

「もちろん。後でエンゲージリングも一緒に見に行こう」

これからの未来の話をしながら、私たちは家に向かった。

＊　＊　＊

玄関の扉を開くと、ドアの音を聞きつけた父がホールに出てきた。いつもなら出迎えなんてしないのに、きっと私が無断ではないにしろ外泊したからだろう。

「おかえり、もう酔いは醒《さ》めたか？」

昨日尚人くんが連絡したことを信じているのか、それとも騙されたふりをしているのかは読み取れない。けれど、尚人くんがいることに気付いた父は、一緒に上がるように促した。

私たちは父の後に続く。

もしかしたら朝帰りを注意されるだろうか。でももう私も成人しているだけに、そこまで過保護にされても困る。

母はこの時間、習い事に出掛けて不在だった。兄も駐車場に車がなかったので、出掛けているようだ。

何だか非常に気まずい。そう思っているのは私だけではない。きっと尚人くんも、父も……

リビングに通されると、私はお茶を淹れると言ってキッチンへと駆け込んだ。

冷蔵庫の中に、冷たい麦茶があるはずだ。グラスにお茶を注ぎ、リビングのガラステーブルの上にお茶を並べると、尚人くんの隣に腰を下ろした。それを見た父はすべてを察したようだった。

「……で、こうして二人が揃って座るということは、話がまとまったと解釈したんでいいんだな？」

父の声に、尚人くんが返答した。

「はい。この度は、このようなありがたいお話を院長自らお声掛けくださって、本当に感謝しております。優花さんとのご縁を繋いで下さりありがとうございます。昨日の今日で、こんなことを言うのもなんですけど……本当は、優花さんのご家族が全員揃った席でお話しさせていただくことがいいのかもしれませんが……院長、いえ、お義父《とう》さん。優花さんと結婚させてください」

尚人くんが、私の隣で父に対して頭を下げている。その姿に私の目頭が思わず熱くなるのをぐっとこらえた。

一方で父はこのことに喜びを隠せないでいる。自分からお見合い話を振っている以上、嫌と言われることはないとは思っていたけれど、ここまで嬉しそうな父を見るのは久しぶりだ。

「何があっても返品不可、で構わないなら」

父の言葉に、尚人くんが頭を下げる。私も一緒に頭を下げた。

「尚人くんは小さい頃から知ってる子だし、家のことで色々と寂しい思いをしてきた分、優花を大事にしてくれると信じてるよ」

「はい。小さい頃、優花さんがいてくれたから僕は喘息の治療を頑張れました。家のこともあって、誰もお見舞いに来られなかった時、いつも病室へ遊びに来てくれた優花さんの優しさに惹かれました。僕の生涯をかけて、大事にします」

「もう少ししたら母さんが帰ってくるから、一緒にお昼でもどうだい？」

「はい、ありがとうございます」

父に結婚の承諾をもらい、尚人くんの声が弾んでいる。私も一安心だ。

「私、ちょっと着替えてくるね。昨日と同じ格好だし……」

「ああ、そうしなさい」

二人に断りを入れてリビングを出ると、着替えのために自分の部屋へと戻った。

尚人くんがラフな格好なので、私もそれに合わせようと、クローゼットの中から服を選ぶ。

ここにはＹＵＫＡとしてコスプレで着た服も一緒に吊るしている。

今までは身バレが怖くて撮影時以外は袖を通すことはなかったけれど、やっぱり可愛いお洋服を着たい誘惑には勝てなくて、ようやく最近はプライベートでも着るようになった。

誰もＹＵＫＡと私が同一人物とは気付いていないし、コスプレといっても、量販店でも取り扱いをしている普通の服だ。

もしＹＵＫＡのアカウントを見たことある人が私を見ても、『あ、あの人ＹＵＫＡが着てた服を着てる』くらいにしか思わないだろうと十和子さんに諭されてから、重ね着など工夫して着用することにした。

十和子さんが選ぶＹＵＫＡで撮影する時に使用する服は、それ単体だとかなりの存在感を放つけれど、重ね着で印象がガラリと変わるものも多く、着回しが利くので重宝している。

クローゼットの中からカットソーとカーディガン、デニム地のロングスカートを選ぶと、それに着替えた。

私が着替えをしている間、階下で二人はどんな話をしているのだろう。結婚の話は加藤家にもご挨拶に行かなければならないとは思うけれど、家庭環境が複雑なだけに、どうなるのか……

それよりも、ご挨拶に行った時十和子さんが同席するなら、十和子さんは私の初恋の相手が尚人くんだと知ってどんな反応を示すだろう。いつものように大絶叫の後、喜んでくれるだろうか。

着替えを済ませ、部屋に置いている大きな鏡で全身をくまなくチェックして、おかしなところがないかを確認すると、部屋を後にした。

第四章　恋人の時間

リビングに戻るとちょうど母も帰宅していたので、お互い結婚に向けて前向きであることを伝えた。もちろん母は大喜びだった。いつもなら、華道教室から持ち帰った生花はすぐに剣山に挿《さ》して部屋に飾るのに、それどころではない。

母は、とりあえず後から生けると言って水盤に水を張り、そこに持ち帰った花を浸した。兄は不在だけど、両親と尚人くんと私、四人で食事をとることとなった。昼食にはまだ少し早い時間だけど、食卓を囲みながら、今後の話も話題に上る。

「結納はいつにするの？　加藤家にはご挨拶に伺わなくていいのかしら？」

母の質問に、尚人くんはやや答えにくそうに口を開く。

「そのことなんですけど……やはりどこで父の足元をすくう人間がいるかわからないので、そういったものは抜きにして、両家の食事会ということにしてもらえないでしょうか。結婚式も、それこそ身内だけでひっそりとできれば……」

お見合いの話を聞いた日に、父が話していた尚人くんの家の事情を思い出した。

「そうか……ご両親にはお見合いをしたこと、優花と結婚することは話してるのかい？」

尚人くんを気遣って、父が質問をする。

「はい。お見合いの話をいただいた時に、もし結婚することになれば、という話はしております。本当なら普通に結納、結婚式も挙げたいところですが……宮原家の皆さんにご迷惑がかかるかもしれないことも懸念して、でも一生に一度のことなので、それならば海外で挙式をしたいとの旨は伝えて了承を得てます」

「そうか……でも本当にそれでいいのかい？」

「両親……特に、父に関することについては、昔からのことなので……」

幼少期の尚人くんのことを思うと、胸が締め付けられそうになる。きっと一部の親戚の人に気を遣って、我慢することが普通になってしまっているのだ。

きっとお父さんにも祝福されたいはずだ。でもきっと、私が何を言ったところで受け入れてはくれないだろう。

「じゃあ、結納はなしで食事会でいいかな。場所はどうしよう。加藤社長が馴染みのお店のほうが都合いいなら手配は任せるけど……そうでなければ、店もこっちで良いところを押さえておくよ」

「はい、それでお願いします。個人的なこととはいえ家族が一堂に会するので、用心のために無事結婚するまでは、親戚側の耳にも入らないようにしたいと思います」

食事が終わり、食後のコーヒーを飲みながら父と尚人くんの会話に耳を傾ける。

「やはり、中山《なかやま》さんは相変わらずなのか……」

父の言葉に、尚人くんは苦笑いを浮かべている。きっと十和子さん側の親戚の人だろうとは思うけれど、初めて聞く名前なので黙って二人の会話に耳を傾ける。

「僕が京都に引っ越した時、もう二度と顔を見たくないと捨て台詞を吐いた人ですからね」

当時の尚人くんはたしか中学三年生、高校受験を控えた大事な年にとんでもないことを言う人だと驚いていると、父もこの頃のことを思い出したのか、珍しく怒りの感情を露《あら》わにしている。

「さすがにあれは私も怒りを抑えるのに必死だったけど……十和子ちゃんのお母さんが亡くなってから随分経つのに、あの人の中ではまだ佐和子さんが亡くなった事実を受け止められないんだな」

「そうだと思います。あの人たちにとって、佐和子おばさんだけが父の妻。僕の存在があったからこそ、世間の目を感じて渋々僕の母との再婚を認めたけど、それも十五年経ってからですし、内心は中山の人間以外受け入れられないんでしょう」

あまりにもひどい話に思わず胸が痛くなる。そんな私の様子を察したのか、尚人くんが私に説明してくれた。

「中山さんっていうのは、姉さん側の親戚でね。中山太蔵《たいぞう》って知らない？　今はもう政界を引退したけど、元国会議員で閣僚経験者。佐和子おばさんはあの人の娘なんだよ。佐和子おばさんが亡くなった今でも、父の行動に逐一口を出すのはあの人の奥さん。姉さんの祖母だ」

尚人くんの言葉に、父が口を開く。

「中山元代議士は随分前に体調を崩してから、政界を引退したのはニュースにもなってたから知ってるだろう。あの夫妻には後継ぎになる男の子がいなくて、尚人くんのお父さんに政界進出をずっと打診していたんだけど、自分は代議士の器ではないとずっと断られていたんだ。中山氏も体調不良で引退する時に後継者の件をようやく諦めて、地元の後輩代議士に地盤を譲ったんだ」

初めて聞く話に、私は黙って耳を傾ける。

「現在は隠居生活を送っているけど、奥さんはまだあの頃の、夫の権力に群がる連中からチヤホヤされていた頃のことが忘れられないんだろうな。自分に人望があると勘違いして傍若無人な振る舞いをしても、それを咎《とが》める人が誰もいなかったからやりたい放題なんだよ。ようやく最近それに気付いたみたいで今はおとなしくなってるけど、中山さん、ご主人のほうは温厚な人柄で人望もあるだけに、奥さんは本当に残念な人だよ」

父の言葉に、学生の頃に学んだ平家物語の冒頭部分を思い出した。

あの冒頭の一節は、まさに中山元代議士のことを言い表しているように思える。このことに気付いていても、現実から目をそらし続けていた十和子さんのお祖母さんは、本当に残念な人だ……

そう思っていると、尚人くんが私の手をそっと握りながら言葉を発する。

「大丈夫だよ。ないとは思うけど、仮に僕にＫＡＴＯの会社の後継者として話が持ち上がったとしても、もう今さらだ。中山代議士が引退したことで、大きな後ろ盾を失くしたあのばあさんがＫＡＴＯの経営陣にえらそうなことを言えなくなったし、もし仮に影響があるとしたらあの人が株式を所有してる分の株主としての議決権だけだ」

尚人くんの手から伝わる温もりに、私の不安はかき消されていく。ＫＡＴＯの内情など私は知らないけれど、きっと社長である尚人くんのお父さんをはじめ、尚人くんや十和子さんも心を痛めていることに違いない。

「元々上層部の人間も姉が次期社長に就任するか、それとも姉と結婚する相手が社長に就任するものだと思ってるだろうから、姉が社長に就任すれば万々歳だろう。それこそ、そんな揉めごとを起こさないためにも僕は医者になったんだ」

たしかに尚人くんが医者になっていれば、わざわざ経営陣に無理矢理引き摺《ず》り込まれることもないだろう。

「それに……聞いてると思うけど、結婚するなら養子に入ろうと思ってるから、将来的には僕もこの病院で院長……、お義父《とう》さんと一緒に働きたい」

尚人くんの決意表明とも取れるその言葉に、父の目が微《かす》かに潤んで見える。将来的に宮原病院で働くという言葉がよほど嬉しかったのだろう。上機嫌でとんでもないことを口にした。

「尚人くんのご両親から許可が下りたら、先に入籍を済ませるといい。挙式も内輪だけでのものになるなら、別に入籍くらい好きな時にすればいい。尚人くんもそのほうが安心だろう。優花の花嫁修業は、聖華時代に色々とやってただろうし、何とかなるだろう」

「え、いいんですか？　帰ったら早速両親に話をつけます。僕、早く優花ちゃんと入籍したいです」

尚人くんの反応に、私は嬉しい反面で戸惑いを隠せない。

聖華学園は校則の厳しいお嬢様学校として有名だった。その一方でお嬢様学校というだけあり、良妻賢母を育成するためのカリキュラムも組まれており、男女平等を謳《うた》う今のご時世に、何とも時代錯誤だと思いながらも必須科目はきちんと単位を取った記憶がある。でもそれが実際に一緒に生活を始めた時に役に立つかどうか自信がないのだ。

「聖華女子大出身の人って、最近テレビでもよく見かけるよね、料理研究家とか、フードコーディネーターとか。レベル高そうなイメージなんだけど、実際のところどうなの？」

尚人くんの目が輝いている。だからこの話題、嫌なんだよな……

「あれは特別群を抜いて成績が良かった先輩たちであって、全員があんなレベルで料理ができるとは思わないでね。そもそも私、あまり実習の成績が良くなかったから……」

実は料理はあまり得意じゃない。

レシピ通りに料理を作っても、どうも今一つな気がして自信が持てないでいた。

裁縫は人並みにはできるものの、そこまで好きだとは思わないし、これで良妻賢母と言えるのか疑問に思うレベルだと思う。まあ、でも何もできないわけではないので、問題はないだろう。

「僕は料理とか全然できないから、頼りにしてるよ」

「ははは……」

少し引きつった笑いを浮かべる私に、父も苦笑いを浮かべている。こんなので結婚して、先行き不安だと思っただろうか。母は終始ご機嫌で、父の隣で笑顔を浮かべている。

そんな中、私はずっと疑問に思っていることを聞いてみた。

「ねえ、お父さんはどうしてそこまで尚人くんのおうちの事情に詳しいの？」

尚人くんが幼少期にかかりつけ医が宮原病院だったことはわかっているけれど、だからといって家庭の事情に精通しているのは無理がある。加藤社長と親しいという話は聞いたことがなかっただけに、ずっと不思議に思っていた。

「加藤社長とは、経団連で知り合ったんだよ。学と十和子ちゃんが同い年って知ってから親しくなったんだ。加藤社長は、学と十和子ちゃんが大学も一緒で付き合ってたこともあっただろう？　自身の恋愛で、十和子ちゃんや尚人くんに小さい頃から辛い思いをさせてきたこともあって、色々と知りたがりなんだよ」

その気持ちはわからないでもないけれど、自分の恋愛を親が干渉するのはどうかと思う。口には出せないけれど、次に続く父の言葉を待った。

「中山元代議士は、以前人間ドックでうちの病院にかかったことがあったんだよ。中山元代議士も、奥さんがあんな人だから気苦労が絶えないんだろうね。話せないこともたくさんあるから、身内に話せるのはこのくらいだけどね」

父の言葉にようやく納得がいった。ＶＩＰなら、尚人くんが入院していた時に使っていた特別室に入院したこともあるに違いない。たしかにあのクラスの地位の人が入院するのに使う部屋と言われて、納得がいく。尚人くんも、父の言葉に頷《うなず》いている。

何とか和やかな雰囲気で食事も終わり、婚約指輪を見に行きたいという尚人くんの意向を汲んで、再び私たちは外出することになった。

「これがいいってブランドある？　せっかくなら結婚指輪と重ねづけできるのが良くない？」

車で移動しながら、話題は早速指輪のことだ。

あまりにも展開が早すぎて、私自身の気持ちが追いつかないものの、尚人くんが私のことを大事にしてくれていることは実感できる。そのことが嬉しかった。

ゆっくりと愛情をはぐくんでいくものだと思っていたけれど、それは結婚してからでもいいのかもと思い始めた矢先のことだった。

「んー、特にこだわりはないかな。特に『これだ』って心惹かれるものがなくて。尚人くんは、どこか好きなブランドあるの？」

「いや、僕もよく知らない。なら、ブランドの直営店じゃなく、百貨店のジュエリーコーナーを覗いてみようか。そこで気に入ったものがあれば、それにしよう」

車は、大手百貨店の駐車場へと向かった。

百貨店の立体駐車場に車を停めて、連絡用通路から本館へと足を踏み入れた。

尚人くんが私の手を取ると、自然と指を絡め合う。たったそれだけのことなのに、胸がキュンとするのはなぜだろう。

こうして身体が触れるだけで、尚人くんのてのひらから伝わる熱で、急に昨夜の行為を思い出した。初めて尚人くんを受け入れた私の身体の中に、今でも尚人くんの感覚が残っているような気がしてならない。改めて意識すると急に緊張してしまい、顔が赤らんでしまう。

そんな私の緊張に気付いたのか、尚人くんが耳もとで意地悪な発言をする。

「せっかくデートしてるし、この後、昨日の続きする？」

私の顔は、それこそ瞬間湯沸かし器のように真っ赤になり、熱を持つのを見て冗談だと笑い飛ばされるかと思いきや……尚人くんも私と同じように顔を赤らめている。

恥ずかしさからか、顔を見られたくないのか、繋いている手の反対側で自分の口元を隠すように押さえている。このような表情はレアだ。

「ヤバい、可愛すぎる」

百貨店のフロアで顔を赤らめている二人を周囲は不思議そうな目で見ているかと思いきや、案外みんな他人には興味がなさそうだ。みんな私たちを素通りして行く。

「エレベーターは密室だから変な気を起こしそうだ。エスカレーターで降りよう」

「そ、そうだね……」

百貨店の館内案内を見ていると、ブランドジュエリーは一階にあるようだ。私たちがエスカレーターへと向かおうとしたその時——

「あれ、佐々木くん？」

目の前に、私の同僚、ルミさんがいた。

ルミさんの手にはショップバッグが握られており、買い物にやってきたのは一目瞭然だった。

ルミさんの表情は、病院で仕事をしている時に見ることのない、とても嬉しそうな笑顔を浮かべている。

尚人くんが父にお見合い写真と釣書を持ってきたあの日、珍しくルミさんは浮かれていた。あの時と同じ表情に、私は気付いてしまった。ルミさんが長年片思いをしている相手が尚人くんなんだということに……

ルミさんの表情は、恋する女性そのものだった。

「ああ、崎田さん、久しぶり」

ルミさんに声を掛けられて返事をする尚人くんは……私が知っているいつもの尚人くんではなかった。

私が初めて見る一面だ。

笑顔で応対しているものの、それが作り笑いだとわかるのは、素の尚人くんを知っているからだ。その証拠に、目が全然笑ってない。

これは本当に私が知ってる尚人くんと同一人物だろうかと疑問に思うも、余計なお世話だろう。黙って二人のやり取りを見守ることにした。

「この前の来院以来だよね。今日はどうしたの……って、優花ちゃん……？　あれ、二人とも知り合い？」

何だか気まずい。どう返事をしようかと考えていると、尚人くんがすかさず私の肩を抱き寄せると口を開いた。

「ああ、二人は同じ職場だったんだよね。こちら、僕の婚約者の宮原優花さん。今日は婚約指輪を見に来たんだ」

まるでルミさんに見せつけるかのように私の肩を抱いて、じゃあねとその場を尚人くんに、ルミさんとの関係性を聞いてもいいものか……

それに、私が知っているいつもの尚人くんと違って、何だか刺々《とげとげ》しい空気も感じるだけに、どうしていいかわからず、黙って尚人くんにされるがままでいた。尚人くんはそのまま私の肩を抱いたままエスカレーターへと足を進めるので、私もそれに続いた。背後にルミさんの視線を感じるものの、尚人くんはお構いなしだ。

きっとルミさんは自分の好きな人の婚約者が私だと知って、ショックを受けたに違いない。私が病院長の娘であるということに対して態度を変えることなく仲良くしてくれていただけに、明日から態度が変わってしまったらどうしよう……でもこんなこと、尚人くんには言えない。

私たちはエスカレーターに乗り、一階のフロアへと降り立った。さすがにルミさんも、ここまでついてくるようなことはしなかった。

目の前には、各化粧品のブースが展開されており、その一角にＫＡＴＯのブースがある。ブースの壁面にはＹＵＫＡのポスターが大々的に張り出されていた。

「こうして見ると、ＹＵＫＡの存在感がすごいね」

背後から私と同世代くらいの女性二人組が、ポスターを見ながら話をしているのが聞こえた。

「ＳＮＳのコスプレ写真とはまるで印象が変わるよね。この人、プロフィールとか非公開だから謎が多いけど、化粧落としたらどんな顔してるんだろうね、案外冴えない顔だったりして」

「まあ、それなりの顔立ちなんじゃない？　じゃないと企業側も起用しないでしょ。他に活動ってＳＮＳのコスプレだけだっけ？　本業は何やってる人なんだろうね」

「案外ＫＡＴＯの関係者かもよ。ひょっとして社員とか？　でもこの色、すごく綺麗。発売日もう少し先だから、予約してくる」

急に自分の話題が耳に届き、一瞬自分がＹＵＫＡだとバレたのかと肝を冷やしたけれど、そうではないことに安堵した。大々的に張り出された自分の顔を直視するのは気恥ずかしいけれど、このポスターを見て口紅の色を褒めてもらい、予約をしてもらえて素直に嬉しい。

「優花ちゃん、行くよ」

尚人くんの声に、私は我に返った。その声色は、私が知っている、いつものものに戻っている。

ホッとして尚人くんの顔を見上げると、極上の微笑みと共に私の手を繋いだ。私たちは、ジュエリーコーナーへと向かった。


百貨店の中でジュエリーを取り扱うお店はたくさんあり、どのお店のディスプレイを見ても目移りばかりしてしまう。

一向にこれだと決められず、最終的に各お店からパンフレットをもらって持ち帰ることにした。手には、婚約指輪と結婚指輪の冊子が複数握られている。

「ついでに新婚旅行を兼ねた海外挙式のパンフレットももらいに行く？」

尚人くんは私の手からジュエリーのパンフレットを取ると、先ほどショップでもらった袋にまとめてそれらを入れた。

「いいの？　まだ両家の食事会も済ませてないし、尚人くんだってお仕事忙しいでしょう？　海外だから、場所によっては最低でも五日はないと身体がしんどいよ？　そんなにお休み取れるものなの？」

「優花ちゃんも知っての通り、医者の仕事は休みなんてあってないようなものだけど、こんな時くらいはしっかりと休みを確保するよ。冠婚葬祭すら休みをくれない職場なら、辞めてすぐにでも宮原病院に転職する」

尚人くんの勤務する大学病院は医師も数多くいるから、多少の融通は利くのかもしれない。昨日も完全フリーで、今日は何時まで大丈夫なんだろう、そういえば聞いてなかったな。

「尚人くん、今日は仕事大丈夫なの？」

昨日のお見合いで浮かれていた私は、疑問を口にすると、尚人くんは少し困った表情を浮かべている。

「今晩は当直。またしばらくの間はゆっくり会う時間がないから、会える時にこうして色々と決められることを決めておきたいんだ、優花ちゃんと一緒に」

ただでさえ忙しいのに、こうして貴重な時間を自分のために費やしてくれることを嬉しいと思う反面、何だか申し訳なく思う。

休日ならきっと、それまでに溜め込んでいる自分のやりたいことをしたいだろう。でもそれを口にすると、きっと尚人くんはいい顔をしない。

昨日の今日でこんな風に思うのも変かもしれないけれど、こうして休日を一緒に尚人くんと過ごすことができるのは嬉しいから、尚人くんも同じ気持ちであってほしいと願ってしまう。

「うん。じゃあ、それまでに決められることは決めとこうか。パンフレット、もらいに行こう」

私たちは残された時間を楽しむために、今度は百貨店の近くにある旅行代理店へと足を向けた。

旅行代理店でパンフレットを色々と手にしながらどこがいいか話をしていると、たまたま接客が終わって手の空いた職員さんに声を掛けられ、せっかくなので相談に乗ってもらうことにした。

新婚旅行を兼ねた海外挙式をしたい旨を伝えると、ハネムーンプランが各航空会社からも出ているから、海外だと言葉が通じないことから生じるトラブルを回避すべく、多くの人がそれを利用すると教えてもらった。その際に、パスポートの残存期間も確認された。

国によっては残存期間が一年を切ると入国ができないところもあることや、地域によっては予防接種も受けて行かなければならないと聞き、小児科医である尚人くんは仕事柄小さい子どもと接することが多いだけに、海外旅行は大丈夫なのだろうかと不安がよぎる。

「ねえ、尚人くんの仕事のこともあるし、私は別に海外じゃなくてもいいよ?」

「え、せっかくの機会だし、遠慮しなくてもいいよ」

「うん、でもやっぱり尚人くんもいくら休暇を取るとはいえ、患者さんに何かあった時、少しでも早く駆け付けたいんじゃない? 海外だとチケットがすぐに取れるとも限らないし……国内でも沖縄なら充分に南国リゾート気分が味わえそうじゃない?」

「せっかく一生に一度の新婚旅行、非現実的な場所に行きたくない? それに優花ちゃんと二人だけなんだから、自分たちが楽しめることに集中しようよ。沖縄はまた別で一緒に行こう」

私たちの会話を側で聞いていた職員さんに、適当な場所のパンフレットをまとめてもらった。

「これからの季節の海外ウエディングでしたら、定番にはなりますが便数も多いハワイやグアム辺りがよろしいかと……沖縄もお話しされていたので、そちらのパンフレットもお入れしますね。それと……海外ですと年末年始にかけては、すでに飛行機の座席が確保できない便も多数ございますので、そちらを念頭に置いてご検討のほどよろしくお願いします。ご旅行のお日にちが決まりました際は、是非ともお声掛けいただけると嬉しいです」

パンフレットの中に、さり気なく名刺を忍ばせてある辺りがさすがだ。

私たちはお礼を伝えると、旅行代理店を後にした。


「色々と決めることが多いと、お互い結婚するんだって実感が湧くけど、まだ今一つピンとこないよね」

百貨店の人の多さも手伝って、早々に私たちは駐車場へと戻ってきた。助手席に座り、手渡されたパンフレットの山に思わず口から出た言葉だ。

「僕もそう。これが夢だったらどうしようって思ってるくらいに今すごく浮かれてる」

「そんな風には見えないけど、本当に浮かれてるの？」

「だって小さい頃から大好きだった子が今隣に座っていて、もうすぐ結婚するんだよ。浮かれないほうがおかしいって」

尚人くんは、私が嬉しくなる言葉を口にする。私だったら恥ずかしくて思っていても口に出せないけれど、こうしてきちんと伝えてくれるのは、愛されている自信に繋がりそうだ。

「でも、尚人くんって昔から優しかったから、学生時代もモテモテだったんじゃないの？　ルミさんって、もしかして同級生？」

さりげなく、気になっていたことを聞いてみた。ルミさんと尚人くんは私よりも学年が二つ上になるので、学校が同じだった可能性は捨て切れない。

「あ、ああ、あの子ね……。中学三年で転校する前まで、学校が一緒だったんだ。中山のばあさんの親戚になるらしい」

中山さんの親戚と聞き、尚人くんの反応にようやく納得がいった。中山さんの親戚であれば、それはいい思いもしないだろう。

いくら私が尚人くんと親しかろうと、二学年の差は埋められないし、私の知らないこともたくさんある。

「実は僕、あの子がちょっと苦手でね……何か言われたとか嫌がらせをされたとか、特別に接点があったわけじゃないんだけど。親戚だって聞いただけで、どうしてもあのばあさんに言われた言葉を思い出してしまうんだ」

きっと『坊主憎けりゃ袈裟まで憎い』状態なのだろう。

ルミさんはきっと、尚人くんと仲良くなりたかったに違いない。けれど当の尚人くんは到底そんな気になれなくて、波風立てないように大人の対応で当たり障りのない態度で接していたようだ。その気持ち、わからないでもない。

「もし僕が優花ちゃんのことを婚約者だと言ったことで、何か理不尽なことがあったら教えてほしい。その時は僕が何とかする。優花ちゃんは勤務先の院長の娘だし、表立って何かすれば自分が職を失うってことぐらいは自覚してるだろうから大丈夫とは思うけど……」

そう言って、私の右手をそっと握った。尚人くんの影が傾いたのでふと顔を右に向けると、尚人くんの顔が私の顔に近付いて——触れた唇は熱を帯びていた。

ここが立体駐車場で、周りは仄暗いけれど、近くに人がいるかもしれないと思うと恥ずかしい。けれど尚人くんはそんなことをお構いなしで、さらに深く唇を重ねてくる。

力では男の人には敵わない。私はされるがまま尚人くんの熱を受け止めると、次第に周囲のことなんてどうでもよくなってきた。

触れている肌が気持ちいい。何だか尚人くんのキスはある種の媚薬みたいだ。昨日まで知らなかった肌の触れ合いを思い出すと、恥ずかしいけれどまた触れてほしいと思ってしまう。お腹の奥の切ない場所が、熱くなる。

尚人くんが顔を起こすと、昨夜の熱を帯びた眼差しで私を見つめている。

「優花ちゃん、昨日の今日で無理させるのを承知で言うけど……抱きたい」

十数年振りの再会で、心と身体を通い合わせ、お互い浮かれているのは充分承知している。非日常的な出来事が立て続けに起こっていて、これが本当に現実なのかと私を抱いて確認したいのだろう。

でも、昨日の今日で、私の身体は果たして持つのか……

「尚人くん……ごめんなさい。今日はさすがにちょっと……」

私の気持ちを汲み取ってくれたのか、はたと正気に戻ったようだ。

「あ……僕のほうこそごめん。ちょっと冷静になるから、ドライブに付き合ってもらっていい？」

「うん、それは全然構わないよ」

尚人くんは姿勢を戻し、シートベルトを着用すると、車のエンジンボタンを押した。

立体駐車場を出て、車通りの多い道へと出ると、道路に掲げてある表示に倣《なら》って走行をする。私は自分で運転をしないせいか、全然道が覚えられず、車が今どこを走っているか全然わからない。

車の中は、それまで尚人くんが気を遣ってくれていたから和やかな会話があったのに、今はカーステレオから流れてくる音楽だけだ。この沈黙が何とも重く気まずい。

「優花ちゃん、疲れてたら横で眠っていていいよ。適当に車を走らせるから」

尚人くんの申し出は、今の状況だととてもありがたい。けれど運転してくれているのに私一人、眠っていてもいいものか……

「昨日無理させてるんだから、気にせず寝ていて。優花ちゃんが目覚める頃には僕も冷静になれてると思うから」

その言葉を聞いて、私は瞼《まぶた》を閉じた。

車の振動の心地よさと車内の空調温度が快適だったおかげで、会話を交わして少ししてから私は寝落ちしていたようだ。気くと、私の座席のリクライニングが緩やかな角度に倒されており、膝の上には尚人くんが羽織っていたジャケットが掛けられていた。

どのくらいの時間眠っていたのだろう、夕焼けと思しきオレンジ色の陽射しが辺り一面を照らしている。寝起きで頭が回らない私は、ぼんやりとその景色を眺めながら再び瞼《まぶた》を閉じそうになる。

その時だった。

運転席のドアが開き、尚人くんが車に戻ってきた。

「あ、優花ちゃん、ちょうどよかった。寝起きで喉が渇くだろうと思ってお茶を買ってきたんだ。飲まない？」

運転席側のドアを閉めると、尚人くんは私にペットボトルのお茶を差し出した。オレンジ色の光が逆光になり、尚人くんの顔がよく見えない。そういえば昔、まだ特別室に入院していた頃にも似たようなことがあったな……

あの日もお見舞いと称して特別室へ遊びに行った私は、ちょうど尚人くんが吸入中で、終わるのを待っている間に眠ってしまっていた。そして目覚めた時に、こうやってペットボトルのお茶を差し出してくれたことがあったのだ。

あの時は、ソファーで眠りこける私の身体にブランケットが掛けられていた。今もあの頃と変わらない優しさと気遣いに心が温かくなる。

ぼんやりとしている私の頬に、尚人くんは買ってきたばかりのペットボトルを押し当てた。

「うわっ、つめたっ！」

「はは、目が覚めた？　あんまり寝てたら、今晩家で眠れなくなるよ」

私がうたた寝をしている間に、すっかり元の尚人くんに戻ったようだ。そのことに安堵しつつも私は尚人くんの行動に非難の声をあげる。

「寝起きで頭が回らないのにひどいよ。そういえば前もこんなことがあったよね」

「うん、そうだったね。……今だから明かせるけど、実はあの時、優花ちゃんが目覚める前に、優花ちゃんにキスしたんだよね」

突然のカミングアウト。ペットボトルの冷たさと衝撃の発言に、しっかりと意識が覚醒した。

驚きのあまり言葉が出せず、眼を見開いたまま口を池の鯉みたいにパクパクさせるだけの私に、クスクス笑いながらペットボトルの封を切って手渡してくれた。私はリクライニングシートを起こした後、それをこぼさないように受け取る。

ここはどこだろうと周りを見渡すと、小学生の頃、遠足で訪れたことのある小高い丘にある展望台の駐車場のようだ。景観はあの頃とあまり変わっていない。夕暮れ時で、小さな子どもを連れた母親が車で帰路に就く姿が目に映る。

いつの間にか駐車場には、尚人くんの車一台だけになっていた。車は駐車場の一番奥まった部分に停められている。

「あれが僕のファーストキスだよ。優花ちゃんのファーストキスっていつ？」

「そっ、そんなのっ……昨日の海でのキスが初めて……」

恥ずかしさのあまり、声が段々と尻すぼみになる。加えて私の顔が熱くなり、夕焼けのオレンジ色に負けないくらいに真っ赤に染まっていくのがわかる。

「よかった……優花ちゃんもファーストキスが僕だったんだ」

「だって、言ったでしょう？　ずっと女子校だったし、出会いもなかったから、お付き合いしたことないって」

「それって、もし出会いがあったら、他の誰かと付き合ってたってこと？」

「尚人くんだって、私以外の人とお付き合いしたことあるんじゃないの？」

揚げ足を取られて、ついむきになる。

「あのね……僕が優しくしたい子は、昔から優花ちゃんだけだよ。中学を卒業するまでの僕は、病弱で誰も見向きすらしなかったし、京都に引っ越してからも、医者になるためなりふり構わず勉強ばかりしていたし。こっちに戻ってきてからも、大学に入ればそれこそ毎日のように実習やらレポートばかりで余裕はないし、僕の心の中にはずっと優花ちゃんがいたから、正直言って他の女の人なんてどうでも良かったんだ」

オレンジ色の光が、尚人くんの顔を照らしている。その瞳が眩《まぶ》しくて、直視ができない。

「崎田さんが僕に対して好意を持っているのは何となく気付いていたけど、さっきも言ったように中山のばあさんが絡んでるって時点で関わりを持ちたいとも思わなかった。向こうも僕とは関わるなと言われていたんだろうな。僕に何か言ってくるわけではなかったけど、視線を感じるだけでも嫌だった。だから引っ越して優花ちゃんと会えなくなるのは寂しかったけど、崎田さんから離れられて正直ホッとしたよ」

そこまで話すと、尚人くんは大きく息を吐いた。これが尚人くんの本音だろう。

「僕は、ずっと優花ちゃんが側にいてくれたらそれでいい。優花ちゃん以外の人なんてどうでもいいし、これから先も、優花ちゃんだけを愛する自信がある。だから、僕のことを信じてほしい」

私も、本音を言ってもいいだろうか。こんなことを言って呆れられないだろうか。意を決して言葉にした。

「うん……実はね、私もちょっとだけ、ルミさんに嫉妬してた。前にね、釣書を持って病院に来てくれた時、私はお昼の休憩で不在だったのに、あの時ルミさんが事務所にいたでしょう？　あの日、私が事務所に残ってたらよかったって。お昼の休憩とはいえ、誰かが事務所で電話番をしなきゃいけないのに、何であの日に限って私が電話番じゃなかったんだろうって……」

ここまで口にした時点で、尚人くんは私の手からペットボトルのお茶を奪うと、ドリンクホルダーへと移動させ、そして私に覆い被さってきた。

「優花ちゃん、それ反則……優花ちゃんが寝てる間に、無理矢理自分の煩悩を抑えてたのに。煽るようなこと言わないでよ。優花ちゃんのこと、襲いたくなる」

尚人くんの目は、再び熱を帯びている。きっと今度は拒否しても聞き入れてくれそうにない。尚人くんの態度からそれが伝わる。でもここは屋外だ。夕刻でもうすぐ日も暮れる。今から移動するにも今日は夜勤だと言ってたし時間も限られている。一体どうするつもりだろう。

「優花ちゃん。シート、倒すよ」

尚人くんはそう言うとリクライニングシートを倒し、座席の位置を思いっきり後部へとずらした。私に覆い被さるように身を乗り出すと、首筋に温かく柔らかい唇の感触がした。尚人くんの手が、私の服の上から胸に伸びている。彼の大きなてのひらにすっぽりと収まる私の胸は、お世辞にも大きいとは言えない。けれど尚人くんに触れられると何だかくすぐったくもあり、恥ずかしい反面もっと触れてほしいとも思ってしまう。肌を触れ合ったのは昨日が初めてだったのに、こんなにも尚人くんのことを欲しているなんて……

キスをされながら身体の色々な部分を弄《いじ》られて、口から漏れる声を押さえるのに必死でいると、わざとだろうか、尚人くんは焦らすような触れ方に変えてくる。それこそ、まるで私からおねだりするように仕向けているみたいだ。

駐車場にはもう誰も残っていないし、車の中まで誰も見ていないとはわかっていても、誰かが新たに駐車場へ車で乗り入れてきたらと思ったら恥ずかしくてたまらない。なのにキスと愛撫で蕩《とろ》けてしまった状態では何も考えられなくなる。

頭の奥がぼんやりとして、私の腰は快楽を求めて無意識のうちに動いていた。昨日、初めて尚人くんを受け入れた場所が、それまで誰にも触れさせたことのない場所が、じんわりと熱をもって濡れそぼっているのが自分でもわかる。

「優花ちゃん、我慢しなくていい。僕が気持ちよくさせてあげる」

耳元で囁《ささや》かれる声にさえ感じてしまう。どうしてほしいかなんて言葉にならないくらいに私の身体が熱くなる。尚人くんを求めている。

「……もっと触って」

やっとのことで口にした私のスカートのファスナーに手をかけた。

「わかった。でもここでは最後までできないけどごめん」

下腹部からスカートの中に手を入れ、私の敏感な部分に触れた。その手の動きの一つひとつに、私の身体は敏感に反応する。ショーツの上から優しく撫でるように肉芽に触れるだけで、私の口からは甘い吐息が漏れる。昨日と同じく、私のショーツには蜜がしたたり落ちて染みを作っているだろう。

ショーツをこれ以上汚さないようにとの配慮なのか、それとも触りやすくするためなのか、尚人くんは手を伸ばして片足だけ私のショーツを脱がせた。下半身を覆い隠すものがなくなり心許ない。尚人くんは生唾を飲み込むと、ゆっくりと指を蜜口へと挿入した。入口の浅い場所を、ひんやりとした指がくちゅくちゅと音を立てて蜜をかき混ぜている。

生々しい匂いが車内に充満し、否応《いやおう》でも昨夜の行為を、今朝の幸せな目覚めを思い出す。あんなに恥ずかしいことは、ベッドの上でだけするものだと思っていた私に反して、尚人くんはそんなことお構いなしだ。

「大丈夫。こんな可愛い優花ちゃんの姿を、他の人に見せるわけないだろう？」

小さい頃、私に心配を掛けないように口にしていた『大丈夫』の言葉とは意味が違う。あの頃の『大丈夫』は、体調が悪化する一歩手前だっただけに、私はこの言葉を聞いたら条件反射でナースコールのボタンを押していた。だけど今、同じ言葉を聞いても安心できるのは、あの頃の病弱だった姿ではなく、大人の男性に変貌したからだろうか。

尚人くんの言葉に、私は頷《うなず》いた。それを合図に尚人くんは反対の手で私の服をまくり上げ、ブラジャーのカップをずらすと、プルンとこぼれた私の胸の膨らみにしゃぶりついた。ちゅうっと音が出るくらいに吸いついたと思ったら、その場所にピリッと痛みが走った。ゆっくり顔を起こす尚人くんは、自分が吸いついた場所を見て満足げな表情を浮かべている。不思議に思ってその場所に視線を送ると……そこはうっすら赤く鬱血《うっけつ》していた。

「ここなら、マーキングしても優花ちゃん以外には見えないから」

その言葉で、キスマークなんだと初めて気付いた。それまでキスマークなんて見たことなかった私は、これがそうなんだと驚きを隠せない。それこそ唇の絵が描かれているものという認識でしかなかった私は、初めて実物を目にしたそのギャップと、こうやって吸いついてつけるものだという事実にも驚かされた。

「本当は首筋にもたくさんつけて、優花ちゃんは僕のものだってみんなに見せびらかしたいけど、院長やお義兄《にい》さんに嫁入り前だって怒られそうだからな」

尚人くんはそう言いながら再び胸にしゃぶりつくと、胸の突起をまるで飴玉を舐めるかのように舌先で転がし始めた。舌が先端に触れた瞬間、私の身体が大きくしなり、胸を突き出してしまい、尚人くんの顔に自ら胸を押し当てるような格好になってしまった。

「夢じゃないんだよな」

口に私の胸の先端を咥《くわ》えたまま喋るものだから、吐息がくすぐったい。再び胸を突き出すような体勢になってしまうと、尚人くんも自ら顔を押し当てて、そのままぐりぐりとまるで猫のようにこすりつけてくる。

その仕草が愛おしく思えて、私は尚人くんの髪の毛にそっと触れると、そのまま両手でギュッと抱き締めた。

「柔らかくて温かくて……ずっとこうしてたい」

「ふふ……私も、尚人くんとずっとそうしてたいよ」

私の胸に顔を埋めたまま、愛撫は下半身へと切り替わった。尚人くんの指が私の襞に触れながら蜜をかき混ぜると、淫猥《いんわい》な水音を立てた。再びお腹の奥が疼《うず》いて、そこから蜜が溢《あふ》れ出す。その甘い誘い水はお尻へと垂れていく。尚人くんが私に触れるだけでこんなになるなんて……

「このままだとスカートが汚れてしまうな」

蜜が流れ落ちる感覚を尚人くんも感じ取ったのだろう。蜜口への愛撫の手を止めると、身体を起こして何か考えている。

「ちょっとだけごめん」

そう言って、コンソールボックスに備え付けられているボックスティッシュからティッシュを何枚か引き抜くと、自分の指を拭いた後にお尻近くまで垂れている欲情の粘液を拭き取った。明るいうちからそんなところまで見られる恥ずかしさが勝り、思わず開脚していた足はその部分を隠すように閉じた。

「ダメだよ、このままじゃ本当にスカートが濡れてしまう。……今やめたら、優花ちゃんの身体が辛いだけだ」

口調は優しいけれど、そこには有無を言わせない意思が伝わる。まるで聞き分けのない幼子に諭すように言い聞かせる大人の口振りだ。きっと仕事中は、このように患者さんに接しているのだろう。尚人くんは小児科医だし、患者さんと話をする時、このようにしているのだろうと容易に想像がつく。

観念して私が足の力を抜くと、尚人くんは微笑んだ。その表情には昨夜の色香が漂っている。

「うん、いい子だ。スカート、どうする？　……もう脱いどこうか」

言葉を発したと同時に私のウエストに手を伸ばすと、ボタンを外してファスナーを下ろした。お腹を締め付けるものがなくなると、私の腰を浮かせるようにお尻に手を添え反対側の手でスカートをずりおろし、脱がせたスカートを後部座席へと放り投げた。

「これで大丈夫」

どうやら尚人くんが納得するまでスカートは返してもらえそうにない。抵抗することを諦め、このまま身を委《ゆだ》ねると、尚人くんはご機嫌だ。

「いくよ、優花ちゃん」

「あっ……あん！　……んんっ……、ん……、は、あ、あん……！」

再び私の下半身に電流が走った。尚人くんの指が、ピンポイントで私のいいところを刺激する。花びらに隠されている私の突起部分を指で刺激しながら、先ほどと同じく蜜口を指でかき混ぜて、車内にいやらしい水音を響かせる。私の口からも、いやらしい声が漏れるたびに、尚人くんはその手を緩め、再び動かし始めると私が歓喜の声をあげる。その繰り返しだ。

昨日も同じように焦らされて、頭が、身体が尚人くんの次の指の動きを期待しているように溶かされていく。反対側の手は私の胸元へと伸び、その先端もいつの間にかコリコリに硬くなっている。先ほど胸を舐めていた時につけられた唾液がたっぷりと残っており、夕日に照らされたそれがキラキラと光っている。

下半身の入口も、いつの間にか尚人くんの指が挿《さ》し入れられて、中のザラザラした場所をゆっくりと攻められると、私の身体は敏感に反応する。指の本数が増やされるたび、まだ違和感はあるものの違和感よりも官能を刺激される。

その反応を見ながら尚人くんは私の良いところを見つけようとゆっくりと優しく触れていく。そして、私を高みに導くと、私の目の前は真っ白になった——


尚人くんの手で絶頂を迎えた私は、しばらくの間動くことができなかった。オレンジ色の光に包まれていたのに、気がつけば辺りはすっかり夕闇に覆われている。ぼんやりとしている間に、尚人くんは私の着衣の乱れを整えてくれ、リクライニングシートも元の位置へと戻していた。

『優花ちゃんは僕のものだ。他の人には触らせない』

私を絶頂に導いた後、耳元で囁《ささや》かれた言葉が耳から離れない。言われなくてももう私は尚人くんのものなのに、どうすれば安心してくれるだろう……

「このまま家に帰ると、何かあったかバレバレだから、夕飯でも食べに行こう」

額《ひたい》に軽くキスをされ、再び私の顔は熱を持つ。そう思うならスキンシップは控えてほしいけれど、口に出すことはできない。

「僕も今日は浮かれて仕事にならないかもしれないな。両親にも話をして、なるべく早く両家の食事会を持てるように日程を調整してもらうよ。僕と院長の勤務時間も調整しなきゃだから、もしかしたら今回のお見合いみたいに、またもう少し先になるかな……」

車のエンジンをかけてライトも点灯させ、尚人くんは車を静かに発進させた。

「みんなそれぞれに都合があるもんね。十和子さんも会社が忙しいだろうし、家族が一堂に会する時間ってなかなかないんじゃない？」

「さあ……僕は今、仕事の関係で家を出てるから、加藤の家のことはほとんど知らないんだ。お見合いの話が出た時は、家で時間を取ってもらうのも難しいと思ったから、父親には会社に連絡して、アポ取って話をしたくらいだし。姉さんにも直接話をしたかったけど、あの日は不在だったからまだ話せてないんだ」

尚人くんの話を聞いて、十和子さんが弟推しだったことを思い出した。まさか私の初恋の相手が尚人くんだと知ったら、十和子さんはどんな反応を示すだろう。

「姉さんからＹＵＫＡを紹介したいってずっと言われてたから、お見合い相手が優花ちゃんだと知ったらどう思うだろう」

「私も今、それ考えてた。私も『もう初恋の相手のことなんて忘れてうちの弟に会ってみて』ってずっと言われてたんだよ」

「やっぱりな……もう、姉さんには食事会の時まで黙ってようか」

私の初恋相手と十和子さんの弟さんが尚人くんだっただなんて、本当にすごい偶然だ。もう、十和子さんにはこのくらいのサプライズを用意してもいいだろう。ようやく照れも収まり、私たちは夕飯をとるために移動した。

「畏《かしこ》まったお店ってのも肩が凝るし、かといって僕もこれから仕事だから居酒屋や小料理屋に行ってもお酒は飲めないし、ファミレスでもいいかな？」

申し訳なさそうに聞く尚人くんに、私は笑顔で答える。

「うん、何ならラーメン屋さんでもいいよ。ラーメンならそんなに時間もかからないでしょう？外もちょっと肌寒くなってきたから身体も温まるし、何より美味しいし」

私の返事に、尚人くんの肩の力が抜けたようだ。私だってお嬢様育ちとはいえ、ラーメンは大好きだ。尚人くんも御曹司のレールからは外れているものの、大きな会社の社長令息であるのだから、今までお互い他人の目を気にして好きなこともできなかったという境遇だ。こうして好きな人と二人で一緒にいる間くらい、他人の目なんて気にすることなく、お互いが好きなことや好きなものを共有したい。

「ラーメン、いいね。優花ちゃんはどのラーメン屋に行きたい？」

どうやら尚人くんも同じ気持ちだったらしく、ラーメンの話題に乗ってくれた。そんな些細《ささい》なことがとても嬉しい。

「どのお店も全部美味しいから、どこでもいいよ。尚人くんは？」

「んー、悩むなあ。じゃあ、今度一緒に食べ歩きもしようか」

車の中でラーメンの話題で盛り上がり、その流れで尚人くんのおすすめのお店へと向かった。

ラーメンを食べ終えて家に送ってもらうと、尚人くんはその足で病院へと向かう。私は車が見えなくなるまで見送ると、玄関の扉を開いた。

帰宅してから入浴を済ませ、そういえば充電がそろそろなくなると思いバッグの中からスマホを取り出すと、メッセージの受信通知が届いていた。こんな時間に誰だろう。スマホを手に取ると、尚人くんからだった。

『今日はありがとう。明日、仕事頑張ってね、おやすみなさい』

短いメッセージでも、気持ちが嬉しかった。私はスマホを充電器に繋いでメッセージを送った。

『こちらこそありがとう。お仕事頑張ってね。おやすみなさい』

尚人くんは今から仕事だからおやすみなさいと送ることに少し気が引けたけれど、時間的におやすみなさいの挨拶以外、適切な言葉が思い浮かばない。

既読マークがつかないのは、現在勤務時間で仕事をしているからだろう。私は明日の朝までに充電が完了するように充電器を差しっぱなしのまま眠りに就いた。


翌朝いつも通りに病院へと向かうと、ルミさんはもう出勤していた。ルミさんと視線が合うものの、あからさまに避けられた。気持ちはわからないでもないけれど、ここは職場であり、最低限の挨拶とコミュニケーションは必要だ。私は無視されることを覚悟の上で、フロアに聞こえるように大きな声で挨拶をする。

ルミさん以外の人は挨拶を返してくれるけれど、ルミさんはゴミ捨てに行くと言って席を外した。この件について、ルミさん自身で自分の気持ちに折り合いをつけてくれないことには、いつまでもこのままだ。私にはどうすることもできない。小さく溜息を吐《つ》くと、自分の仕事に取りかかった。

尚人くんは、朝と晩に欠かさず連絡をくれる。私は尚人くんの勤務時間がわからないし、忙しい尚人くんの仕事の邪魔にならないように、尚人くんから連絡をもらったら、できるだけ長文にならないように一生懸命入力する文章を考える。

素っ気なくならないように、でも尚人くんが見て、元気が出るように……メッセージはいつもたわいもない内容だけど、それでもこうして繋がっていることに幸せを感じている。

そんな月末が明日に迫った日のことだった。

「優花ちゃん、今日のお昼、時間作ってもらっていいかしら」

朝一番で、ルミさんが私に話しかけてきたのだ。驚きのあまり、私は返事しかできずにいた。

「今日の電話当番、他の人に代わってもらうから。あまり人に聞かれたくない話だし、中庭で話をしましょう。たまには外でお弁当食べながら」

「あ……は、はい。わかりました」

ルミさんに一体何が起こったのだろう。こんなこと初めてだ。咄嗟《とっさ》に返事はしたものの、状況が理解できなかった。ルミさんの言葉が気になるけれど、仕事に集中していないとミスした時大変なことになるので、できるだけそのことは考えないように、目の前の仕事に意識を向けた。

午前中の受付時間が終了して、受付カウンターは一部を除いてカーテンを閉める。休憩時間であることを来院した患者さんやその他の用事で訪れる人たちに示すためだ。

医師や看護師、検査技師などに用事がある医療関係の業者さんたちも、業務に支障がでないように診察のない休憩時間を狙ってやって来ることが多い。けれど診察室に先生がいない時、受付カウンターにやってきては用事のある人の所在を確認したりする。

ルミさんは電話番を宣言通りに他の人にお願いすると、私を中庭へ行くように促した。手にはお弁当の入ったトートバッグを持っているので、私もそれに倣《なら》ってお弁当を持つと一緒に中庭へと向かう。

陽射しはようやく秋らしくなってきたけれど、それでもまだ残暑は厳しい。中庭の花壇にはちょうど見頃を迎えたコスモスが、暑い中がんばって咲いているように見える。私たちは日陰となる場所に設置されているベンチに腰を下ろした。ちょうど私たちが勤務している本館の裏手に当たるこの場所は、入院患者さんの絶好の散歩コースになっていて、患者さんが休憩できるよう、ところどころにこのようなベンチが設置されている。

そこに腰を下ろしたルミさんは、お弁当に手を付けず俯《うつむ》いたままだ。こちらから何か話し掛けようにも、話題が思いつかなくてルミさんが言葉を発するまで待つしかない。

目の前を、病衣の上にカーディガンを羽織り車椅子に乗った患者さんが、看護師さんと一緒に通り過ぎた。二人の姿を目で追っていると、ルミさんがようやく重い口を開いた。

「……今まで、優花ちゃんに対する態度が悪くてごめんなさい」

突然の謝罪から始まった。私は黙ってルミさんの言葉を聞いている。

「優花ちゃんが院長の娘であり事務長の妹であることは、優花ちゃん自身ではどうしようもないことだってわかってるけど、羨ましかったの」

ポツリポツリと、ルミさんが心の中を吐露している。

「優花ちゃんは恵まれた環境で生まれ育って、有名なお嬢様学校を卒業して……。それこそこんな大きな病院の娘ならお見合いでお医者さんとすぐにでも結婚って話も噂で聞いてたから、最初ここで働くって聞いた時はみんな遠巻きに見てたけど、全然偉ぶった態度とかなくて。本当にいい子で、大好きって思ったの。……でも、そんな優花ちゃんの婚約者が佐々木くんだって、この前この目で現実をまざまざと見せつけられて、どうにかなりそうだった」

ルミさんの横顔が、疲れて見える。おそらく少しやつれただろう。でもそれを私が口にしたところで状況は何も変わらないし、かえって傷つけることにもなりかねない。

「もう気付いてると思うけど、私、ずっと佐々木くんのことが好きだったの。それこそ小学生の頃から。大きな声では言えないけど、私の親戚の一部の人が、ずっと佐々木くんと佐々木くんのお母さんに対して敵意をむき出しにしていて、幼心に何でだろうって思ってた。あの人は親戚の中でも気難しい人で有名で……理不尽なことも平気で言うし、でもあの人の旦那さんが背後にいると思ったら、誰も何も言えなくて」

どうやらルミさんも、中山のお祖母さんの言動には不信感を抱いていたようだ。

「何かの拍子で私が中山さんの親戚だと佐々木くんに知られてから、ずっとあんな風に壁を作られて、ずっと上辺だけの友達……ううん、きっと友達とも思われてないだろうな。単なる同級生って存在だけ。それ以上でも以下でもない……私、あなたと佐々木くんのこと、認めたくない」

ポツリポツリと思いを口にしたルミさんの瞳から、涙がこぼれた。

片思いの相手から、直接自分が関与していない親戚の嫌がらせのせいで避けられて、一方的に嫌われておまけに婚約者が苦労知らずのお嬢様だと知ったら、ルミさんも気持ちのぶつけどころがない。でも……尚人くんのことを今さらルミさんに取られたくない。

「たしかに中山さんという方は、お話を聞く限りでは、傍若無人な振る舞いで周囲のことなんてどうでもいいという印象です……そんな方のせいで、好きな人から一方的に嫌われるのは理不尽ですよね。……私は、尚人くんとは私が小学校へ上がる直前に出会いました。小さい頃からここに入退院を繰り返していて、主治医が私の父でした」

できるだけ、感情を押し殺して淡々と昔話を始めた。私の話にルミさんが耳を傾けている。

「幼い頃の尚人くんは小児喘息で、それこそ毎日数時間おきに吸入を繰り返してました。尚人くんのご両親のことはご存知とは思いますが、当時、中山さんが再婚に反対していたせいで尚人くんのお母さんは事実婚状態。その辺の話はご存知でしょうか？」

ルミさんの反応を見ながら、話を進める。ルミさんも尚人くんの家の事情を知っているから、私の話も理解できるようだ。

「そんな事情もあって、尚人くんは入院していても、誰も面会に来てくれる家族はいませんでした。尚人くんのお父さんの地位を脅かそうとする人や、それこそ中山さんの目があったから……小さい頃から、尚人くんは、ずっと病室で独りぼっちでした」

私の言葉を黙って聞いている。私は言葉を続けた。

「あの頃の私は、尚人くんの家庭の事情なんて全く知りませんでした。父からは、私と年の近い男の子が定期的に入院していて、退屈そうだから話し相手になってほしいと言われて、毎日のように病室へ遊びに行ってました。もちろん、病室で走り回ることなんてできないし、室内でできることは限られてましたが、いつも二人で遊んでました。私も、尚人くんが初恋だったんです。そして、尚人くんは自分の治療をしてくれる私の父の姿を見て、医師の道を志したんだと聞きました」

ルミさんが小学生の頃から好きだったと、過去を知っていると私にアピールしていることは気付いている。敢《あ》えて私のほうがもっと彼のことを知っていると対抗するなんてつもりはないけど、でもこれだけは伝えておきたい。尚人くんだけは、ルミさんに渡したくない。

「偶然にも、父からのお見合いの話があり、お相手が尚人くんだと聞いて、本当に嬉しかったんです。尚人くんの転居先もわからなかったし、あの頃はもう治療の成果が出て通院もほとんどなかったから、会うこともなかったし……だからこそ、このご縁を大切にしたいと思います。それに、ルミさんが認める認めないというのはルミさんの気持ちであり、私には関係ありません」

言いたいことは言い切った。

しばらくの間、沈黙が流れた。でも時間は刻一刻と過ぎていく。昼休みは限られているのでいい加減お弁当を食べないと、昼からの業務に支障をきたす。

「お弁当、食べましょうか」

私はそう言うと、バッグの中からお弁当を取り出した。自宅が近いので昼食を食べに帰るのが手っ取り早いけれど、就業時間内に帰宅するのも社会人としてどうだろうと思い、毎日お弁当を作っている。と言っても冷凍食品に頼る日がほとんどだ。それでも母の手を煩《わずら》わせることなく、自分の分は自分で毎朝作っている。

「……意外。おかず、冷凍食品ばっかりじゃない」

私のお弁当を覗き込んだルミさんが、率直な意見を投げかける。

「そりゃあ、朝は時間を一分一秒でも無駄にしたくないですから」

「たしかにいつも薄化粧だよね。ギリギリまで寝てるの？」

そう思われても仕方ない。でもバッチリフルメイクをすると、それこそＹＵＫＡになってしまう。

ここで身バレするわけにはいかない。私は慎重に言葉を選びながら口にする。

「ここは職場ですから目立つような化粧はしませんよ。院長の娘ってことは皆さんご存知ですから、私がだらしないと父と兄が恥をかくので。でも、目と鼻の先に職場があると、朝はギリギリまで自宅で寛《くつろ》ぎたくなるんですよ」

「何だ……お嬢様なのに案外普通の子なんだね」

ルミさんの呟《つぶや》きに、私は言い切った。

「私が恵まれた環境で育ったのは認めます。でも父やここに勤務する皆さんが頑張っているからこその宮原病院なんです。家族のおかげで私もここまで育ちましたけど、私は普通の人間です」

私の言葉に目を丸くするも、ルミさんはそんな私に呆れて笑い始めた。

「そうだね、優花ちゃん。今まで本当にごめんね。……改めて佐々木くんとのご婚約、おめでとう」

「ありがとうございます」

私たちは、黙々とお弁当を口にした。ようやくこれで、ルミさんと職場で上手くやっていけそうだ。

昼食が終わり、お弁当をロッカーの中に片付けると、歯磨きのために洗面所へと向かった。

歯磨きを済ませ、化粧直しのため化粧ポーチを手に取ると……

「あれ、それ、ＹＵＫＡがＣＭしてるやつ？」

気が緩んでいた時にＹＵＫＡの名前を聞き、私は思わず手を滑らせて床にポーチを落としてしまった。中身をぶちまけてしまい、ルミさんも拾うのを手伝ってくれた。

「これ、全部Ｔｅｍｐｔａｔｉｏｎシリーズだ。このシリーズ使ってる割に、優花ちゃんの化粧って地味じゃない？　……って、え、ＹＵＫＡって、……偶然、だよね？」

ルミさんが私の顔をまじまじと見つめている。ここで動揺したりしたら終わりだ。私がＹＵＫＡであることは、関係者以外に知られたくない。私は中身を拾いながら平静を装った。

「このシリーズ、発色が綺麗だから好きなんですけど……ルミさん、いくら名前の響きが似てるからって、こんな地味顔な私がＹＵＫＡなわけないでしょう？　拾ってくださってありがとうございます」

手渡された化粧品をポーチに戻すと、中から口紅を取り出した。これはすでに発売されている口紅でも地味な色のものだ。ルミさんの視線が気になりながらも、口紅を塗り直した。何気ない風を装いながらも、内心は心臓がかなりバクバクしている。

どうしよう、もしかしてバレた……？

いや、仕事中はファンデーションと口紅、チーク程度の薄化粧だし、普段は目元なんて何もしてないからぼんやりした印象だろうし大丈夫。自分にそう言い聞かせる。

しばらくの間ルミさんは私の顔をガン見していたけれど、ＫＡＴＯの美容部員が総力を上げて仕上げたＹＵＫＡの顔と、私の今の顔が同一人物だと判別できなかったようだ。画像を投稿する時も、フィルターをかけて画像加工を施《ほどこ》すことも忘れてないので、肌色も実際の私とは印象が違う。

「そうだよね、ジロジロ見てごめんね」

ルミさんは私に謝ると、自分も化粧直しを始めた。

「じゃあ、私先に戻るから」

電話番を交代してくれた子と入れ替わりで電話番に戻ると言って、洗面所から先に出ていったルミさんを見送ると、私は全身の力が抜けてその場にへたり込みそうになる。

……危ない。今まで以上に化粧直しは用心しなくては。

私は自分自身に言い聞かせ、気持ちを落ち着かせようと必死だった。

何とか平常心を取り戻して事務所に戻ると、ちょうどルミさんは外線から電話がかかってきて通話中のようだった。

荷物をロッカーの中に戻し、まだ休憩時間中なのでスマホを取り出した。メッセージを受信していなければそのまま鞄の中に戻すつもりだったけれど……

待ち受け画面に、一件のメッセージ通知が表示されていた。私はロックを解除して画面を開く。尚人くんからのメッセージだ。この時間に連絡があるなんて珍しい。私は急いでメッセージ画面を開いた。

『優花ちゃん、お疲れ様。例の食事会だけど、新色発売日の十日なら、みんな都合がいいそうです。僕のほうからも院長に連絡しておくけれど、優花ちゃんからも院長に伝えて下さい』

思いがけない内容に、私の頬が緩んだ。きっと周りから見ればだらしなくにやけているように見えるかもしれない。せっかく先ほど洗面所で平常心を取り戻したばかりなのに、これでは意味がない。

私は尚人くんにスタンプを押して返信すると、スマホを鞄の中に戻し、職員用のドリンクバーが置かれている休憩室へと向かった。

職員用の休憩室の一角に、ドリンクバーが設置されている。私は迷わずアイスコーヒーのボタンを押し、冷たい液体が紙コップの中に注がれていく。注入完了のブザーが鳴り、紙コップを取り出すと、それを一気に飲み干した。

せっかく塗り直した口紅が台無しだ。私、何やってるんだろう。

空になった紙コップを、備え付けのごみ箱の中に捨てると事務所へと戻った。休憩室でのコーヒーブレイクで、ほんの少しだけ冷静になれたので、気持ちを切り替えて午後からも頑張ろう。

午後からの仕事も順調にこなし、就業時間が終わると少しだけ残業して帰路に就く。いつもと変わらない日常だ。事務服から部屋着に着替え、夕食の支度を手伝い、洗濯物を片付ける。

ある程度、母が手を入れてくれているからこそできることで、結婚したらこれを一人でやるのかと思うと、改めて主婦ってすごいと尊敬の念を抱いた。私一人だと、慣れるまではさすがに大変かもしれない。

こんなことなら一度くらい一人暮らしを経験しておけばよかったと思うけれど、きっと過保護な兄が許さなかっただろう。

煮物の入った鍋をＩＨヒーターの上で加熱していると、玄関のインターフォンが鳴った。父や兄ならいちいちそんなものを鳴らさない。おそらく母が頼んだ荷物でも届いたのだろう。

私は玄関に設置しているカメラのモニターで外の様子を確認すると、画面には帽子を被った男性がちょっと大きめの段ボール箱を抱えた姿が映っている。やはり宅配業者さんだ。私は印鑑を手に玄関へと向かった。

受領印を押して荷物を受け取り、それをダイニングの片隅に置くと母が私と入れ替わりにダイニングへと向かい、届いた荷物の荷解《にほど》きをしている。私はキッチンで煮物の番に戻った。

母は最近ネットでのお取り寄せにはまっていて、今日は北海道の取れたてジャガイモを通販で購入したらしい。

「優花、これでポテトサラダ作ってくれるかしら？」

早速今日の一品に加わるようだ。私は大きなジャガイモを二つ受け取ると、ジャガイモの皮を剥いた。

夕食の支度が整い、父と兄が帰宅するまでに前もって母に尚人くんから連絡があったことを伝えると、どうやらこのことはお昼に父から聞いていたようだ。父はお昼ご飯を食べに帰宅するので、どうやらその時に話があったらしい。

「結納まで畏《かしこ》まったことはしないとはいえ、それなりにきちんとした格好のほうがいいかしらね。優花はやっぱりお振袖がいいかしら」

「どうなんだろうね……お店はお父さんが選ぶんでしょう？　加藤社長は人の目を気にされるなら、あまり目立たないほうがいいんじゃないかな」

「そうねぇ……あちらの服装にも合わせないとね。お父さんはスーツでいいにしても、私、どうしようかしら。優花より目立っても仕方ないし」

衣装持ちの母らしい言葉に、思わず笑いが込み上げてくる。

「お母さんがお見合いするわけじゃないからね。私は別に一緒に振袖着てもいいけど、あれって独身女性だけでしょう？　着物って、たしか季節でも色々種類があるんでしょう？」

私の素朴な疑問に母が答えてくれる。

「そうなのよ。ちょうど食事会って十月でしょう？　十月から五月までは袷《あわせ》の着物になるのよね。六月と九月が単衣、七月八月は薄物って決まりがあるのよ。近年は異常気象で夏場に着るのは暑いから、できれば着物は冬場しか着たくないわね。そういう意味では優花もお振袖より洋装のほうがいいかもしれないわ」

「何だか大変そう……もう、ワンピースでいいかな」

「とりあえず、お父さんと尚人くんに相談しなさい」

ちょうど話が一段落したところで父が帰宅した。兄は今日、友達と会う約束があるとかで、帰宅が遅くなるらしい。父が着替えのために一度寝室へと向かったので、その間に器を配膳して食事の準備をする。

配膳が終わり、少し経ったところで父が入ってきた。

「お、今日は煮物か。美味しそうだな」

里芋の煮物と焼き魚、冷奴とごぼうの肉巻き、卵焼きにポテトサラダ、浅漬けに味噌汁、これだけの品数を私一人で作るとしたら、段取りが悪いから結構な時間がかかりそうだ。

「さあ、いただきましょう」

母の声で父も席に着き、三人で夕食をとった。

食事中、母が父に今度の食事会の話を振ってくれ、父からも食事会のことを聞いた。

「お店はこちらで決めてほしいとのことだったから、『東雲《しののめ》』にしようかと思うんだ。あそこの別館の離れなら他の客の目にもつかないし、庭園も見事なものだ。食後にゆっくり散策するといい」

私が小さい頃からよく食事に連れて行ってもらっていたお店の名前があがった。小さい頃は知らなかったけれど、ここは有名な料亭で、家族で何かお祝いがある時はよく足を運んだお店だ。

別館には離れの部屋があり、私や兄が騒いでも他のお客さまに迷惑が掛からないからと、小さい頃はよくそこで食事をしていた記憶がある。

また、お部屋の前は立派なお庭があり、池には鯉と亀がいて、食事が終わったら庭に出てよく餌やりをさせてもらっていた。

「本館でもいいけど、久しぶりに別館の離れを予約してみようか」

「あら、それいいわね。あそこから見えるお庭って、きちんとお手入れが行き届いていて素敵よね。ちょうど時期的に金木犀が見頃になるかしら」

父と母の話で、懐かしい記憶が蘇《よみがえ》る。

「そういえば、昔、優花が尚人くんに亀を見せてあげたいって言いだして、亀を捕まえるって池の中に入って、大変だったわね」

「そうそう。結局亀は捕まえられずに風邪引いて、尚人くんと同じ病室に入院するんだって、大騒ぎしたな。あの時尚人くんは入れ違いで退院して、優花が大泣きして大変だったよな……」

唐突に、両親の口から赤裸々に語られる私の黒歴史に、思わず耳を覆いたくなる。お願いだからそれは尚人くんの前で話さないでほしい。

尚人くんは、喘息のせいで動物を飼うことができないと聞いていた。埃《ほこり》はもちろんのこと、犬や猫といった動物の毛が喘息を誘発するかも知れないからだ。

病院でそのことを話す尚人くんの寂しそうな表情が今でも忘れられない。

そんな時、池の亀と目が合った。つぶらな瞳がとても可愛らしく見えて、どうしても尚人くんに見せてあげたくなったのだ。

今思えば、父に写真や動画を撮ってもらえば良かったのに、そこまで思い付かず無茶をしてみんなを驚かせてしまった。

「お願いだから、食事会の席でその話はやめてね」

必死にお願いして、この話は食事会の時にはしないと約束したけれど、本当に大丈夫だろうか。

父に食事会の時に着る服装の相談をすると、和服だと歩きにくいだろうとのことで、洋服でも構わないとのことだった。日頃着慣れない和装だと歩きにくいし、東雲の庭園は玉砂利や飛び石が敷き詰められているので、庭園の散策など言われて部屋から外に出ることにでもなった時、足元が悪いと躓いて転んでしまいそうだ。草履も履《は》き慣らしていないと鼻緒が硬いので、足袋を履《は》いていても擦《こす》れて痛くなるだろう。

「加藤社長がいらっしゃるなら、それこそYUKAの格好でもいいんじゃないかしら」

母の発言に、父は顔をしかめる。

「東雲は人の目を気にしないでも大丈夫な場所だけど、店に入る前とその後のことを考えなさい。今でもYUKAの正体は一体誰だってネットでも騒がれているだろう？　結婚前に優花の記事が世間に広まったらそれこそ大変だ」

父の言葉に、母はしゅんとなる。

昔から、自分が本当にやりたいと思って相談すれば反対されることはなかった。けれど、イメージキャラクターを始めた頃は心配からあまりいい顔をしなかった母も、メディアで取り上げられるＹＵＫＡの評判の良さに気をよくして、時々このような突拍子もない発言をするので父も気が気ではないのだ。

「……もし、先方さんがＹＵＫＡの格好がいいと仰るなら、服とメイク道具は用意して行きなさい。あと、帰りも化粧は落として元の顔に戻せるように、クレンジングも用意しておきなさい。別にＹＵＫＡの格好じゃなくてもいいなら、それなりの服で大丈夫だろう」

私は父の言葉に頷《うなず》いた。後で尚人くんに通話アプリで連絡してみよう。明日は月末。明後日からは十日締めのレセプトで忙しくなるから、今日明日中に返事があれば、食事会までには充分準備は間に合いそうだ。

もし仮にＹＵＫＡの格好がいいとリクエストがあれば、いつものようにメイクは十和子さんにお願いしよう。私は部屋に戻ると、尚人くんに連絡を入れた。

＊　＊　＊

今月のレセプトも無事に終わり、迎えた十月十日、日曜日。私たちは『東雲』にやってきた。

あの日尚人くんに連絡を取ると、翌日返ってきたメッセージに『僕が優花ちゃんのＹＵＫＡの格好が見たいから、できれば食事会はＹＵＫＡの姿でお願いします』とあった。

何よそれと、心の中で突っ込みを入れつつ、承諾の返事をした。と同時に、十和子さんにもメッセージを送った。当日のメイクをお願いするためだ。ＹＵＫＡのメイクはやはり十和子さんじゃないと完璧に仕上がらない。

この時に、十和子さんがずっと紹介したいと思っていた弟が実は私の初恋の相手でお見合いの相手だと初めて知ったので、その後通話で大変な騒ぎとなった。

『ちょっと！　これ、どういうことなの？　優花ちゃんのお見合いの相手って、尚人だったの？』

スマホのスピーカーから、十和子さんの叫び声に似た声が聞こえる。色々な感情が混ざったその声は、まるで自分のことで喜んでいるようにも聞こえた。

「どういうことって言われましても……お見合いの話は以前話しましたよね？」

『たしかにそれは聞いたわよ、初恋のお相手とお見合いするって。初恋相手が尚人だったってことだけでも驚きなのに、その後の話、優花ちゃんから結婚することになるって聞いたけど相手が誰か聞いても教えてくれなかったでしょう？　身内なのに尚人や父からも、私は何も聞かされてなかったの！』

どうやら十和子さん一人蚊帳《かや》の外だったことにご立腹のようだ。

『尚人は今、家を出て一人暮らししてるし、父も仕事で忙しくて十日に会食があるからスケジュールを調整するように言われてただけで、尚人からも結婚が決まったなんて、私ひと言も聞いてない！』

尚人くん、本当に十和子さんには当日まで黙っているつもりだったんだ……

ある意味サプライズは成功したものの、十和子さんのテンションがいつもと違うから、変な方向に暴走しなければいいけど……

「私もまさか、尚人くんが十和子さんの弟さんだったなんて、釣書を見るまで知らなかったんですよ」

私は真実を伝えるけれど、言い訳しているようで何だか心苦しい。

「契約更新しないって兄が連絡を入れた日に、本当はそのことを十和子さんにも確認したいと思ってたんですけど、まずは本人に確認してからと思って。そうしたら、尚人くんが十和子さんにはギリギリまで黙っていいようって言ってたので……まさか本当にここまで黙ってると思わなかったんです。大切なことだから、自分の口から話すと思っていて。それか、加藤社長からも話が耳に入るかと思って……」

十和子さんはご立腹なのか、いつもに増して口調が強く早口になっている。何とかご機嫌を直してもらわなければ、ずっとこの後も通話はこの調子だろう。

『これだから本当にうちの男どもは当てにならないったらありゃしない。こんなんだから外で色々言われちゃうんだよ。お父さんには早く隠居してもらったほうがいいわ』

次期社長の椅子が約束されているだけあり、十和子さんはバリバリのキャリアウーマン風の発言をする。最近、いつも以上にワーカホリックともとれる発言に、十和子さんの体調が心配になる。

「何か色々とすみません……」

何で私が謝らなきゃいけないのかわからないけど、空気的には私が悪いっぽくなっている。

『水臭いよ！　優花ちゃんが義妹になるなんて、すっごく嬉しいの。ねえ、わかる？』

「私も十和子さんが義姉になるの、嬉しいです」

『ねえ、ここはひとつ盛大にお祝いさせてね。悪いようにはしないから』

何だかこの言葉の裏に何かがありそうな気がするけれど、水を差すわけにはいかないだろう。

「はい、よくわからないけど楽しみにしてます。ところでお願いがありまして……」

ここでようやく本題に入り、十和子さんは快く食事会当日にＹＵＫＡのメイクに協力してくれることになった。

私と十和子さんは食事会の予定より一時間早く店内に入らせてもらい、食事を予約している部屋から少し離れた控室でＹＵＫＡのメイクを施《ほどこ》してもらった。

一番最初にＳＮＳへコスプレを投稿する時から、私の『別人顔』といっていい完璧なメイクは十和子さんにお世話になっている。それだけに化粧も手慣れたものだ。

昔、十和子さんが私の顔にメイクをしていく動画を兄に撮ってもらい、それを見ながら自分でも練習をしたけれど、どうしても十和子さんみたいに上手くできなくて、これがプロの技なんだと痛感した。

コスプレをする時の画像加工はもちろんのこと、カラコンを入れたりウイッグを着けてみたりと、それなりに優花だとわからないように工夫もしている。さすがに今日はそこまでしなくてもいいだろうと思ったものの、尚人くんからのリクエストだ。忠実にＹＵＫＡに変身させようと十和子さんも腕を振るってくれる。

メイクが終わり、最後の仕上げとなるウイッグを被ると、ＹＵＫＡに変身した。もちろん身に着けているバラのブローチも外せない。

「ねえ、これって、尚人からのプレゼントだったの？」

胸元のブローチを指しながら十和子さんが私に問いかける。

以前、撮影の時はこのブローチを着けたいと十和子さんと兄に話をしていた時のことを思い出したのだろう。その時に、これは初恋の男の子からもらったものだからと説明していたから、その確認だ。

「そうなんです。尚人くんが入院中、これを私に作ってくれたんです」

「へえ……あの子、なかなか器用だね」

十和子さんが改めて私の胸元のブローチをまじまじと眺めている。

樹脂粘土で作ったバラを、固まってからレジン液でコーティングしている。入院中の退屈しのぎに当時は二人で色々工作をしていて、その時に尚人くんが私の誕生日プレゼントに作ってくれたのだ。

当時は他にも色々一緒に工作したけれど、このブローチだけはずっと大切にしまい込んでいたから保存状態もよく、今でも綺麗なままである。

今日のメイクで使ったものは、先日スチール撮影時に使った物で、正真正銘ＫＡＴＯの商品だ。

今日発売の、新色の口紅もしっかりと使っている。

「あ、そうそう。急遽決まったことなんだけど、来年二月のバレンタインに、アイシャドウと口紅の限定色をバレンタインコフレとして発売することになったの。優花ちゃんの契約は三月末までだから、もう一回だけ撮影に協力してもらうことになるんだけど……その時に私からのプレゼントを受け取って」

プレゼント……？　一体何だろう。

「え、でも、十二月にアイシャドウも発売になるんでしたよね？」

十月に口紅を、十二月にアイシャドウを発売することは、随分前から会社のホームページでも情報解禁されている。それに合わせてこの前のスチール撮影は、十二月分も併せて行われたのだ。

「うん、そうよ。十月に両方リリースしたら？　って声もあったんだけど、十二月はクリスマスでしょう？　その時期にも新色の商品を出したかったのよ」

自社商品に自信を持っているからだろう、いつだって十和子さんのトークは熱い。

「十二月って、大体の企業ってボーナス支給月だから、購買力が上がるのよ。自分へのご褒美に買う人もいれば、クリスマスプレゼントに買う人もいる。二月のはね、ＫＡＴＯ側が一押しのカラーをセットにしてバレンタインに向けて数量限定販売するの。多分その話も、今日の食事会の時に父がすると思う。まあ、悪いようにはしないから安心してね」

毎年クリスマスの時期になると、クリスマスコフレとして限定色のセット販売をするのに、今年それがないのは、もしかしてバレンタインコフレとして売り出すためだったのだろうか。

何か含みのある言葉に不安を抱きつつも、悪いようにはしないとの言葉を信じるしかない。

「さ、そろそろみんな揃う頃だから、私たちも移動しましょう」

十和子さんはそう言って手早くメイク道具を片付け、私も着用してきた服をハンガーに通し、用意してもらった簡易のハンガーラックに掛ける。今回もワンピースだけど、この前のデートの時のものとは違う、紺色のシンプルなデザインのものだ。今着ている服とのギャップがすごい。

「ＹＵＫＡのメイクだと、やっぱり今日着てたワンピースよりもこっちのほうが見慣れてる分、しっくりくるね」

尚人くんのリクエスト通り、ＹＵＫＡらしいフリルのたっぷりと効いたゴスロリの服を着た私に向かって、最高の褒め言葉をいただいた。

「私も、ＹＵＫＡになると気持ちが切り替わります」

宮原優花からＹＵＫＡに変わると、違う人格に生まれ変わるような気がする。上手く言い表せないけれど、優花の時と違って、尚人くんと過ごした幼少の頃に戻った気分になるのだ。

格好が格好だから童心に帰るというのが正しいのかもしれない。贅沢な大人の楽しみだ。

東雲の女将さんに用意してもらった控室から出ると、私たちは予約している離れの部屋へと向かった。

＊　＊　＊

「やっぱり優花ちゃんはその姿がよく似合う」

部屋に入ると、両家のみんながすでに揃っていた。まだ予約時間の十分前だ。部屋に入るなり、加藤社長にこのような言葉を掛けられ、私の両親と尚人くんのお母さん、尚人くんの四人は私の姿をまじまじと見つめている。

「こうしてきちんとコスプレしている優花の姿を見るのって、思えば初めてだよな、母さん」

「本当に優花なの？　すごく似合ってるわ」

私の両親も、キツネにつままれたような顔をしている。ＹＵＫＡの姿はネット上やＫＡＴＯの化粧品のＰＲで雑誌に掲載されたりしているから見たことはあるけれど、こうして両親の前できちんとＹＵＫＡの姿を見せたことがなかったせいで、二人の反応が何とも面白い。

一方尚人くんのお母さんは、終始にこやかな笑顔を浮かべている。

「初めまして、この度は尚人とこのようなご縁を結んでくれてありがとうございます」

深々と頭を下げられ、私も挨拶をする。

「初めまして、こちらこそ、ご挨拶が遅くなりすみません。宮原優花と申します。末永くよろしくお願いします」

そんな私たちのやり取りを見ていた尚人くんは、うっとりとした表情を浮かべている。

「やっぱり優花ちゃんは、お姫様みたいだ」

この言葉に私の頬はカッと熱くなる。子どもの頃、可愛いお洋服を着て病室に行くと、決まって尚人くんは『お姫様みたい』と言って喜んでくれていた。何だか時間がその頃に戻ったみたいだ。

この状況を冷静に見ているのは、兄と十和子さんの二人だけだ。

この二人、かつては恋人同士だったこともあり、もしかしたらこのような席の主役になっていたかもしれないと思うと何だか複雑な気持ちになる。二人とも態度に出さないけれど、何とも思っていないのだろうか……

「さ、今日の主役も来たところだし、食事会を始めようか」

父の言葉で、私と十和子さんはそれぞれ自分の席に着く。

両家の父の言葉で和やかに食事会は始まった。

目の前には、お祝いの席ということで桜茶が用意されている。目の前に用意された御膳も、お祝いの席でよく出される縁起を担《かつ》いだものがずらりと並んでいる。

食事をしながら、両家の父親同士、まずは仕事の話から入っている。父の病院のことや、尚人くんの仕事のこと、次いでＫＡＴＯの仕事の話になり、先ほど十和子さんが口にしていた二月の限定商品の話になった。

「これまで六年間、優花ちゃんには感謝してるよ。本当にありがとう。実は急遽二月に、バレンタインコフレとしてＴｅｍｐｔａｔｉｏｎの口紅とアイシャドウの限定セットを販売することになって、最後の撮影をお願いしたいんだ。これまでの功績も称《たた》えて、最後の撮影は沖縄を考えているんだけど、引き受けてもらえないだろうか？」

加藤社長の発言に、私は固まった。

言ってる意味がわからない。一体どういうこと……？

「芸能人じゃない優花ちゃんに無理を言って、こっちの世界に引っ張り込んだ責任をずっと感じていた。『ＹＵＫＡ』のおかげで、うちの商品は本当に売り上げもかなり上がったんだ。このシリーズが六年も続いたのは、ＹＵＫＡのキャラクターが世代を問わずに愛されていたおかげだと思ってるよ」

　私は、加藤社長の言葉に静かに耳を傾けた。

「Ｔｅｍｐｔａｔｉｏｎシリーズから、スキンケア商品の購入に至った顧客も多いと現場からの報告も数多く上がってる。優花ちゃんには感謝してもしきれないくらいだ。だからこそ、最後の撮影はホテルのプライベートビーチを貸し切りで、開放的な背景をバックにお願いできないだろうか？」

　社長が言葉を終えると、一息吐《つ》いた後に兄が初めて口を開いた。

「すみませんが、優花の本業はうちの病院の事務員です。院長の娘だからといってそれに甘んじることなく、真面目に仕事に取り組んでます。今までの撮影は、体調不良だとか誤魔化して休みを取らせてましたが、沖縄となるとさすがに誤魔化すのは無理です。優花が今まで努力して築き上げた信頼を崩すようなことは、兄として、上司として、許可は出せません」

　兄の言葉を聞いて、それまで口をつぐんでいた十和子さんがゆっくりと言葉を発した。

「学、尚人、十二月十日から一週間、優花ちゃんと尚人のスケジュールを確保して」

　十和子さんの声に、みんなが一斉に十和子さんを見た。十和子さんはそんな視線を気にすることなく、言葉を続ける。

「これは新婚旅行よ。新婚旅行の旅費、すべて会社が持つから、旅行先での一日をＫＡＴＯの仕事に充てさせて。二か月先だし、年末年始の旅行ラッシュ前だから今なら座席やホテルも確保できるし、ちょうど優花ちゃんもレセプト明けだから問題ないでしょう？　旅行を結婚祝いとしてこの話、受けてもらえないかしら？」

社長は自分の言葉の補足を入れてくれた十和子さんに対してうんうんと頷《うなず》いているけれど、当事者は蚊帳《かや》の外で勝手に話が勝手に進んでいる。この展開についていけないでいると、ようやく尚人くんが口を開いた。

「ちょ、ちょっと待って。姉さんたちが勝手に話を決めてもこっちの都合、何も考えてないだろう？　僕、ようやく研修医の期間が終わって医師になったけど、まだまだ研修いっぱいあるんだよ。それに、その時期にもたしか学会があるはずだから、こればっかりは欠席できないよ」

尚人くんの言葉に、父も頷《うなず》いている。

「学会といっても、主催者が同じじゃないから種類もたくさんあって、スケジュールも決まってるから、宿泊先の手配もあって予定は動かせないんだ。あれ、十二月の学会はいつだったかな」

そう言って父は鞄を手繰り寄せると、中から手帳を取り出してスケジュールをチェックする。

「今年は十二月九日、十日になってるな……場所は、京都だ」

今日参加予定の学会は、全国の都道府県で毎年行われており、今年は京都が会場になっているのだという。

「じゃあさ、今年のカレンダー見たら十一、十二日は土日だし、月曜日から一週間、結婚休暇取れないの？　リゾートウエディングするっていえば、休みは取れるでしょう？　前後の土日と併せたら九連休になるよ？」

十和子さんの言葉に、一同の視線が尚人くんに集まる。尚人くんもみんなの視線を感じて居心地悪そうだ。

「学会から帰って報告もまとめないといけないから、行けるとしたら、十三の午後からかな……結婚休暇なら、職場も文句は言えないから大丈夫だけど、それまでに片付けられるものはきちんとしていかないと」

尚人くんも自分の手帳を見ながら予定をチェックしている。

「どちらにせよ、来年の四月からは宮原病院でお世話になる予定だから、来年度の引継ぎもそろそろ水面下で始めなきゃだしね」

尚人くんの言葉に、私と十和子さんは驚きを隠せない。一体いつの間にそんな話にまで発展したの？

「優花、お見合いの話をした時にその話はしてるはずだよ？　それに尚人くんはうちの婿養子に入ってくれるんだから、遅かれ早かれ大学病院を辞めてこっちに来てもらわなければならないんだし」

そういえば聞いたかもしれない。でもあの日は色々と情報がパンクしそうなくらいに渋滞していて、正直言ってあまり覚えていない。私がしばらく考え込んでいると、尚人くんが一つの提案をした。

「もし優花ちゃんさえよければ、学会が終わる十日の夜、京都に来ない？」

突然のことに、私は意味がわからず目を見開くと、尚人くんは言葉を続ける。

「こんな気候だから紅葉の時期もずれて、ちょうど見頃を迎えてると思うんだ。学会は終了時間が遅いから、十一日に戻る予定で、二連泊でホテルの部屋を取ってたんだ。だから十日は京都に泊って十一日はそのまま観光できるよ。きっとどこに行っても人は多いと思うけど、観光する価値はあると思う」

素敵なお誘いに心が揺れる。この流れはもう、十三日から沖縄に行くこともほぼ決まりなのだろうか。

「へえ、いいなあ京都。この時期ってどこに行っても絵になるし、観光客で溢《あふ》れ返ってるから宿もなかなか取れないのよね」

どの季節も観光シーズンの京都は、人で溢《あふ》れているのは容易に想像がつく。

「私も何年か前、今頃の時期に仕事で京都に行くことがあったけど、宿が取れなくて結局大阪まで行くことになったもん。せっかくだし、行っておいでよ。結婚して子どもができたら自由にお出掛けする余裕なんてなくなるって聞くし。二人ともお付き合いの期間がほとんどない状態で結婚するんだから、少しでも二人だけの時間を楽しむべきよ」

十和子さんが援護射撃で京都行きを勧めてくれた。

その言葉に、兄もグッと押し黙る。何だかんだ言って、兄は未だ十和子さんに頭が上がらないのは、もしかして復縁もあり得るのかも……？

余計なことを口にすると大変なことになりそうなので、私はお口チャックでこの場を見守っていると……

「……わかった。じゃあ優花は十日の業務終了後、京都に行ってこい。十一日から十九日まで、結婚休暇で処理するから。尚人くんはそれで大丈夫か？」

「はい、月曜の夕方の便なら、問題ないです」

兄と尚人くんの会話で、新婚旅行の日程が確定した。

「ところで入籍はいつするの？　旅先で何かあった時のことを考えて、入籍は早いほうがいいわよ」

十和子さんのアドバイスに、尚人くんは笑顔で答える。

「できることならこの場にみんな揃ってることだし、ここで婚姻届のサインをもらって、食事会が終わったらその足で届けに行こうと思うんだけど。お父さん方、構いませんか？」

尚人くんの言葉に、両家の両親も頷《うなず》いている。

私、印鑑なんて持って来てないのに、みんな持ってるの？　と思っていたら、数年前から印鑑は不要になったのだそうだ。

「婚姻届はすぐに受理してもらうけど、戸籍ができるのは月曜日以降になるわよ。尚人は免許証やら保険やらの名義変更もしなきゃだし、平日の日中役場に行ける？」

そうだった。宮原の姓に変わる尚人くんは、入籍後も色々手続きが必要となる。

十和子さんは撮影が決定したことで張り切っている。

「なるべく早いうちに手続きしなきゃダメよ。現地での陣頭指揮を執《と》るから沖縄へは私も一緒に行くけど、撮影以外は別行動にするから。で、お父さんたちはどうする？」

十和子さんの質問の意味がわからず、お互いの両親はキョトンとしている。

そんな両親たちに、十和子さんは笑顔である提案をした。

「せっかくだしみんなで沖縄に行きませんか？　国内だから日帰りできるし、宮原院長も一日だけ病院をお休みするだけだから、患者さんも不安にならないとは思いますが。それに、何よりも優花ちゃんの晴れ姿、直接この目で見たいと思いませんか？」

十和子さんの提案に、加藤夫妻と私の両親は、お互いに顔を見合わせた。

「……我々も、参列していいのかい？」

加藤社長は、尚人くんの顔を見つめている。やはり幼少の頃尚人くんに寂しい思いをさせてしまっていたことに負い目を感じているようだ。

別に諸悪の根源である中山夫妻を招くわけではないので、私としては全然問題ない。

「ご両親には、是非とも参列していただきたいです」

言葉に詰まって何も話せない尚人くんに代わり、私は加藤夫妻にお願いした。

「尚人くんと私の門出を、お二人に祝っていただきたいんです。もちろん、お父さん、お母さんも。お兄ちゃん、沖縄だし日帰りならお祝いに来てくれるよね？」

ここは末っ子の特権であるわがままを通すところだろう。尚人くんは当初二人だけで海外挙式をと言っていたけれど、せっかくＫＡＴＯの仕事を絡めて沖縄旅行をプレゼントされるなら、家族だけでも現地でお祝いされたい。

加藤社長も父も忙しい身だから、日帰りも致し方ないと思う。でも海外ウエディングだと日帰りは無理だ。国内だからこそできることであり、十和子さんも、それを計算した上での提案だろう。

「挙式だけなら、日帰りも可能なのか……」

父が考え込む。そこに十和子さんが口を開く。

「たしか宮原病院は水曜日と日曜日が休診日でしたよね？　撮影を火曜日に済ませて水曜日に挙式、残りの日程は二人だけで過ごしてもらうようにスケジュールを組みます。飛行機も、朝一番で東京から出る便に乗れば、お昼には余裕でホテルに到着します。挙式を昼からにしても、夜にはこちらに戻れます。さすがに観光は無理ですが……二人の門出を一緒にお祝いしませんか？」

十和子さんの言葉に、父が頷《うなず》いた。

「じゃあ、それで手配をお願いしようか」

父の言葉に、尚人くんのご両親も頷《うなず》いた。

「わかりました。当日の式服、宮原院長のタキシードは現地で手配しますので、院長は軽装でいらしてください。院長夫人とお母さん、お父さんと学はそれぞれ控室を用意するから、当日式で着用する服を持ってきてください。優花ちゃんと尚人は、この後打ち合わせするわよ」

十和子さんの言葉に、尚人くんが不満の声をあげる。

「えっ、ちょっと待って。食事会が終わったら、さっきも言ったように婚姻届出しに行くんだけど」

「婚姻届は逃げたりしないわよ。それに今日出しても休日だから、戸籍ができるのは月曜日だってついさっきも言ったでしょう？」

「善は急げって言うじゃないか」

そう言いながら、鞄の中から婚姻届を三枚取り出した。

「一体いつの間に用紙を取りに行ったの？」

用意周到な尚人くんに対して無知な私は、ただただ驚きしかない。心の声が思わず口から漏れてしまった。

そんな私に尚人くんが優しく答えてくれる。

「今は、役所に行かなくてもパソコンでダウンロードできるんだよ。役所への提出用に一枚と記念に一枚、書き損じも考えて、予備でもう一枚用意しておいた」

書類に不備がないようにしっかりと事前に調べてくれている尚人くんに、そうなんだとひたすら感心していると、すでに尚人くんの欄はサインを済ませてあり、後は私と証人欄だけを埋めるだけになっていた。婚姻後の夫婦の新しい姓は、妻のところにチェックが入っており、新しい本籍も、お見合いの時釣書に記載した私の実家の住所が書かれている。

「優花ちゃんのことになると、仕事が早いわねぇ……」

「そりゃあ、大切な人のことだからね。これで優花ちゃんが僕の奥さんになるんだから当然でしょう」

ドヤ顔で返事する尚人くんに、私は赤面し、お互いの両親は微笑ましい光景だとばかりにニコニコして、兄と十和子さんに至っては、生暖かい目で私たちを見つめている。嬉しいけど、こうもはっきり口と態度で好意を表されると、何だか恥ずかしい。

「これ、書いて終わったら、これを持ってる二人の写真撮ってよ」

嬉しそうに話す尚人くんに、十和子さんが仕方ないなと独《ひと》り言《ご》ちて承諾した。

「いいわよ。せっかく優花ちゃんがＹＵＫＡの姿してるし、久しぶりに今度投稿する分の写真も撮りましょう。もちろん場所を特定されないように、画像は加工するからね」

どうやらこのまま撮影会になりそうな勢いだ。

テーブルの上の、空いた器を隅に寄せると、ボールペンで空欄を埋めていく。

自分の欄を記入し終え、証人欄を父と加藤社長に記入してもらうために手渡すと、二人に記入をしてもらい無事に婚姻届がすべて埋まった。

「じゃあ優花ちゃん、こっち来て。で、こっち側を持って。……ほら、姉さん早く写真撮って」

尚人くんが昔みたいにはしゃいでいるのが嬉しくて、釣られて私も笑顔になる。

尚人くんのご両親も、尚人くんのこんな顔を見たことがなかったのか驚いた表情を見せるものの、釣られてみんなが笑顔になる。

今日の食事会で、少しは尚人くんの中でわだかまりが解《と》けただろうか。幼少期に寂しい思いをした分は、これから私が家族になって少しでも尚人くんの癒しになりたい――

婚姻届の記念撮影が終わると、続いてＳＮＳ用の撮影が始まった。

撮影といっても普通に雑談をしながら写真を撮り、その中からベストショットを投稿するのだ。

ＫＡＴＯの撮影の時は仕事と割り切れるからどんなにギャラリーが多くても気にならないけれど、さすがに身内の前での撮影は照れくさい。

……いや、今はＹＵＫＡの姿なんだから、そんなことは言ってられない。必死で表情を取り繕っていると、尚人くんが口を開く。

「今日は、あのブローチは……」

ＹＵＫＡの標準仕様であるブローチは、ゴスロリの服に着替えた時、胸元に着けていた。けれど、畏《かしこ》まった席には相応しくないかもと思い、部屋を移動する前に外してポケットの中に忍ばせていたのだ。

「ああ……、尚人くんにこれが私のアカウントだと気付いてもらったから今日は着けてないんだけど……着けておいたほうがいい？」

本当の理由は告げず、それらしい理由を告げたけど、尚人くんには通用しない。

「それがＹＵＫＡ仕様なんだと印象付けてるだろう？　僕がプレゼントしたものを身に着けてるのを見ると、僕が嬉しい」

尚人くんの発言に私は頷《うなず》き、ポケットの中からブローチを取り出し胸元にそれを着けると、尚人くんは満足げな表情を浮かべた。

「それはそうと、いつから一緒に暮らし始めようか。とりあえずの身の回り品だけ用意してくれたら、僕のマンションはすぐにでも大丈夫だよ。でも宮原病院からだと車じゃないと通勤は難しいかな……」

今日この後婚姻届を提出し、戸籍上夫婦となるけれど、居住地のことについてはまだ何も話ができていなかった。現在尚人くんは、勤務先である大学病院の近くにあるマンションを借りており、宮原病院からは車で二十分くらいの場所にある。

「車の運転、練習する？　前も言ったけど、この車頑丈だから少々ぶつけても問題ないし。もし事故にあった時も車は頑丈なほうが怪我する可能性も低いし」

「いざという時のことを考えて、優花もそろそろ車の運転できるようになったほうがいいぞ。せっかく免許取ってるのに、ペーパーのままじゃもったいないからな」

尚人くんの言葉に兄も加勢するので、私は渋々頷《うなず》いた。

「じゃあ、後で病院の駐車場で、運転の練習しよう。今日は日曜日だから、外来の患者さんがいないから車も少ないし。車庫入れや幅寄せも練習できるよ。婚姻届を出した後に一度優花ちゃんの家に寄るから、荷物をまとめたら運転の特訓しよう」

どうやらもう、今日から一緒に暮らし始めることが確定らしい。

「え……き、今日から……？　めちゃくちゃハードスケジュールじゃない？　こんな状態で尚人くんの家に向かったら、きっと私、それこそ疲れ果てて抜け殻だよ？　他にも色々決めなきゃいけないこと、いっぱいあるよ？」

「うん。だから一緒に生活しながら決めよう？　とりあえず、新婚旅行のプランから始まって、今のマンションは三月末で引き払う予定だから、四月からの新居や新居に置く家具家電とか」

こうなったらもう尚人くんのペースだ。余計な口を挟むことはできない。

「結局指輪も間に合わなかったし……優花ちゃんに任せていたら、いつになるかわからないだろう？」

正論を述べられて、私は言い返すことができないでいる。

「そういうことだから、今日からよろしく」

こういうところは本当に十和子さんと尚人くんは姉弟だと実感する。やっぱり私は何だかんだとこの姉弟に言いくるめられる運命なのだ。

「さ、撮影も終わったから、打ち合わせしましょう」

十和子さんがとびきりの笑顔で私たちにそう告げた。

食事会が終わり、十和子さんと撮影日の事前打ち合わせを始めた。

詳細は現地入りする月曜日に、撮影スタッフと話をすることになっているから、事前に大体のプランを聞いて撮影の流れを頭に入れる。

打ち合わせも終わり、私はＹＵＫＡから優花に戻り、尚人くんと一緒に婚姻届を提出するために役所へと向かった。

休日窓口にてすんなりと受理され、あっけなく私たちは夫婦となった。

え？　ホントに？　こんなものなの？　初めての経験続きに、今日はずっとキャパオーバーだ。

役所で手続きが終わると私たちはその足で実家へと向かい、私は尚人くんが言うように三日分の着替えと荷物をまとめると、病院の駐車場で運転の練習を始めた。なかなかのスパルタで、何とか車庫入れと幅寄せの練習を済ませると、そのまま尚人くんの住むマンションまで運転することとなった。

尚人くんのマンションに到着すると、私の予想通り今日の疲れがどっと出て、身動きが取れなくなった。

こうして入籍初日は疲れ果てて、いつの間にか寝落ちしていた。

翌朝、いつもより三十分早く起きて、尚人くんの車に乗って仕事に行く。

緊張でハンドルを握る手に力が入り、病院に到着した時点でぐったりしていた。私、こんなので仕事になるんだろうかと不安が過《よぎ》るものの、レセプトも終わって通常業務に戻っているので、何とかいつも通りに仕事を終えた。

食事会の時に撮影した写真をＳＮＳに投稿するため、尚人くんと二人でどの写真にするか選び投稿すると、すぐさまフォロワーからたくさんの反応があった。

いつものように通知でスマホがパンクしてしまいそうになるので、すぐさま私は通知を切ったけれど、初めてそれを目の当たりにした尚人くんは驚きのあまり、しばらくの間ＳＮＳの私のアカウントが毎回こんな調子なのかと聞いてきた。

素直に頷《うなず》くと、言葉にならない声を発していたけれど、ＹＵＫＡのアカウントということで無理矢理納得したようだった。

家移りをしたとはいえ、まだ本格的に荷物を運び入れていない上に、生活のリズムが作れていない私は仕事終わりに実家へ立ち寄っては夕食のおかずをお裾分けしてもらい、それを持ち帰る生活が続いた。その時に少しずつ実家の荷物もマンションに運び込み、月末までには必要な荷物を運び終えた。

尚人くんも夜勤で不在の日もあり、すれ違いの生活を送ることもあるけれど、二人で過ごす時はこれからのことを一つずつ一緒に決めている。ようやく結婚指輪も決まり、婚約指輪と一緒に受け取りを済ませたのも十月末のことだった。

第六章　永遠の愛を誓う

同居を始めた日に、夫婦の営みは生活に慣れるまでは控えてほしいとお願いしたので、引っ越してからまだそのような行為をしていない。

ここに引っ越して来てから一か月が経つ。ようやく帰宅後に夕飯も作れる余裕ができてきて、この部屋での生活にも慣れてきた頃に尚人くんの仕事が忙しくなり、夜勤が続いたり日勤の日でも残業が続くようになった。完全にすれ違いの生活だ。

不規則な生活で尚人くんの体調が心配になるものの、仕事のことだから強くは言えない。

私にできることは、美味しくて栄養のある食事を作ること、私が不在の時にも快適に過ごせるよう、今はもう心配ないと思うけど喘息の発作が出ないように、部屋に埃《ほこり》が溜まらないように掃除をすることだった。

そんなすれ違いが約一か月続き、あっという間に十二月。いよいよ今月はリゾートウエディングだ。でもその前に、尚人くんは学会で京都に行く。

そして私も尚人くんを追いかけて行く。

毎月十日締めのレセプトがあり、私も帰宅は連日遅くなるけれど、沖縄に行く準備と京都に行く準備を進めていた。尚人くんも忙しいながらも旅行の準備はしており、沖縄旅行の荷物は私の分も一緒にまとめて玄関横のクロークに置いている。

九日の朝、尚人くんを見送って私も仕事に行く。この日はもう実家に泊まるつもりだったので、翌日の荷物もまとめて車に積み込んだ。

残業を済ませて久し振りの実家で寛《くつろ》いでいると、尚人くんから通話アプリで写真とメッセージが送られてきた。

「わあ、綺麗……」

それは大きな階段の電飾をクリスマスツリーに見立てたイルミネーションの写真だった。

「何なに……へえ、JR京都駅にこんなイルミネーションがあるんだ」

私は明日、夕方こちらを出発して新幹線で京都へ行く。

JR京都駅で待ち合わせをしており、私が迷子にならないように、待ち合わせの場所を知らせてほしいとお願いしていたのだ。

新幹線の改札を出て、在来線の改札を通り過ぎると、京都駅北側の中央口に出る。

こちらの出口側に京都の主要な観光地があるのだという。

土地勘のない私は、尚人くんの通話アプリと京都のガイドブックを照らし合わせて、何となくの場所の見当をつける。

「で、明日は尚人くんどこで待ってるって？　あら、綺麗な電飾ね。もうクリスマスか、一年があっという間ね」

母が私のスマホを覗き込んだ。

「えっとね、京都駅の北口の、中央改札を出たところにいてくれるって。これ、すごいね。明日が楽しみ」

私がガイドブックに掲載されている京都駅の見取り図を指さしながら母に説明をする。

「ああ、これならわかりやすいわね。それにいざとなればスマホもあるから、迷子になっても大丈夫ね」

私は母の言葉に頷《うなず》いた。

「明日は駅まで送ってあげるから、仕事を早く切り上げなさいね」

「やった、ありがとう」

明日は新幹線で京都へと向かう予定だった。東海道新幹線は、のぞみだと東京から京都まで約二時間強で到着する。私はこれに乗って京都へと行くのだ。

翌日、私は終日カウンター業務に就いていた。朝礼で、兄が私の結婚を報告したからだった。明日から結婚休暇に入るため、レセプト業務から外してもらっていた。

「新婚旅行、沖縄なんだって？　楽しんできてね、もちろんお土産も期待してるから」

事務所のみんなからそう言って送り出されると、私は母に最寄り駅まで送ってもらい、電車を乗り継いで東京駅から一路京都へと向かう。

新幹線に無事に乗り込むと、尚人くんへ京都駅到着予定時刻を知らせるメッセージを送った。

仕事が終わってからの移動だ。京都に着いてからだと飲食店を探すのに一苦労だからと、新幹線の中でお弁当を食べることにした。尚人くんも、学会終了後に軽く食事を済ませておくとのことだった。

到着までの時間、観光でどこに行こうかガイドブックを見ながらワクワクする。尚人くんは一時期京都に住んでいたというから、観光地なんて見慣れているかもしれないけれど、尚人くんが育った街を一緒に散策できるのは嬉しい。

はやる気持ちを抑えながらも、移動中は早く尚人くんに会いたくてたまらなかった。

たった一日離れていただけで、こんなにも寂しい。

一緒に生活していると、それだけで安心感がある。私にはもう、もはや尚人くんがいない生活は考えられなくなっていた。尚人くんもそうだと嬉しいな……

＊＊＊

無事に新幹線は京都駅に到着した。私はきょろきょろと周りを見渡しながら構内の案内表示と人の流れに従って、何とか無事に待ち合わせ場所である中央改札口へと辿り着いた。

「優花ちゃん！」

先に私を見つけてくれた尚人くんが、大きな声で私を呼ぶ。その笑顔に、私の不安は一気に吹き飛んだ。

「結構待った？」

「いや、大丈夫。到着時間を知らせてくれてたから、それなりに時間潰しはしてたし」

尚人くんは私が持っている荷物を受け取ると、視界に映る大階段の電飾を指差した。

「これ、優花ちゃんと一緒に見たくて」

昨日、尚人くんが写真を送ってくれたものだ。

こうしてみると、その規模の大きさに圧倒される。

「この時期になると、毎年こうやって電飾で彩られるんだ。過去にはあそこの広場に大きなクリスマスツリーも飾られてたんだって。京都駅ビルの至るところがクリスマス一色だよ」

尚人くんはそう言って、四階にある室町小路広場を指差した。

私はスマホで『JR京都駅、クリスマス』と検索をかけると、京都駅ビルに関する記事が大量にヒットした。一番上に挙がっていた記事を開くとそこには、今、目の前に広がる電飾の画像が真っ先に掲載されている。

クリスマスのイルミネーションはここだけに留まらない。

下からは見えないこの大階段の上階部分や、先ほど通過した中央コンコース、そして今、私たちが見ている大階段の背後側や駅の外壁にも及ぶのだと書かれており、駅ビル全体がクリスマスのびっくり箱のようだ。見ているだけで、とてもワクワクする。

しばらくの間、駅ビルの大階段を眺めていた。

「そろそろ行こうか」

尚人くんに促されて私たちは京都駅を後にすると、駅前にあるホテルへ向かい、フロントに私の荷物を預けると夜の京都へと繰り出した。

修学旅行生も利用するホテルだけあり規模も大きいのに、京都市内のホテルはこの季節、すべて満室になるというのだから、観光地としての京都の人気を改めて思い知らされる。私は期待に胸を膨らませた。

十二月の風が思った以上に冷たいのは、京都が盆地だからだろう。

夏は蒸し暑く、冬は底冷えするほど冷え込むという。

近年の異常気象で、まだ晩秋の気候だというけれど、それでも夜はやはり冷え込みが厳しい。羽織っていたコートのボタンをきちんと留めた。

「紅葉の時期がずれ込んでるから、ちょうど今が見頃を迎えてるんだ。だから観光地はどこに行っても人で溢《あふ》れ返ってるよ。この季節、京都の交通は麻痺するからタクシーは使わないほうがいい」

そう言って私たちは地下鉄烏丸線に乗るため、再び京都駅へと向かった。

地下鉄の中もひと目で観光客とわかる人がたくさん乗車しており、現在、私たちは祇園方面に向かっている。昨日、通話アプリでのやり取りで、どこに行きたいか聞かれた時に祇園をリクエストしたからだ。

「嵯峨野や嵐山とかも、今の時期はライトアップされていて、とても綺麗なんだ。車があれば、ちょっと離れたところも連れて行ってあげられるんだけど、この時期は駐車場を探すだけでも本当に大変でね……それに今回は半日だけの観光だから、行ける場所も限られるけどごめんね」

本当に申し訳なさそうにする尚人くんを見ていると、いたたまれない。

でも実際に京都にやってきて、この人混みを目の当たりにすると、尚人くんの言葉がすんなりと受け入れられる。

「そんなこと気にしないでいいよ。土地勘のある尚人くんがそう言うんだし。京都ってやっぱり人気の観光地なんだね。びっくりしたよ」

テレビの旅番組で、京都はよく取り上げられるけど、今一つピンとこなかった。

でもこうして実際に自分の足で訪れてみると、言葉にはならないけれど肌で感じるものがある。

「歴史のある有名な街だから、余計に人気があるんだろうね。どこに行ってもその歴史が説明されてるし、昔と今が融合して調和がとれてるのって、珍しいと思うんだ。学校でも授業で学ぶ場所もあるから、余計に親しみやすいのかな。ヨーロッパ諸国は、昔の街並みそのものが残ってるけど、ここはそうじゃない。昔の街並みを残しつつ、現代のビルやマンションも立ち並んでる」

なるほど、言われて納得だ。

地下鉄が四条駅に到着すると、尚人くんはそこで降りるように促した。そこから少し歩いて阪急京都線に乗り換える。烏丸駅から京都河原町駅に到着すると、そこで私たちは電車から降りた。

「夜の祇園も活気があるんだ。お座敷に上がる舞妓さんや芸妓さんに会えるかもしれないから人も集まるし、観光地も多いからね。日中だと舞妓さんの格好をして観光をする人もいるんだよ。時間があれば優花ちゃんも舞妓さんの姿を見たかったたな」

「……コスプレイヤーの血が騒ぐような、素敵なプランがあるんだね。お楽しみは次に取っておくわ。絶対また京都に来ようね」

尚人くんに案内されて四条通から花見小路を通り、祇園の街並みを散策する。古民家の立ち並ぶ通りは、テレビドラマでよく見る風景だ。実際に自分の目で見ると、建物自体にとても趣《おもむき》がある。どこを通っても人の賑《にぎ》わいが途切れない。

どこをどう歩いたかわからないけれど、しばらくすると目の前に神社が見えてきた。

「ここが有名な八坂神社だよ。京都の四季も季節ごとに味わいがあるから、今度は桜の季節に来られたらいいね。もっと早い時間だったら、清水寺や他にも有名なところが近くにあるから一緒に観光できるんだけど……でもまあ今回は仕方ない。遊びで来てるわけじゃないからね」

「うん、さすがに今回で京都のすべてを満喫しようとは思ってないよ。次来る時の楽しみに取っておくから大丈夫」

寒さから、いつの間にか私たちは自然に手を繋いでいる。お互いの左手の薬指にはお揃いの指輪も着けている。たったそれだけのことでも嬉しい気持ちが込み上げてくる。尚人くんを見上げると、優しい眼差しの中にも熱情を孕《はら》んだ光が見て取れる。

「優花ちゃん、そろそろホテルに戻ろうか」

その言葉が、今日この後に私を抱くという意味を含ませていることを理解した。入籍して今日まで、新婚らしい生活をしていない。だから、もしかしたら今日はそういうことになるかもしれないと覚悟してきたのだ。尚人くんの言葉に頷《うなず》くと、繋いだ手に力がこもる。

尚人くんに手を引かれて地下鉄に乗り込むと、先ほど乗り継いだ電車で京都駅前に戻って行く。

今日宿泊するホテルは、前日も尚人くんをはじめとするお医者様たちが多数宿泊していたという。きっと遠方からやってきた他のお医者様も、もしかしたら何人かは連泊しているかもしれない。

「今日、優花ちゃんが来るから部屋もツインに代えてもらったんだ。観光のトップシーズンだし週末だから、ギリギリまで部屋の変更ができるかわからなかったけど、何とか空き部屋が出たみたいで良かったよ……ホテルの壁が薄いかもしれないから、声はできるだけ我慢してね。可愛い声を他の奴らに聞かせたくない」

尚人くんの言葉に、これからこの人に抱かれることを意識してしまい、今さらながら緊張する。

お見合いしたその日に身体を重ねたものの、翌日に車の中で私だけ高みに導かれたけど、それ以降そのような行為をしていないだけに、私は本当に尚人くんに求められているのか不安もあった。

入籍して一緒に生活を始めてからも私のわがままで我慢を強いていたのだ、そして明日は仕事もなく終日ゆっくりできるとあれば、もしかしたら今夜は寝かせてもらえないかもしれない。

「明日の観光を考えたら、今日は手加減しないといけないのが悔やまれるけど……沖縄に行ったら手加減なしで抱き潰すから覚悟しといてね」

耳元でとんでもないことを囁《ささや》かれた私は、瞬間湯沸かし器の如く顔が熱くなる。顔の赤さが電車のガラス窓でも確認できるくらいだから、きっと周りの人にも丸わかりだろう。

ホテルに到着すると、フロントで先ほど預けていた私の荷物を受け取り、尚人くんに手を引かれたままエレベーターに乗ると目的のフロアのボタンを押す。エレベーターから降りて部屋に入ると、背後から抱き締められた。

「ずっとこうしたかった。一緒に暮らし始めてからも、優花ちゃんとの約束を守りたくて、必死で我慢してたんだ」

背中からすっぽり包み込むような優しい抱擁《ほうよう》に、耳元で囁《ささや》く声に、私は胸が高鳴る。

「こうやって優花ちゃんに触れただけで、もう我慢できなくなるのはわかってた。それにもし、新婚旅行前に妊娠したら、つわりで優花ちゃんが楽しめないだろう。できるだけ夜勤を入れて、わざとすれ違いの生活になるように仕掛けたけど、旅行から帰ったらもうしない。これからは優花ちゃん優先だから」

そう言って私にキスをした。

「私も……尚人くんとこうしたかった。……でも先に、お風呂入りたい」

「そうだね。化粧も落とさなきゃいけないね。先にシャワー浴びておいで」

尚人くんは抱擁《ほうよう》を解《ほど》くと入浴を促したので、私は素直に頷《うなず》く。

化粧をしていない素顔を見られることについては、小さい頃から知ってる間柄だけに、特別抵抗はない。逆に素顔を知られているからこそ、大人になって化粧をした今の顔を見られるのが恥ずかしいと思う時もあるくらいだ。

私は荷物の中から入浴セットとクレンジング、替えの下着を取り出すと浴室へと向かい、手早く入浴を済ませた。

部屋では尚人くんがバラエティ番組を観ていて、テレビの向こう側にいる芸人さんや観客の笑い声が響き渡っている。私と入れ替わりで尚人くんは浴室へと向かった。

特に観たい番組もなかったので、チャンネルはそのままでテレビを観ながらスキンケアをして、自宅から持ってきたドライヤーで髪の毛を乾かしていると、尚人くんが浴室から出てきた。

「貸して、僕が乾かしてあげる」

私の手からドライヤーを受け取ると、手際よく私の髪の毛を乾かし始める。

「尚人くん、髪を乾かすのすごく上手。何か慣れてない？」

ドライヤーの轟音《ごうおん》にかき消されないように、少し声を張って聞いてみた。

尚人くんの手つきは、それこそ美容室で髪の毛を乾かされている時の感じに似ていた。手慣れていることに疑問を抱いた私は、その思いを口にすると意外な答えが返ってきた。

「あー……、これね、小さい頃によく姉さんの髪の毛を乾かすのをやらされてたんだよ。あの人、昔からよく風呂上がりにすぐ寝落ちしてたんだ。当時の僕は、優花ちゃんも知っての通り身体も弱くて喘息持ちだったから、家族の誰かが風邪引くとうつった時大変なことになるから、ある意味一種の自己防衛だよね」

話を聞くと、十和子さんは小さい頃から塾通いで毎日のスケジュールがほぼ埋まっていたという。食事が終わり、入浴後寝るだけの状態になると気が緩んでよくリビングで寝落ちしていたと聞き、十和子さんも見えないところで一生懸命努力を重ねていたんだと改めて感じた。

「よし、これでオッケー」

ドライヤーのスイッチを切りコンセントを抜くと、それをテーブルの上に置いた。温風で乾かした後、仕上げに冷風でクールダウンするという技まで披露され、丁寧にブラッシングまでしてくれ驚いている私に、尚人くんが囁《ささや》いた。

「さ、今からは二人だけの時間だよ」

部屋の照明を落とすと、尚人くんはベッドに横たわり私を招き入れた。

布団の中であっという間に服を脱がされ下着も外され、お互い生まれた時の姿になると、久し振りに触れる肌のぬくもりに、幸せを感じる。このぬくもりを知ってしまったら、もう後戻りなんてできっこない。

「ようやく優花ちゃんに触れられる……」

そう言いながら尚人くんは私の肌を撫でるように優しく触れた。尚人くんの触れる場所が、全身が、まるで薄桃色に染まっていくようだ。

布団を剥《は》ぎ取られ、間接照明に照らされたお互いの裸が視界に映る。

よく考えたら、こうして肌を重ねる行為は夫婦になってから初めてだ。今さらながら緊張するけれど、これから先もこんなことをするのは尚人くんだけだ。いつまでも恥ずかしがっていても仕方ない。

「尚人くん、ありがとう。大好き……」

「優花ちゃん、愛してるよ」

尚人くんの甘いキスが、私の身体に降り注ぐ。唇から首筋に、耳たぶを甘噛みされながら囁《ささや》かれる言葉に、全身が歓喜で震え出す。キスだけでこんなにも気持ちよくなるなんて……これからもっとすごいことをするのに、私の体力が持つのか不安になる。

私の考えていることなんてお見通しなのか、尚人くんが口を開く。

「優花ちゃん、何でこんなに可愛いの……大丈夫、今日はきちんと寝かせてあげる」

うっとりとした表情で囁《ささや》く言葉は、事実上、数日後の沖縄では寝かさない宣言だ。

いつの間にか布団は隣のベッドの上に放り投げられており、肌を覆うものは何一つない。覚悟を決めた私は、胸元や大切な場所を隠すことを止めた。敢《あ》えて、そのままの姿を晒《さら》している。

「恥じらう優花ちゃんも可愛いけど、こうして全身が見えるのもいいね」

嬉しそうに微笑む尚人くんは、昔、病室で一緒に遊んだ頃と同じ笑顔を浮かべている。でも年齢を重ねている分の色香といい、逆光に照らされた妖艶《ようえん》な微笑みで、私はクラクラする。

「優花ちゃんの声を隣の部屋の人間に聞かせたくないから、できるだけ我慢して」

そう言うと同時に、私の唇にキスをする。もちろんそれは、大人仕様の舌を絡ませる深いキスだ。唇から侵入する舌は、私の口の中を蹂躙《じゅうりん》する。いつも紳士的な態度で接してくれる尚人くんとのギャップに戸惑うものの、そうさせているのが私なんだと思うと、ドキドキが止まらない。

これでもかというくらいに舌を絡ませて、お互いの唾液が混ざり合う。私の口で受け止められない唾液が、頬を伝い、枕を濡らした。キスをした状態で尚人くんは私の身体を弄《いじ》るせいか、私の声は尚人くんの口に飲み込まれていくようだ。外に声が漏れないようにしてくれているのだと気付いたけれど、息をすることを忘れてしまうくらい夢中になって呼吸が苦しい。

「ん……、っ……、ううっ……んん……っ！」

「優花ちゃん、ゆっくり鼻で息して。……そう、上手だよ」

「ん……ふぅ……んん、う……んんっ……っ！」

尚人くんに言われてようやく鼻で息をしても、こうして胸の先端を優しく撫でられると大きく身体がしなるし、声も出てしまう。ベッドのスプリングも、動くたびにミシッっと大きな音を鳴らす。

「優花ちゃんの身体は敏感だね、もうこんなに硬くなってる」

指の腹で撫でられている胸の先端は、いつの間にかコリコリになっており、ちょっと触れるだけでも全身に大きな電流が走る。と同時に、お腹の奥がキュンと切なくなり、下半身はいつの間にかとろりとした温かい蜜でぬかるんでいた。

尚人くんの下半身の昂《たかぶ》りも、勃起してこれまで以上に大きくなっている。私の太ももに当たるそれが、芯の硬さを伝えてくれる。太い竿の先端は、自身の体内から出た汁ですでに少し濡れており、私の太ももをひんやりとさせた。

「優花ちゃん、声が漏れてる」

「んんっ……！」

尚人くんが小声で囁《ささや》くけれど、その手から与えられる刺激は一向に止まらないのだから、声を出さないように我慢していても限度というものがある。口をキスで塞《ふさ》いでいても、自分の意思ではなく本能で発せられる声は止められない。現に今も、尚人くんの手は胸から腹へ、そして茂みの中心へと伸びている。その指先が、茂みの奥にある花びらに隠れた粒へ届いた途端、私の身体はビクンと大きく跳ねると同時に、小さな叫び声をあげた。ベッドのスプリングも、ギシッときしむ。

「あっ、ぁあんっ……！」

尚人くんの指は、私のぬかるみに触れて濡れてしまっている。その指が、くちゅくちゅと蜜口でわざと音を立てて、私の劣情を掻《か》き立てる。

「すごいな……優花ちゃんの下の口も、蜜で溢《あふ》れてる。お尻に垂れそうだ」

そう言って尚人くんの手が私のお尻へと移動すると、そこから蜜をすくい上げ、わざわざ私の目の前にその指を突き出した。私の中から出ているいやらしい匂いが鼻を突く。尚人くんは妖艶《ようえん》に微笑むと、徐《おもむ》ろにその指を自身の口へと運び、まるで私に見せつけるように舐った。

「優花ちゃんの蜜は甘くて美味しいね……この味を知ったら、もう止められない」

そう言いながら尚人くんは私の両脚を持ち上げた。これから一体何をするのかと思っていたら、とんでもないことを口にした。

「優花ちゃん、両手で自分の脚を持って動かないように支えて。指ですくってもすぐまた溢《あふ》れるから、手っ取り早く舐め取るよ」

「え……？　そんな、ちょ……待ってっ、それはさすがに恥ずかしいよ！」

「優花ちゃん、僕は医者だよ？　僕は小児科医だけど、産婦人科医だってお産の時はここをじっくりと診《み》るんだから、問題ないよ」

「問題ない、じゃなくて……ああんっ……!!」

有無を言わさずに私の両脚を私に持たせてM字開脚の状態にさせると、尚人くんはその中心部分に顔を埋め、言葉の通り蜜を舐め始めた。その途端全身が粟立《あわだ》ち、快感が駆け巡る。ぴちゃぴちゃとその舌が淫猥《いんわい》な音を響かせて、上目遣いで私のことを見上げている。その眼差しが何とも煽情的で、再び私の欲を掻《か》き立てる。

「優花ちゃんのここ、すごいよ。舐めてもすぐ中から溢《あふ》れだしてくる」

蜜口の中まで舌を挿《さ》し入れて、じゅるじゅると音を立てながら蜜をすすり上げる。その音と舌の感覚に、再び理性が飛んで口から淫《みだ》らな声が止まらない。

「う……、んんっ……、ああっ……、ひゃあっ、あんっ……!!」

あまりの気持ちよさに、無意識に腰が上下に動いた。それはまるでもっと奥まで触れてほしいと誘っているようだ。尚人くんの舌が、蜜口から花びら奥の芯に触れ、私の腰の動きがもっと激しくなった。

「優花ちゃん、声、我慢できない?」

「む……むり、だよ……。こん……んんっ……あんっ……!!」

尚人くんが茂みの中で囁《ささや》くと、その吐息が再び刺激となり私の全身を戦慄《せんりつ》させる。小刻みに跳ねる私の身体は、足が閉じないようにしっかりと腕で固定しているものだから、快感の波を逃がそうと身体を動かしたくても上手くいかないのだ。

「わかった。じゃあこうしよう。優花ちゃん、うつ伏せになって顔を枕に埋めてくれる? そうすれば声も枕に吸収されるから」

「え……?」

私は意味がわからず、尚人くんが言うように足を支えている手を解《ほど》いてうつ伏せになると、顔を枕に沈めた。

「足はさっきみたいに広げて腰を少し浮かせてくれる?」

尚人くんはそう言いながら、私の腰を浮かせるように持ち上げた。お尻を突き出すような格好だ。

まさか……

「んんっ！　だめぇ!!　あっ……、ああんっ!!」

「ほら、優花ちゃん、枕。声、すごいことになってるよ？」

私が顔を枕に埋めて何も見えなくなっているのをいいことに、尚人くんは私の敏感な部分を指でクニクニと弄《いじ》りながら、滴《したた》り落ちる蜜を丁寧に舐め始めた。

茂みの中に隠れた粒も時々舐められ、都度私の身体は大きく跳ねる。指の感覚とはまた違う感覚が、私の身体の隅々にまで駆け巡る。

声が漏れないように、私は口を枕に押し付けて、声にならない声を上げていた。尚人くんが言うように、枕が声を吸収してそんなに音漏れはしていないようだけど、そんなことを気にする余裕なんてないくらいに、与えられる悦びに身体が震えて段々と身体を支える手足に力が入らなくなっていく。

「すごいな、このまま優花ちゃんの中に入りたい」

蜜穴に指が挿《さ》し入れられ、入口の浅い場所を音を立てながら指でかき混ぜられる。花びら奥の芯も舌で転がされ、あっという間に私の頭の中が真っ白になり、身体も二度、三度と大きく痙攣《けいれん》すると、足の力が抜けてベッドの上に崩れ落ちた。尚人くんも、私が高みに昇りつめて達したことに気付いたのか、うつ伏せのままひくついている私の隣に移動した。

「可愛いよ」

尚人くんはそう言って、私の身体が落ち着くまで後ろから抱き締めてくれた。

尚人くんの指と口とで先に達したせいか、私の身体はどこを触れられても敏感になっており、ほんの少しの摩擦や肌が触れるだけでも感じてしまう。そんな状態を理解してくれているのか、尚人くんは私を抱き締めたまま微動だにしない。しばらくじっとしていた私が少しでも身体を動かそうものならものすごい勢いで気遣ってくれる。

「大丈夫だった？　痛いところない？」

「うん……、大丈夫だよ。それより……、声が……」

先ほどの行為で、自分の声が外に漏れているかと思ったら、恥ずかしくてたまらない。

私は再び枕に顔を埋めた。

「大丈夫だよ。テレビの音でも多少は誤魔化せてると思うから」

テレビの音量は、いつも自宅で過ごすよりも大きいと思っていたけれど、まさかこのためにわざと……？

私の考えていることなんてお見通しなのに、尚人くんはわざとなのか知らん顔をして微笑んだ。

「身体、落ち着いた？　そろそろ僕も我慢の限界なんだ。多分中に入れたらすぐに出そうなくらい。……入れていい？」

耳元で囁《ささや》く声に、私の身体が、お腹の奥の切ない場所が反応した。再び熱い蜜が溢《あふ》れているのがわかる。先ほど散々可愛がられた私の身体は、すでに尚人くんのことをすんなりと受け入れる準備が整っている。

一方で尚人くんのアソコもはち切れんばかりに大きくなっていて、お尻に当たっている肉竿がずっと硬いままなのを感じると、私一人だけが気持ちよくさせてもらっていることに申し訳なく感じてしまう。小さく頷《うなず》くと、尚人くんは私を先ほどと同じようにうつ伏せに寝かせた。

「声が心配だったら、さっきみたいにうつ伏せでしようか。顔は見えないけど、その分身体を密着させるから」

そう言って、私の腰を持ち上げてお尻を突き出すような体勢を取らせると、自身を蜜口にあてがい、つぷりとそこに身を沈めていく。

「ん……はあっ……」

枕に顔を押しつけているおかげで、私の声はくぐもっている。相変わらず尚人くんの打ち込む楔《くさび》はとても大きく、太くて熱い。初めての時はとても痛く感じたのに、今回は多少の違和感はあったものの、二度目ということもあり、そこまで極端な痛みは感じられなかった。それでも尚人くんの楔《くさび》が、隙間なく私の中を満たしていく。ゆっくりと最奥で繋がった時、後ろから覆いかぶさるように抱き締められた。背中に感じる熱は、私より少し体温が高いのかそれともこうなることを期待していたせいか、とても温かい。私は下腹部に感じる尚人くんの昂《たかぶ》りに、そっと手を添えた。ここに尚人くんがいる。そう思うとその場所がキュンと締まった。

「うっ……、いきなり締め付けないで」

耳元に、尚人くんの切なげな声が響くと、再び私の下腹部がキュンとなった。

「ごめっ……、あんっ……！　わざとじゃないの」

耳元にキスをされながら、背後から回された手によって乳房を掴《つか》まれ、その先端を指の腹で撫でられると、途端に私の口からは甘い声が漏れる。先ほども啼《な》かされたばかりなのに、尚人くんはどれだけ私を快楽へと追い込めば気が済むのだろう。

「わかってるよ、ごめん。優花ちゃんが濡れてるから、すんなりと入ったよ。痛くない？」

私の身体を気遣いながらも、その手の動きを止めようとはしない。

ジワリと蜜が身体の奥から染み出ている感覚が、きっと尚人くんにも伝わっているだろう。繋がった場所が潤っているせいで、尚人くんが少し動いただけでも稲妻のような快感が全身に走る。

「うん、大丈夫……」

私の声はくぐもったままだ。この前は向かい合って繋がっていたけれど、今回は後ろからのせいか、前回の感覚とはまた違う。

尚人くんの先端がそれまでと当たる場所が違うせいだろう。これはこれでまた、上手く言葉に言い表せないけれど、気持ちいいと言葉に出してしまうと、尚人くんは自分の快楽よりも私を高みに誘うことを優先させてしまう。

こうして繋がっている時は、私よりも自分のことを優先させてほしいと思った私は、その存在を主張している尚人くんの昂《たかぶ》りを、お腹の上からそっと撫でた。

「よかった……、禁欲生活が長かったから、もうゴムはつけてないよ？」

その言葉に驚いた私は、首を思いっきり後ろへと捻《ひね》り、尚人くんの顔を見上げた。

「だって、僕たちは夫婦だよ。結婚式を挙げるまでは、新婚旅行に行くまでは……って、ずっと我慢してたんだ。明後日からは、こんなものじゃ済まないから。これからは毎日抱くよ」

逆光になっているものの、その妖艶《ようえん》な微笑みに見惚《みと》れていると、独占欲丸出しな発言をされた。

尚人くんは複雑な家庭環境で育ってきたせいで、家族愛、特に親からの愛情にとても飢えている。

病弱な幼少期は入退院を繰り返していただけに、まとまった休日に家族でお出掛けをしたり、ご飯を食べに行ったりと、ごく普通の家庭の普通の愛情に憧れを抱いていることを私は知っていた。

だから、これからは私が尚人くんをたくさんの愛情で包んであげたい。

二人で幸せな家庭を築き上げたい。そして子どもを授かることができたなら、尚人くんは誰よりも家族を大切だからにするだろう。だから、尚人くんが望むのなら……

「……赤ちゃん、すぐ来てくれるかな」

「もう少し二人だけで過ごしてみたいとも思うけど、家族が増えたらそれはそれで楽しいと思わない？　もしそうなったら、子どもと僕で、優花ちゃんを取り合いになりそうだね。……そろそろ動きたいんだけど、いいかな？」

尚人くんはそう言うと、胸を弄《いじ》っていた手を私の腰へとずらし、骨盤部分を支えるように掴《つか》んだ。

私も首を元の向きに戻すと、両手でしっかりと枕を抱えた。

「うん、しっかり枕で口を塞《ふさ》いでおいてね」

言い終わらないうちに、尚人くんはゆっくりと腰を引くと、力強く私のお尻へと打ちつけた。肌の打ち合う音と、私の蜜が尚人くんの楔《くさび》に絡み合い、くちゅくちゅと水音を立てている。

私の中から溢《あふ》れ出るいやらしい匂いが部屋に充満しているだろうけど、私は顔を枕で塞《ふさ》いでいるからその匂いまではわからない。

「ううん……！　んん……っふ、ぁあっ……あんっ……!!」

枕が私の声を吸収してくれているとはいえ、やはり限度はあるだろうと思う。くぐもった声が外に漏れないことを願いながらも、枕がなかったら私の声は、こんなものでは済まないはずだ。

まだ身体を重ねるのは二回目なのに、何でこんなにも気持ちいいんだろう。一気に快楽の波に飲み込まれ、理性が吹き飛ばされそうだ。

「何か……めちゃくちゃ気持ちいいんだけど……ゴムつけてないせい？　それとも当たり方？　これ、ヤバいよ。すぐに出そうになるし、病みつきになる」

私が今思っていたことを、尚人くんが口にした。初めての時は痛くてそれどころじゃなかったけれど、最後のほうでは痛みよりも快感が勝っていた。

今回は最初から痛みなんて感じなくて、尚人くんの楔《くさび》が打ち込まれた瞬間から、全身が粟立《あわだ》ち、戦慄《わなな》いた。

「きっと回数を重ねていったら、今よりもっと気持ちよくなるかな」

そう言いながら尚人くんは自らの腰を私に打ちつける。私の腰をしっかりと掴《つか》んで離さないから、私は快感をどうやって逃がしていいかわからず、声を我慢すると同時に枕を握る手に力がこもる。

何度も抽挿《ちゅうそう》を繰り返していた尚人くんが動きを止めると、まだ繋がっている状態で私の身体を百八十度捻《ひね》った。

身体を引っくり返されて、私は仰向けの状態になっていると、尚人くんが覆い被さってきた。

「声、我慢しなくてもいいよって言いたいけど……、ごめん、やっぱここでは我慢して。優花ちゃんの顔を見ながらイキたい……」

尚人くんの額《ひたい》に汗が光り、私が手を伸ばすと、触れた身体もじんわりと汗ばんでいる。逆光になっている尚人くんの陰影と対照的に、その汗が煌《きら》めいていて、純粋に綺麗だと思った。その途端、尚人くんは私の上半身を起こすように抱きかかえると、私にキスをしてそのままギュッと抱き締めた。

この状態で下から思いっきり突き上げられ、私の目の前が一瞬で真っ白になると同時に身体が大きく痙攣《けいれん》した。

「んんーーっ!!」

「くっ……僕も、もう無理っ……っ……、ゆう、か……!!」

私が達して少しして、私の中で尚人くんが爆ぜた。

お腹の奥が、尚人くんの放った欲で満たされていくのがわかった。びゅくびゅくっと、何度かに分けて放たれた白濁は、私の中で受け止めきれず、尚人くんの竿を伝って太ももから垂れ落ちるとシーツに染みを作っていく。その液は尚人くんと私、二人分の体液が混ざり合い、ドロドロとしている。

早く拭き取らないと大変なことになるのに、尚人くんは離れがたいのか私を抱き締めたまま動こうとしない。

「……どうしよう。二回目したいんだけど、ここ、壁が薄いから優花ちゃんの可愛い声をこれ以上隣の部屋の人に聞かれたくないし、でもすごくしたいってずっと葛藤してるんだけど」

「尚人くん、私、京都観光に来たんだけど……。明日、どこにも行けなかったら、口利かなくなると思うよ?」

私を丸ごと愛してくれる行為がこんなにもハードだということを、今回身をもって実感した。前回は初めてだったから、あれでも手加減してくれていたんだろう。この後の沖縄で、毎晩こんな調子だと体力が持つのだろうかと不安になる。

ジト目で私が尚人くんを見つめると、苦笑いを浮かべてようやく抱擁《ほうよう》の手を解《ほど》いてくれた。

「わかったよ、ごめん。でも沖縄では覚悟しといてね」

尚人くんはバスルームから持ってきていたフェイスタオルを使って私の太ももとお尻に付着した二人分の体液を拭き取ると、ベッド上にできた染みも表面を拭き取った。

「もう一度シャワー浴びる?　下半身がべとべとしたまま寝たくないだろう?」

私はその言葉に素直に頷《うなず》き、両腕に力を入れて立ち上がろうとするものの、なぜか下半身に力が入らない。よく激しい交わりの後は腰が立たないと聞くけれど、まさか……

「……尚人くん、私、本気で立てないんだけど」

尚人くんは慌てて私を抱きかかえると、そのままバスルームへと直行した。そして、何度もごめんと謝りながら、シャワーで下半身を綺麗に洗い流してくれた。さすがにこの場で二回戦にもつれ込むような空気にはならなくて、ちょっかいを出されることなく、シャワーで下半身を清められると、尚人くんも手早く自分の汗を洗い流した。

バスルームから出てすぐにバスタオルで身体の水分を綺麗に拭き取ると、尚人くんは着替えを取りに部屋へと戻り、私の着替えを手伝ってくれた。

「ホントごめん。これからはできる限り加減するから」

着替えが終わると再び尚人くんに抱きかかえられて部屋に戻り、先ほど使わなかったほうのベッドに二人で横たわった。セミダブルのベッドだから、大人が二人並んでもそこまで窮屈には感じない。

「明日、お天気に恵まれるといいね」

尚人くんに抱き締められた布団の中で、京都までの移動と、身体を重ね合うことの緊張から解放されたせいか、私の瞼《まぶた》が途端に重たくなっていく。

尚人くんの声が心地良く響き、まるで子守唄のように聞こえる。いつもよりも就寝時間が遅くなったものの、数時間の睡眠時間は確保してくれたのが救いだった。でも翌朝は下半身の怠さと眠気で寝起きは最悪だった。

＊　＊　＊

「今日は駅周辺から観光してみようか」

朝食を終えて、身支度を整えて、時刻は八時半を回ったところだ。

昨夜、腰が立たなくなるまで尚人くんに愛された身体は今朝も筋肉痛という後遺症が残ったけれど、無理をしなければ普通に歩けそうだ。今日のデートを楽しみにしていた私は、早く観光をしたくてたまらない。

「コースはもうお任せするよ。近場で有名なところってどこがあるの？」

私は鞄からガイドブックを取り出すと、地図を広げる。

「んー、駅周辺なら、ＪＲ京都駅の南側にある八条口になるけど、東寺とか……あと、北側の中央口なら千手観音像で有名な三十三間堂とか、たしか京都国立博物館も近くにあったと思うよ。そこから足を延ばして定番の清水寺、昨日は暗くて見られなかったけど八坂の塔とか二寧坂、三年坂とか。合間に休憩でカフェに寄ったりするだろうし、これだけ回ったら今回は時間いっぱいになるんじゃないかな」

「じゃあ、そこ、行けるとこ全部行きたい」

話が決まると行動に移すのみ。私たちはチェックアウトを済ませると、荷物を京都駅構内にあるコインロッカーへ預け、南口側にある東寺へと向かった。

尚人くんが提案してくれた観光地を、休憩を挟みながら時間をかけてゆっくりと回っていると、ちょうどいい時間になった。

土曜日だけど修学旅行生も多く、団体客の拝観と重なったことも大きな要因だ。特に清水寺など人気のある観光地では、なかなか身動きが取れなくて思った以上に時間を費やした。

「今日の夕飯はどうする？　新幹線で帰るとして、のぞみでも二時間はかかるからお腹空くんじゃない？　せっかく京都まで来たんだし、本場の湯豆腐でも食べに行く？」

「うん、食べたい！」

ちょうど二寧坂に湯豆腐で有名なお店があるとガイドブックで見た記憶があり、営業時間も今から行けばギリギリ間に合いそうだった。

お店の中から見える日本庭園は紅葉も落葉し始めており、まるで真っ赤な絨毯《じゅうたん》を敷き詰めたようだ。熱々の湯豆腐の白に舌鼓を打ちつつ、庭先の紅に目を奪われる。きっと桜の季節や新緑の季節に来ても、景色を楽しめるのは間違いなさそうだ。

「暗くなる前に帰ろうか」

お腹と心も満たされて、お店を出る頃にはすっかり日も傾いていた。私たちはお店を出ると、京都駅へと向かった。

京都駅のコインロッカーから荷物を取り出し、新幹線に無事に乗り込むと、疲れが一気に押し寄せる。

「到着する前に余裕を持って起こすから、寝ていていいよ」

尚人くんの言葉に甘えて私はいつの間にか眠りに就いていた。

新幹線の中で居眠りをしてしまい、東京駅に到着する十分前、尚人くんが起こしてくれなかったらきっと慌てふためいていたことだろう。

駅に到着すると、尚人くんは迷わずタクシー乗り場へと向かった。

「今日は結構歩いたから足も疲れただろう？　こんな時は無理せずにタクシーで帰ろう」

今日は観光でほぼ一日、京都市内を歩き回った私の足はパンパンになっていた。運動靴を履《は》いて行ったので靴擦れは免れたけれど、前日の行為も重なって、もう足が上がらない。間違いなく運動不足が祟《たた》っている。

「今日はお風呂にお湯を張るから、ゆっくりと浸かるといいよ」

痒いところにも手が届くこの気遣いに、私はどう返せばいいのだろう。

「実家に車を置いてるんだろう？　今日は僕が車を運転するからゆっくりして」

タクシーに乗り込むと、尚人くんは目的地を宮原病院と告げる。タクシーは静かに動き始めた。

さっきまで新幹線の中で眠っていたのに、再びの睡魔が訪れる。私、よっぽど疲れてたんだなと思いながらも、眠気に負けて再びタクシーの中で眠ってしまい、再び尚人くんに起こされた時には宮原病院の駐車場に到着していた。

実家に寄って買ってきたお土産を手渡し昨日の荷物を引き取ると、母が夕飯に誘ってくれたけれど、京都を出る前に湯豆腐を食べたと伝えたら、タッパーウェアを手渡された。

「湯豆腐だけじゃ絶対にお腹空くわよ。夜中でも明日の朝でもいいから食べなさい」

そう言って手渡されたのは、炊き込みご飯をおにぎりにしたものと、おでんだった。容器の中の汁が垂れないように、ビニール袋を何枚か重ねてくれている。

京都の肌寒い夜を経験しただけに、温かいものが恋しくなっていた。湯豆腐も美味しかったけど、おでんはまた別腹だ。

「この後は沖縄でしょう？　水曜日のお式、楽しみにしてるからね」

「ありがとう」

母に送り出され、久しぶりに尚人くんの運転で帰路に就いた。

「月曜日は午前中病院に顔を出したら一度戻るから、一緒に空港へ行こう」

帰宅して荷物を解《ほど》くと、やはりお腹が空いてきて、先ほど母から差し入れられたおでんとおにぎりを頬張っている。引っ越して二か月、この空間に落ち着きを感じている。

「うん。飛行機も十五時前後の便だから、全然余裕だよね」

尚人くんの仕事の都合がわからなかったので、十和子さんに飛行機の便を予約してもらう時に、時間に余裕を持ちたいとお願いしていたら、この時間の便になったのだ。

「沖縄ってこの季節、半袖だとさすがに寒いかな？　でもコートは持って行かなきゃこっちに帰って来た時に寒いよね」

「うん、最悪、向こうで買えばいいから大丈夫だよ。向こうでは秋口の格好で問題ないし。行き帰りだけ一枚余分に厚手の服を用意するくらいで大丈夫だと思うよ」

何気に沖縄へ行くのは初めてだから、気候がよくわからない。これまたガイドブックを片手に観光地をチェックしていたけれど、どうせなら離島めぐりもしてみたくて尚人くんと相談中だったのだ。

「ダイビングも体験してみたいんだけど、十二月の海水はやっぱり冷たいかな？」

「うーん、どうだろうね。ボディスーツを着るからそこまで問題はないと思うけど、スキューバダイビングをするなら、四十八時間は飛行機に乗れないから、離島めぐりはできなくなるよ」

スキューバダイビングをすると、体内に窒素が大量に溜まるため、減圧症にかかるリスクがある。

体内から窒素が抜け切るまでに十二時間以上かかるらしく、それまでに再びダイビングするなら最低でも十八時間から一日は飛行機に乗らないほうがいいのだという。

「それなら、やっぱり仕事引き受けるんじゃなかったかな……」

ボソッと呟《つぶや》く私に、尚人くんは優しく私の肩を抱きながら耳元で囁《ささや》いた。

「いや、こんなことがないと僕も仕事を休むことなんてなかったし、良かったと思うよ。撮影と本番で、ウエディングドレスを二回も着るんだろう。それを僕も間近で見られるなんて嬉しいよ」

尚人くんの声色に嘘は感じられない。

どうやら本当に嬉しそうだ。

「それに姉さんたちが一緒にいるのも水曜までだ。挙式が終わったら父さんたちも日帰りでこっちに帰るって話だし、姉さんたちも多分同じ便で帰るはずだから、水曜の夜から土曜の夜までの間、沖縄の旅を満喫しよう」

そうなのだ。今回の撮影は、なぜかウエディングドレスを着ることになっている。

撮影ではミニ丈のウエディングドレスを用意されているのだと聞き、足を出すのは嫌だと抗議したのに最後だからと拝み倒されて渋々引き受けたのだ。この前のポスター撮影時のように、ボディフィットするマーメイドラインのドレスで統一するのかと思っていただけに、まさかのミニ丈ドレスに驚いた。

挙式本番用に無難なプリンセスラインのドレスを選んだのは、尚人くんと初めて会った時に着ていたドレスのラインに似たものを探したからだ。

これを着たら、あの時のことを思い出してくれるかな。私からの密かなサプライズだ。

撮影衣装をウエディングドレスに決めたのは、翌日の挙式後に披露宴を行わないためお色直しがないので、きっと十和子さんが気を遣ってくれたのだと思う。

「僕としては眼福だけどね、優花ちゃんのドレス姿。ただ、ミニ丈のドレス姿を世の中の男どもに見せるのは、いかがなものかと思うけど……」

優花ちゃんは僕の奥さんなのにとぼやく尚人くんがたまらなく愛おしい。

「私だって、尚人くん以外に肌を見せるなんてやだよ……」

「なら、姉さんに衣装を替えてもらえるように僕から連絡してみる」

そう言って尚人くんが十和子さんの通話アプリにメッセージを送った。事前に打ち合わせをしているだけに、衣装変更は難しいかもしれないけれど、旦那さまたってのお願いだから、もしかしたらわずかながらも期待してしまう。

「衣装は向こうで手配してるから、変更は無理だってさ……」

しばらくして、十和子さんからの返信に私たちはがっくりと肩を落とす。

「でもまあ、YUKAの最後の仕事だし、ウエディングドレスだし、頑張るよ」

私の言葉に、尚人くんはしばらく考え込むと、再びスマホを手に取り、メッセージを作成し始める。黙々とやり取りを続け、ようやく終わった時には満足げな笑顔を浮かべていた。

誰に送信したのか知らないけれど、嬉しそうな尚人くんの姿に私まで嬉しくなった。

＊　＊　＊

月曜の朝、尚人くんはいつもの時間に出勤した。

京都で行われた学会のレポートを提出し、自分が担当している患者さんの容体をチェックするためだ。今は特に重篤《じゅうとく》な患者さんは入院しておらず、看護師さんと他の小児科の先生に休暇を取るための引継ぎをして帰宅すると言っていたから、お昼には戻ってくるとのことだった。

尚人くんが帰宅するまでの間に、私も冷蔵庫の中の食材を冷凍保存したり、掃除をしたりと家事を済ませる。ようやく落ち着いてソファーに腰を下ろし、ガイドブックを眺めているといつの間にかお昼を回っていた。玄関で物音が聞こえ、顔を上げると尚人くんが帰宅している。

「ただいま。優花ちゃん、もう出られる？」

「うん、もう準備できてるよ。お昼ご飯、今日は外で食べよう」

「了解、じゃあ出掛けよう」

私たちは戸締りや火の元など出掛ける前の最終確認をすると、荷物を持って一路羽田空港へと向かった。昼食を空港内のフードコートで簡単に済ませると、尚人くんがスマホを取り出した。もしかして病院から何か連絡でもあったのかと不安になると、大丈夫だと笑顔を見せる。

「姉さんに連絡取ったんだよ。沖縄行きの飛行機はＫＡＴＯのスタッフも同じ便を手配したらしいから。もうすぐ空港に到着するってさ」

尚人くんが、十和子さんとのやり取り画面を見せてくれた。

姉弟だけあり、やり取りが何ともあっさりとしている。絵文字や顔文字はほとんど使わずに、淡々とした文面が画面に表示されている。

土曜日に衣装変更のやり取りをした後も十和子さんとやり取りをしていたようで、私に内緒のメッセージを見られたくなかったのか削除されていた。けれど、きっとそのやり取りも、きっとこのようにあっさりとしたものだったのだろうと想像がつく。

私にメッセージを送ってくれる時は、二人ともそんなことないだけに、その温度差に驚きを隠せない。尚人くんにそれを伝えると苦笑いで返された。

「だって相手は姉さんだよ、優花ちゃんにメッセージを送るならまだしも、姉さん相手に絵文字や顔文字使ったら変じゃない？　お義兄《にい》さんとのやり取りって、どうなの？」

逆に聞かれて、私はスマホを取り出した。ここしばらく兄とのやり取りはほとんどなかったけれど、兄とのトーク画面を開いてみると……たしかにそうだ。尚人くんが言っていることがよくわかった。

兄も私宛てのメッセージは、基本的に絵文字や顔文字というものをほとんど使っていない。男の人って、身内に顔文字や絵文字を使うのって面倒な人種なのかもしれない。もしかしたらそのうち、尚人くんも私宛てのメッセージもこんな風になるのかも……

「そうだろう？　身内とのやり取りって、こんなもんだよ。でも僕は優花ちゃんとのやり取りは、これからも手を抜かないから」

よほど私が不安そうな表情をしていたのか、尚人くんはこうやっていつも私を甘やかす。

「優花ちゃんは僕だけのお姫様なんだから、甘やかすのは僕の当然の権利だよね」

ドヤ顔で堂々と言い放つ。結婚して奥さんになってもお姫様扱いをしてくれるのは、照れくさいけど嬉しい。

二人でラブラブモードになっているところで、背後からわざとらしい咳払いが聞こえた。

「仲良きことは美しきかな、と言いたいところなんだけど……公共の場でいちゃつくの、やめてもらえる？　私だけでなくみんなにも目の毒だわ」

振り向くと、いつの間にか十和子さんといつも撮影でお世話になっているＫＡＴＯのスタッフさんが勢揃いしていた。苦虫を嚙み潰したような表情の十和子さんとは対照的に、スタッフのみんなは笑顔だ。

「優花ちゃん、この度はご結婚おめでとうございます。ご主人も、おめでとうございます。私たちも優花ちゃんのウエディングドレス姿を見られるなんて、光栄です」

スタッフを代表して、広報担当の西村《にしむら》さんが私たちに挨拶をしてくれた。

今回沖縄に同行する西村さんをはじめとするＫＡＴＯのスタッフは、尚人くんが十和子さんの弟だということを知らない。私がＫＡＴＯの親戚になったと知ったらきっと驚くだろう。

「ありがとうございます。僕も便乗で沖縄に同行させてもらって何だか申し訳ないですが、どうぞよろしくお願いします」

「優花ちゃんのお式は撮影日の翌日と伺っております。我々ももし構わなければ、挙式に参列させていただけたらと思うのですが、いかがなものでしょうか……？」

西村さんが尚人くんに問いかける。尚人くんは、十和子さんにどう返したらいいか視線を送ると、十和子さんはお好きなようにといわんばかりに微笑んでいる。

「ありがとうございます。本当に参列してもらっていいんですか？」

「そのつもりで、みんな会社には有給休暇を申請してるんです。何だかんだ言いながらも、お二人の挙式は専務が一番楽しみにされてるんですよ」

西村さんの言葉に、十和子さんが一人で笑いをこらえるのに必死なのを私は見逃さなかった。チャペルで新郎側の身内を見て、みんな驚くに違いない。新郎の父親が社長、姉が専務だと知ったら、みんなどんな反応をするだろう。尚人くんも敢《あ》えてそのことには触れずに世間話をしている辺り、腹黒い。

「さ、ここで世間話してたら時間なんてあっという間に過ぎちゃうわよ。そろそろ搭乗手続きしましょう」

十和子さんの声に、私たちは航空会社のカウンターへ向かった。

今回はＫＡＴＯの撮影ということで、往路は団体枠での予約で会社側がすべて手配してくれており、座席も指定されている。けれど、月曜日のビジネスの時間帯を外した路線は空席も目立っていたので、好きな席に座らせてもらえた。

「優花ちゃん、窓際の席に座る？　沖縄上空を旋回している時は、きっと海が綺麗だよ」

その言葉に釣られて窓際の席に座ったはいいけれど、到着までの時間が長く、飛行機の中でうっかり眠ってしまっていた。せっかく尚人くんと一緒にいるのに、土曜日も新幹線の中で眠ってしまって、何だかもったいない。

「……ん、優花ちゃん、今、着いたよ」

尚人くんに身体を揺さぶられて目覚めた私は、周りが着陸して座席上の荷物を取り出したりシートベルトを外したりと、飛行機から降りる準備をしていることに気付いた。

「あの轟音《ごうおん》の中、よく目覚めなかったね」

「……」

まだ頭がぼんやりとしていて働かない。そんな私に尚人くんは呆れたりせず、甲斐甲斐《かいがい》しく世話を焼いてくれる。

膝の上には、飛行機の中で借りたのかブランケットが掛けられていた。

「これ、ありがとう……」

「座席に置いて降りていいって。機内は空気が乾燥してるし、寝起きで体温下がってると思うから、降りる時は温かくしといたほうがいいかも。荷物受け取りが終わったら、お茶飲んで水分補給も忘れずに」

お医者さんらしい発言に、くすっと笑いが込み上げる。ようやく頭が働いてきた。

「ありがとう……なんか喉がイガイガする」

「やっぱり喉やられてるな。これ舐める？」

そう言ってポケットから飴玉を取り出した。それは私の好きなりんご味のものだった。

「うん。何か、懐かしいね。昔もこうやって一緒に飴をよく食べたね」

入院中の尚人くんの病室へ遊びに行く時、私はいつも飴を持って行ったのだ。

当時、尚人くんは病室から出られないせいか身体を動かすこともほとんどなくて、食も細かった。

それこそお菓子を持って行って食べようものなら、お腹がいっぱいになって夕飯が食べられなくなり、よく叱られていた。そんなことがあって、父から唯一持ち込みを許されたお菓子が飴だった。

咳き込んだ時に喉の炎症を抑えることもできるからと、尚人くんも長期入院が決まるたびに色々な種類の飴を購入しては、私が病室へ遊びに行くたびそれを食べていたのだ。

「うん、あれ以来、僕のポケットの中にはいつも飴が入ってる」

「そうだったんだ」

二人で懐かしい会話に花を咲かせているところに、再び背後から十和子さんが水を差す。

「思い出話もいいけど、そろそろ降りる準備してくれない？　到着ロビーで荷物受け取りしたら、レンタカー会社に移動するわよ」

その言葉に私たちは、座席のシートベルトを外して飛行機から降りる準備を始めた。

十和子さんの指示に従い到着ロビーで荷物を受け取ると、みんなでレンタカー会社へと移動する。

長時間の移動でトイレに行きたくなった私は、お手洗いに立った。その間に、尚人くんが自動販売機を見つけてお茶を買ってくれていたので、私はありがたくそれを受け取ると、一気に半分近く飲み干した。

てっきり大きなワゴン車を借りてみんなで移動するのかと思いきや……

「はい、これ。尚人たちはこれで移動してね」

十和子さんから車の鍵を手渡された。

私一人が状況を理解できないでいると、尚人くんが私に説明する。

「みんなは水曜日の挙式が終わったらもう東京に帰っちゃうんだから、僕たちは別でレンタカーを手配してるんだよ。さっき優花ちゃんがトイレに立った時、僕たちの分も一緒に手続きしていたんだ」

尚人くんの言葉の後に、十和子さんが言葉を続ける。

「と言っても、宿泊先のホテル、今日明日は私たちと同じところなんだけどね。聞いて驚いて！何と、昨年オープンした高宮グループのリゾートホテルよ！　あ、二人は新婚さんだから、お部屋はグレードアップしてるからね。とりあえず、ホテルまで移動しましょうか」

そう言って二手に分かれると、手配されたレンタカーに荷物を積み込み始めたので、私も自分の荷物を後部座席に載せ、助手席に乗り込んだ。

見知らぬ土地での運転に自信がない私は、運転を全面的に尚人くんに委《ゆだ》ねた。

車のカーナビに目的地であるホテルのデータを入力し、ＫＡＴＯのスタッフの乗るワゴン車を追いかける形で私たちも車を走らせ始めたけれど、日没時間が過ぎていたため残念ながら車窓からの景色は楽しめなかった。

ホテルに到着し、チェックインの手続きを済ませると、一旦部屋に荷物を置いてから明日の打ち合わせも兼ねてみんなで食事をすることとなった。

恩納村にあるリゾートホテル周辺で、この時間にみんなで行ける飲食店を見つけられず、結局はホテル内のレストランだ。

「明日は撮影があるから、みんなお酒はそこそこに控えてね」

十和子さんの言葉にＫＡＴＯのスタッフさんたちは残念そうな表情だ。

「これがプライベートでの旅行だったら、泡盛を浴びるように飲むんだけどなぁ」

西村さんがメニュー表を眺めながらボソッと呟《つぶや》くと、十和子さんがすかさず返事をする。

「酔っ払いの世話はしないわよ」

こういう席での十和子さんが塩対応なのは、いつものことだ。

もちろんここにいるメンバーもそれを承知の上だ。

仕事で沖縄入りしていることを肝に銘じているため、二人のやり取りが冗談であることはわかっている。

上司と部下という関係だけど、お互いを信頼している気が置けない間柄だ。

「沖縄料理、めっちゃ楽しみにしてたんです」

「彼氏いない私は色気より食い気に走りますっ」

みんなそれぞれ、好き勝手なことを口にする。十和子さんも酒の席だからとそれを咎《とが》めず、みんなの輪の中で終始笑顔を浮かべている。

十和子さんはお酒が強く、このような場で酔い潰れた姿を見たことがない。

Ｔｅｍｐｔａｔｉｏｎシリーズの撮影後にＣＭが解禁になると、いつも慰労会と称した飲み会が開催されて私も呼んでもらえるのだけど、十和子さんはどれだけ飲んでも顔色一つ変えたことがない。そして翌日も元気だ。きっと明日も、誰よりも元気いっぱいだろう。

「そんなに飲みたいなら、忘年会の時にたっぷり飲ませてあげるから、今日は我慢してね。今回の口紅、めちゃくちゃ売り上げがいいから、今月のアイシャドウと二月のバレンタインコフレの売り上げ次第では、夏の賞与も期待できるわよ？」

十和子さんの言葉に、同行していたスタッフみんなが歓喜の声をあげる。

「やった！　専務、太っ腹！」

「さすが専務！　これからも専務について行きます！」

みんな途端に調子よく十和子さんを持ち上げる。それがわかってるだけに、十和子さんもみんなを適当にあしらうのが一連の流れだ。

「じゃあ、今日は打ち合わせを兼ねた食事会だから、飲んでもグラス一杯だけね。明日二日酔いなんて最悪でしょう？　それよりも天気が心配ね……」

十和子さんの言葉に、一同が神妙な表情を浮かべる。

そう、本当なら青空の下でウエディングドレス姿の私を、プライベートビーチで海をバックに撮影すると聞かされていた。

せっかく沖縄までやってきて、挙式も身内だけで執《と》り行う予定だったので、スタッフさんの機転で撮影風景のメイキングＶＴＲを撮影してもらう予定だったのだ。

「天気が崩れたら、優花ちゃん、撮影が水曜日に延びるかもしれない……」

恐ろしい発言に、我が耳を疑った。尚人くんも、それは聞いてないよと言わんばかりの表情だ。

「絶対晴れると思ってたから事前には伝えてなかったんだけど、念のため、チャペルの中でも撮影許可はもらってるの。もし最悪、明日雨が降ったら、チャペルと宿泊してる部屋のラグジュアリーな雰囲気も撮影してみる？」

沖縄でこの季節に天候が崩れると思っていなかったようだ。

東南アジア辺りで季節外れの熱帯低気圧が発達して、その影響から沖縄上空の天気も不安定なのだ。天気予報を見る限りでは、明日の青空は期待できそうにはないけれど、雨は降らないだろうと気象予報士さんが語っている。

「とりあえず、明日は天気を見て両方撮影ができるように段取りしましょう。明日の朝食時に判断するから、七時に集合でよろしく」

食事も終わり、明日の打ち合わせも終わると解散となった。

スタッフさんたちは、明日の準備があるからと、各自部屋へと戻っていく。十和子さんも、夜更かしは美容によくないからと言って、早々に自分の部屋へ消えていく。残されたのは、私たち二人だけ。

「これからどうする？」

尚人くんが私の顔を覗き込む。

「明日、七時集合って……私、何時に起きたらいいんだろ」

「メイクは姉さんやスタッフの人がしてくれるんだろう？　ギリギリまで寝ていても大丈夫じゃない？　だって移動時間とか考えなくていいんだし」

その言葉に目から鱗だった。そうだ、撮影はこのホテル内のプライベートビーチかチャペルだと言っているのだから、移動時間を考える必要はない。メイクもＹＵＫＡ仕様になるんだから、あちら任せだ。

「というわけで、僕はこれから可愛い奥さんを目一杯愛したいんだけど、いいかな？」

耳元で甘く囁《ささや》く声に、私のお腹の奥がキュンとする。私もできることなら、尚人くんに触れたいけれど……

「……朝、起きられなくならないようにしてね。あと、肌に痕《あと》を残さないで」

「……両方とも、善処します」

私たちは部屋へと戻った。

部屋に戻るや否《いな》や、私たちはどちらからともなく唇を重ねた。先日の京都での夜のことがあるから、明日の朝に影響を及ぼすまでは求められないとは思うけれど、片時も離れたくないという思いは私も同じだ。だから求められたら素直に嬉しいいし、私も尚人くんと繋がりたい。

気がつけば私は抱き上げられて、ベッドルームへと運ばれた。

十和子さんが私たちに用意してくれたのは、なんとスイートルームだった。部屋のグレードは上げてあると言われていたけれど、まさかスイートを取ってくれていたとは思わず、先ほど荷物を運び入れた時にこの事実を知って驚きを隠せなかった。

私の『ＹＵＫＡ』としての最後の仕事とはいえ、普通に考えたらこの待遇はありえない。けれど、これは今までのＹＵＫＡの功績に対する報酬の一部なのだと尚人くんに諭された。

私の報酬は、契約書で交わした金額のみで、撮影終了後に商品が売り出された後の成功報酬などは一切ない。

契約が更新されるたびに金額についてはＫＡＴＯ側から値上げの打診を受けていたけれど、私はあくまで宮原病院の事務員であり、ＹＵＫＡの収入で生計を立てているわけではない。だから契約金額は、最初にイメージキャラクターを引き受けた時の額のまま、ずっと据え置きにしてもらっていた。なのでこれは、私が本来受け取るべき当然の報酬なのだと。

「優花ちゃんの今までの頑張りで、こうして僕まで撮影についてくることができたし、おまけに結婚式まで挙げさせてもらえるんだよ。ありがとう」

笑顔でこう言われてしまったら、私はもう何も言い返すことはできなかった。

このスイートルームは、先ほどまで一緒だったＫＡＴＯのスタッフや十和子さんたちが宿泊している部屋とはフロアも違い、最上階にある。沖縄は本土と違って気温も高く、比較的過ごしやすい。今は十二月でシーズンオフとはいえ、やはり人気の観光地である。

宿泊客用の駐車場に、レンタカーと思われる車が何台か停まっていたので、私たち以外にも観光での宿泊客がいる。

「今日はさすがに京都みたいに壁が薄いなんてことはないから、いくらでも声を聞かせて」

そのひと言で、私の頭の中に先日の秘め事が走馬灯のごとく駆け巡り、途端に顔が熱くなる。

きっと瞬間湯沸かし器のように真っ赤になっているだろう。

ベッドの上に降ろされて、その上に跨《また》がるように尚人くんが覆い被さると、私は瞼《まぶた》を閉じた。優しいキスが下りてくるのがわかっているからだ。慈《いつく》しむように私の頬を撫でながら、器用に私の着衣を脱がせていく。中途半端に服を身に着けている状態こそ恥ずかしいと思うのは私だけだろうか。

「待って……、私が尚人くんの服、脱がせていい？」

「え？　優花ちゃんが脱がせてくれるの？」

私の発言に、嬉しそうな返事が返ってきた。

いつも私だけ恥ずかしい思いをしているのだから、たまには恥ずかしいと思わせたいけれど、どうやら尚人くんは違うようだ。私が服を脱がせるのを今か今かと楽しみにしているのがわかる。

「さ、どうぞ」

尚人くんは服を脱がせやすいように手を下ろし、じっとしている。私はその言葉に甘えて自分の腕を伸ばすと、ダンガリーシャツのボタンに手を掛けた。

男性用の服と女性用の服はボタンを付ける位置が逆なので、ちょっと違和感があるけれど、何とか全部外すことができた。袖口から腕を抜いて、脱がせた服をベッドサイドに設置されていたローボードの上に置くと、続いてウエスト部分のベルトに手を掛けた。

バックル部分を緩めてウエストのボタンを外し、チノパンのファスナーを下ろすと、すでに尚人くんの股間は大きく盛り上がっていた。

「こんなこと言うと変態扱いされるかもしれないけど、優花ちゃんが側にいると、ずっとこの状態だよ」

ものすごいカミングアウトに、私の目はその場所に釘付けだ。ボクサーパンツ越しでもわかるくらいに大きくなってその存在を主張している。

窮屈そうに納まっているけれど、下着を脱がせたら最後、私は今晩寝かせてもらえるだろうか……

チノパンを脱がせて、改めてボクサーパンツに手をかけて、布地が屹立《きつりつ》に引っかからないように気をつけながら脱がせると、プルンと勢いよく肉棒が飛び出した。数日前に肉眼で見た時と同じように、その先端は少しだけ濡れていた。

初めての時や京都でも、尚人くんは私の濡れそぼった蜜を舐めたりすすり上げていたのを思い出し、私も勇気を出して聞いてみた。

「これ……舐めてみてもいい……？」

質問するや否《いな》や、尚人くんの返事を聞く前に、濡れている先端に唇をつけた。

「え？　ちょ……優花ちゃん……？　……うっ……!!」

ペロリと先端を舐めると、尚人くんは切なそうな声をあげた。青臭い匂いと苦みが鼻と口に広がり、これが雄の匂いだと本能が悟った。

舌の刺激で、屹立《きつりつ》がビクンと持ち上がる。いつも私が愛撫されて身体が跳ねるのと同じ反応を見せた。

もしかしてこれ、気持ちいいの……？

私は尚人くんの昂《たかぶ》りの先端を舐めながら右手で握ると、尚人くんの手が、私の手の上に添えられた。

「優花ちゃん……、これ、咥《くわ》えたままでこうやってゆっくり手を動かしてみて。…………はぁ……っ、……くっ……ぅ……」

私は言われた通り、尚人くんの先端を口に咥《くわ》えて握った右手を上下に動かした。

一体どういう仕組みになっているのか、尚人くんの大切な場所の皮は伸縮自在で、根元まで手を動かすと、口の中で鈴口《すずくち》のくびれ部分が舌に触れた。

そのくびれ部分に舌を這わせてみると、尚人くんはますます切なそうな声をあげる。私は尚人くんの塊を口いっぱいに頬張ると、ゆっくり手を動かしながら口の中でビクンビクンと反応するその竿にしゃぶりついた。

いつも尚人くんがしてくれるように唾液をたっぷりと絡ませて、丁寧に愛撫すると、その動きに連動して尚人くんが声をあげる。

「うっ……、はぁ……、ああっ……！　すごく気持ちいい。……優花ちゃん、ここの、……そこ、その裏筋を舐めて」

尚人くんに言われた場所に舌を這わせると、太い幹がますます大きくなった。尚人くんはいつしか私の頭に両手を添えて、抽挿《ちゅうそう》する私の口の動きを手助けしている。どこを舐めたら感じてくれるかを教えてくれた。そして先端からは、尚人くんの汁がにじみ出ている。それを私が舐め上げると、尚人くんは私の顔を両手で挟み、持ち上げた。咥《くわ》えていた先端がポロリとはずれ、私の唾液が糸を引く。

「僕ばっかりしてもらうのも申し訳ないし、優花ちゃんの下着も濡れちゃうから、もう、全部脱いじゃおう」

尚人くんはそう言うと、私の下半身の着衣を脱がせていく。ショーツを脱ぐと、クロッチ部分が濡れていた。

「僕のを舐めて感じてくれたんだ」

その言葉が私の羞恥心を刺激して、途端に私の顔は熱を持った。耳まで熱くなっている。

「ねえ、優花ちゃん、ちょっと僕が横になるから、僕の顔にお尻を向けるように跨《また》がってみて？」

言葉の意味が一瞬理解できずに固まっていると、尚人くんはベッド中央に横たわった。

「僕の顔を跨《また》いでみて、で、僕の股間に顔を埋めるようにすれば、お互い舐め合いっこできるだろう？」

「え……、む、無理だよ、そんなのっ！　だって私が上に乗っかるなんて……ごはん食べた後で体重も増えてるし、第一に恥ずかしいもん」

ようやく意味がわかって、ますます身体が固まった。

だって、尚人くんに跨《また》がるってことは、体重をかけてしまうということだ。私の重みで潰れたりはしないと思うけど、それでもやっぱり恥ずかしさが勝ってしまう。

「優花ちゃん、僕だって裸なんだし、お互いの身体をチェックするって思えば恥ずかしくなんてないよ？　僕は優花ちゃんの身体を隅々まで見たい」

尚人くんはそう言うものの、恥ずかしいものは恥ずかしい。自分でも見ることのない場所を、大股を広げて尚人くんの目の前に晒《さら》すのだ。

それにこの前も思ったけれど、私が恥ずかしい思いをすればするほど、私の中から蜜がしたたり落ちてくる。顔を跨《また》ぐなんてハードルを上げられると、余計に身体の奥が疼《うず》いてしまう。

「ねえ、ダメかな……？」

まるで捨て犬のような眼差しで見つめられると、嫌とは言えず、結局のところ私は尚人くんの言いなりになった。

尚人くんの顔を跨《また》いで腰を落とすと、尚人くんの股間へと顔を埋めた。勃起している太い幹が目の前にある。それを右手で持ち、先ほどのようにゆっくりとしごいた。

一方で尚人くんは私の茂みをかき分けて、奥深い場所に隠れている突起へ愛撫を始めた。柔らかくて温かな舌触りを直に感じ、私の身体は尚人くんの身体の上で大きく跳ねた。

「あっ……！　あんっ……ん……んんっ……!!」

快感という名の電流は、凄まじい勢いで身体中を駆け回る。

尚人くんを握りしめている右手は何とか動かせているものの、この状態でさっきのような口淫は、私には無理だ。おまけに私の腰は、尚人くんにがっしりと掴《つか》まれていて動けない。

「優花ちゃん、すごいよ……いっぱい溢《あふ》れてる」

下半身から尚人くんのうっとりとした声が響く。

その息遣いが私の大切な場所に伝わり、下半身が歓喜のあまり戦慄《わなな》いている。

尚人くんの舌が、私の泉から溢《あふ》れ出る甘蜜を一滴残らず舐めとろうと肌に触れた途端、全身が震えた。

「はあっ……、ああっ、あん……!!」

いつの間にか尚人くんの指が私の蜜口の浅瀬に侵入し、くちゅくちゅとわざと水音を立てている。蜜をかき出すような尚人くんの指使いが私を快楽へと誘い、私の腰がそれに反応した。

「腰が動いてるよ、気持ちいい？」

尚人くんの問いに、私は返事ができないでいる。私の想像を遥かに上回る動きに翻弄されて、言葉が、感情が追いつかないのだ。

「もう何も考えられないようにしてあげる。僕をもっと欲しがって」

そう言うと、舌で粒を押し潰し、指が蜜穴深くまで挿《さ》し入れられると、中を蹂躙《じゅうりん》した。

反対側の手は、相変わらず私の腰をしっかりと捉えたままだ。私はあまりにも気持ちよすぎて身体から力が抜けて、尚人くんの身体の上に体重をかけて横たわった。その状態で腰が動くものだから、胸の先端が尚人くんの身体に触れ、擦《こす》れてそこからも快感が走った。

私の身体は尚人くんにされるがままだ。右手に握りしめている尚人くんの昂《たかぶ》りの先端から、透明な汁が流れ落ちて私の手を濡らしているのにも気付かないくらい、私は高みに昇りつめていた。

「優花ちゃんの中、すごくあったかい。指が食いちぎられそうだ」

尚人くんの指と舌使いで私の身体は過敏に反応しているのは自覚しているけれど、食いちぎられそうとはどういう意味だろうと思っていたら、私の身体が跳ねるたびに私の中が収縮していた。収縮のたびに指を締め付けているけど、これは私が意識してしていることではない。それを言葉にしたいのに、口から漏れるのは甘く尚人くんを求める声だけだった。

「あっ……、あぁんっ……、い、イク……、んんっ!!」

「いいよ、何度でもイかせてあげる」

私の声に、尚人くんの指の動きが早くなり、舌使いも加速する。快感が絶頂を迎えると目の前が真っ白になり、身体が何度か大きく痙攣《けいれん》して全身の力が抜け落ちた。尚人くんは私を自分の身体の上からベッドの上に転がし、私の頭を枕の下にくるように抱き抱えて横たえた。もちろん尚人くんの腕はそのまま抜かないでいてくれている。

尚人くんの昂《たかぶ》りが太ももに当たっており、この後にまだ続きがあり、これで終わりだとは言わせない無言の圧を感じる。愛されるということは、体力勝負だということを先日の京都で実感しているだけに、この束の間の休息で私の身体はどれくらい回復するだろう。

尚人くんに翻弄されて私はもうヘロヘロなのに、当の本人はまだ全然疲れていない。このままでは、私の体力は持たないことがわかっているからこそのインターバルだ。ギュッと抱き締められて気が緩んだ私は、瞼《まぶた》を閉じたままほんのわずかの時間、意識を失っていた。

私が目覚めると、尚人くんが枕元にミネラルウォーターのペットボトルを持ってきてくれていた。

「あ、目が覚めた？　喉、渇かない？」

そう言ってミネラルウォーターの蓋を開けて私に手渡した。

そういえばこのシチュエーション、この前もあったな……お見合いの翌日、ドライブ中眠ってしまった私に、目覚めた時にこうやってペットボトルのお茶を手渡してくれたことを思い出した。

「ありがとう……前にもこんなことあったね」

尚人くんはあの日のことを覚えているだろうか。

ミネラルウォーターのペットボトルは、お茶のそれに比べて柔らかいせいで、変形しやすい。だから力を入れ過ぎてこぼさないように両手で受け取ると、ゴクゴクと三分の一の水を飲んだ。

先ほど啼《な》かされたせいで、喉の渇きが半端じゃない。尚人くんは水分補給をして落ち着いた私の手からペットボトルを受け取ると、残りの水を全部飲み干した。

「うん、あの時も優花ちゃんは寝起きだったよね。夕日に照らされた寝顔が神々しくて、写真に残しておきたいって思ったくらいだよ」

「えっ、お願いだから寝顔なんて撮らないで。寝てる時なんて一番無防備な状態だから、絶対変な顔してる」

「そんなことないって。優花ちゃんはいつだって可愛いし、綺麗だよ」

歯が浮くようなセリフを真顔で言われると、こっちが照れてしまう。また私の顔が熱を持つ。

「こうして僕の言葉に照れて真っ赤になる優花ちゃんも可愛い。誰にも見せたくないな」

空になったペットボトルをベッドサイドに設置されているゴミ箱に捨てると、尚人くんは私の手を引いてギュッと抱き締めた。

相変わらず尚人くんはいつでも私の中に入れる状態だ。下腹部に当たった尚人くんの昂《たかぶ》りは、大きく膨れ上がり硬くなっている、

「さっきの続きしてもいい？」

その声には嫌とは言わせない響きがある。

私の顔を覗き込み、私の目を見つめながらストレートに誘われると、うんと頷《うなず》いてしまう。

ベッドに横たわると再び尚人くんが私の上に跨《また》がった。先ほど散々愛撫されて私の下半身はベトベトになったままだ。またそこを愛撫されたら、さっきよりも早く達してしまいそうだ。ドキドキしながら尚人くんの行動を待っていると、私の両脚を持ち、自分の肩に担《かつ》ぎ上げた。

「もう我慢の限界だから、すぐに入りたい」

秘所への愛撫をそこそこに、自分の熱く滾った肉棒を右手で持ち、唾液と蜜と混ざり合いぐしょぐしょになった蜜口へと擦《こす》りつけると一気に突き上げた。

「ああんっ！」

私の身体の中を、甘い痛みと共に熱い熱棒が蹂躙《じゅうりん》する。

指とは全然違う質量が、私の中を埋め尽くす。尚人くんで私の中は満たされていくのだ。一ミリの隙間もなく最奥まで到達すると、尚人くんが歓喜の声をあげた。

「ああ……、優花ちゃんの中は最高だ」

尚人くんの腰が私の股間に密着した状態でぐりぐりと押し付けられると、花びら奥の芯が圧迫される。外からと中からの刺激で、再び私の目の前が真っ白になりかける。身体が大きくしなり、胸を突き出すような体勢になり、尚人くんの手がその胸の先端に触れた。

「ああっ……っふ……、あんっ……!!」

「優花ちゃん、すごく可愛い。……もっと可愛く乱れる姿を見せてよ」

尚人くんはそう言うと、私の左足を掴《つか》み、足首にキスをした。触れられただけで感じておかしくなりそうなのに、それは反則だ。

尚人くんに担《かつ》ぎ上げられている足は下ろされ、私の上に覆い被さると、腰を前後に振り始めた。奥深くにまで突き上げられるかと思いきや、入口の浅い場所を執拗に攻められた。そして再び最奥まで突き上げられたかと思うと尚人くんは腰の動きを止めて私に深く口づけをした。唇の力を緩めると、そこから尚人くんの舌が侵入し、口の中を尚人くんの舌が這いまわる。でもその動きは優しくて、尚人くんの口から唾液が注がれるのをこぼさないように受け止めるのに必死な私は、多分ものすごく変な顔をしているだろう。

唇が離れ、唾液が銀色の糸を引いている。

間接照明に照らされて、キラキラと煌《きら》めいているのをうっとりと眺めていると、尚人くんが不意に私の下腹部に触れた。

「この中に、僕がいるのわかる?」

「うん、もちろんわかるよ。……あ、今、動いた?」

私の中で、尚人くんの太い幹がピクピクと動いたように感じたのは気のせいではないようだ。私の問いに尚人くんが頷《うなず》くと、再びピクピクと私の中で反応した。

「うん、動いたのわかった?」

「うん。すごいね、動くんだ」

「うん、……ってそろそろ僕も余裕がない。あんまりしつこくしてたら明日の撮影に響くし、もう出していい？」

私が頷《うなず》くと、言葉通り、途端に尚人くんの表情に余裕がなくなった。

私の腰を掴《つか》むと、再び激しく自身の腰を打ちつける。肌と肌の打ち合う音と、私の蜜が尚人くんに絡みあう水音。お互いの体内から溢《あふ》れ出す汗と蜜の混ざり合った匂いと、快楽の波と、色んなものがごちゃ混ぜになり、途端に理性が吹き飛んだ。

抜けそうになるギリギリまで腰を引いたかと思えば、思いっきり最奥まで打ちつける大きな抽挿《ちゅうそう》から、段々とそのスピードが上がり、ストライドの幅が狭まっていく。最後に力強く腰を押しつけられると、私の中で尚人くんが爆ぜた。青臭い白濁汁が、私の中に解き放たれている。尚人くんの太い幹が、びゅくびゅくとその液体を放出するたびに、その動きが私の体内に伝わってくる。

精を放ちながら尚人くんが私の耳元で囁《ささや》いた。

「優花ちゃんの中、ものすごくうねってる。これでもかってくらい、僕のを搾り取ってるよ」

自分でも中が収縮しているのがわかる。恍惚とした眼差しで私を見つめながら、尚人くんがゆっくりと腰を引くと、蜜穴から、お互いの分泌液が混ざり合ってドロドロになったものが流れ落ちていく。

いつの間に用意していたのか、枕元に置かれていたタオルでシーツに垂れた液体を拭き取り、ベッドサイドに設置されているボックスティッシュで私の下半身を拭《ぬぐ》うと、一緒にバスルームへと向かった。

バスタブは広くて、大人二人が入っても余裕がある。シャワーで下半身を洗い流し、お互いを洗いっこしている間にお湯が張れたので、二人で湯船に浸かった。

「明日はホテル側にリクエストして、バラ風呂にしてもらおう」

その言葉に私は笑顔になる。憧れていたバラ風呂が体験できるなんて嬉しい。

お風呂から出ると、当たり前のように尚人くんが私の髪の毛を乾かしてくれ、お礼に私は十和子さんから教わったフェイスマッサージをしてあげた。

そうして私たちは一緒のベッドで眠りに就いた。


昨夜スマホのアラームを朝の六時にセットして、テーブルの上に置いていたので、アラームを止めるために嫌でもベッドから出なければならない。眠さで頭が回らない状態の私とは対照的に尚人くんは寝起きがいいようで、枕元に私の着替えを持ってきてくれるありさまだ。

スマホのアラームを止めてくれたのも。もちろん尚人くんだ。

「優花ちゃん、三十分まで寝ていて大丈夫だよ」

着替えて洗顔からスキンケアなど、逆算しても三十分あれば問題ない。ただ、起床してからしっかりと覚醒するまでの時間が必要だ。

「大丈夫、どうしても起きないなら僕が優花ちゃんを朝から愛してあげるから」

その一言で、私は羞恥心からしっかりと目覚めた。朝から昨夜みたいな行為なんてできるわけがない。私の反応を面白がっている尚人くんにまんまとてのひらで転がされている。

「起きるっ」

半ば無理矢理起きると、着替えを持ってパウダールームへと向かう。昨夜、肌を重ねた後に風邪を引いたら大変だとパジャマを着せられていた。尚人くんに、ここで着替えたら？　と言われるけれど、やはりまだ恥ずかしい。もうお互いの身体の隅々まで見た仲なのにと揶揄《からか》われるけど、きっと私はいつまで経っても慣れることはないだろう。

身支度を整えると、それでもまだ時刻は六時二十分を回ったところだった。

尚人くんがテレビのリモコンを手に取り電源ボタンを押すと、朝の情報番組が放送されている。

画面上に表示される沖縄の天気や番組の合間に流れるコマーシャルが時々沖縄ローカルのものだったりで、沖縄に来ているんだと実感する。

「天気予報を見てる限りでは、何とか晴れ間が出てきそうな感じだね」

「うん。晴れてる間に済むといいね」

部屋に備え付けてある冷蔵庫の中からミネラルウォーターを取り出すと、電気ポットに注ぎ入れ、お湯を沸かした。コーヒーカップにフィルター付きのコーヒーをセットして、お湯を注ぎ入れると、部屋の中にコーヒーのいい香りが漂う。

「時間までコーヒーでも飲もう」

そう言って私は部屋のソファーに腰を下ろす尚人くんの隣に並んで座ると、コーヒーカップに口をつける。尚人くんと一緒にコーヒーを楽しむ時間を持つなんて、思えば初めてのことだ。今日まですれ違いの生活が続いていたし、京都でも朝から観光に明け暮れてそんな余裕はなかっただけに、このような些細《ささい》なことに幸せを感じる。

一緒にコーヒーを飲みながら今日の撮影の話をしていると、あっという間に時間は過ぎていく。

集合時間の十分前に部屋を出ると、朝食会場である昨日のレストランへと一緒に向かった。

レストランの入口に、すでに十和子さんを筆頭とするＫＡＴＯのスタッフのみんなが勢ぞろいしていた。

「おはよう、さあ、ご飯行きましょう」

十和子さんの声に、みんなが従ってレストランの中に入っていく。

ビュッフェスタイルの朝食なので、好きな物を器に取り、黙々と口に運ぶ。でも私はこれからウエディングドレスに袖を通すので、それなりに食べる量を控えなければならない。

おそらく今日も、ＫＡＴＯのスタッフに、私の体型は再び詐欺と言われてもおかしくないくらいに補正されるのだ。

尚人くんやスタッフのみんなは体型を気にすることなく朝からたくさんの料理を口の中に運んでいく。それを羨ましく思いつつ、明日の挙式が終わるまでの我慢だと自分に言い聞かせる。明日のお式が終わったら、沖縄料理を堪能するんだと、密かな野望を心に抱いていることを尚人くんに話をすると笑われた。

食事も終わり、八時半から撮影を開始すると告げられた私は、撮影のために着替えなければならず、控室へと連れて行かれた。

案の定、補正下着が用意されている。それを着用する前に、初めて事前に聞いていたミニ丈のドレスではなく、前回のスチール撮影の時と同じデザインで色違いの真っ白なマーメイドラインのロングドレスが用意されていたことを知らされた。

「旦那さんが、どうしてもミニ丈はダメだって事前に専務へ直談判されまして。このドレス、実は結婚祝いで私がこっそり縫ってたんですけど……専務にこれを見せたら、これで撮影しましょうってGOサインが出たんです」

これまでずっと衣装を担当してくれた相川《あいかわ》さんが、嬉しそうな顔でドレスを差し出した。

「当初、バレンタインコフレの発売予定はなかったんです。十月の会議で発売が決まって、優花ちゃんの結婚とここでの撮影の話を聞いた時に、記念にこれをプレゼントしようと思って密かに縫ってたんです。まさか衣装チェンジや撮影で使ってもらえると思ってなかったから、私も感無量です。優花ちゃん、改めましてご結婚おめでとうございます」

相川さんの気持ちが嬉しくて、思わず感極まって涙が込み上げてくる。

「相川ちゃん、優花ちゃん泣かせちゃダメ！　優花ちゃん、泣いたら顔がおブスになるから泣いちゃダメよ」

これはメイク担当の信高《のぶたか》さんだ。

信高さんはＫＡＴＯの美容部員の中でもトップクラスの技術の持ち主で、撮影時のメイクは一番最初の時から彼女に担当してもらっている。

私がイメージキャラクターの仕事を始めた初期からのスタッフさんが、この沖縄に勢ぞろいしている。これも十和子さんなりの気遣いだと気がついたら、涙が止まらない。

これが本当に最後の仕事なんだと思うと、寂しさが込み上げてくる。

「あーっ、だから優花ちゃん、泣いちゃダメだってば！」

私の控室は毎度のことながら大騒ぎだ。

実際の結婚式ではないからと、ベールは用意されておらず、ドレス姿で手にはブーケを持って、チャペルへと向かう。人目につかないようにチャペルで撮影をしてから、プライベートビーチでも撮影をするのだという。聞いていた段取りとは全然違うのは毎度のことだ。そして何より、もう一つのサプライズは……

「優花ちゃん、綺麗だよ」

チャペルの中で、タキシードを着用している尚人くんが待っていた。

「え……ど、どうして……」

驚きで言葉にならない私は、挙動不審もいいところだ。

そんな私たちに、ドッキリ大成功と笑いながら十和子さんが近付いてきた。

「もう、こんな可愛い格好をしてる優花ちゃんの撮影とはいえ、パートナー同伴じゃなきゃ格好がつかないでしょ。尚人に拝み倒されたのよ」

ネタ晴らしで揶揄《からか》い口調の十和子さんに、ついに尚人くんが爆弾を落とす。

「もう、姉さん余計なこと言わない」

もしかして、沖縄出発前のやり取りは、このことだった……？

尚人くんの言葉で、その場にいたスタッフ一同が固まり、その数秒後、チャペル内は絶叫に包まれた。

「もう、明日までサプライズで黙っておこうと思ったのに……みんな、明日の二人の挙式にも参列してくれるんでしょう？　社長が来るってことでよろしくね」

十和子さんが追加の爆弾を投下したおかげで、さらにチャペル内は収拾がつかないほどの大騒ぎだ。

「あの……とりあえず、先に撮影済ませませんか？　爆弾落とした張本人がこんなこと言うのもなんですが……、今なら外、陽が射してますよ」

尚人くんの言葉に、みんなのスイッチが仕事モードに切り替わる。

「そうね、今がチャンス！　外に出るわよ」

十和子さんの声にスタッフ一同が反応し、あれよあれよと撮影が始まった。

スタッフの指示に従いポーズを取ったり、メイクを施《ほどこ》した表情を撮影するためにカメラが間近に寄ってきたり、私は言われるがままだ。

太陽が雲に隠れたりしてその都度休憩が入るものの、撮影は比較的順調に進んでいる。

「背景は、いざとなれば合成できるから何とかなるでしょう。後はベストショットを厳選すればいい」

その言葉の通り、たくさんの写真をカメラに収めると、予想外の午前中で無事に撮影は終わった。

「午後からは自由時間ね。お二人さん、お疲れ様。明日の挙式もメイクは信高に任せるから、信高、明日はＹＵＫＡメイクじゃなく普通に仕上げてね」

「はい、お任せください。優花ちゃん、明日もよろしくね」

撮影が終わり解散前の雑談中、チャペルのドアが開いた。

一同が振り返ると、そこにいたのは……

「お、お兄ちゃん⁉　何で？　明日来るんじゃなかったの？」

「学⁉」

私と十和子さんが驚きの声をあげる。

スタッフさんは一同に顔を見合わせると、空気を読んだのかそれぞれ荷物を手にするとチャペルから姿を消した。この場には身内だけが残っている。

「僕が呼んだんだよ。お義兄《にい》さん、姉に言いたいことがあるんですよね」

尚人くんがそう言うと、十和子さんが動揺している。

そんな十和子さんのことなんてお構いなしに、兄は十和子さんに向かって一言だけ発した。

「十和子、好きだ」

その言葉に、十和子さんは固まっている。

尚人くんはこの場に二人だけになるようにと私の手を取ってチャペルを後にした。

私は二人のことが気になりながらも、尚人くんの後について行く。

控室に戻り、ドレスを脱いで朝着ていた服に着替えると、メイクを落とした。幸いにも髪型は、今着ている服でも違和感なくそのままでも大丈夫っぽい。

私が控室から出ると、着替えを済ませた尚人くんが外で待っていた。先ほど着用した衣装は、相川さんが回収したのか手には何も持っていない。

私のドレスはプレゼントと言われたので、しわにならないようにふんわりとたたみ、相川さんがドレスを入れていた袋の中に入れている。そのドレスの入った袋を尚人くんが受け取ると、一緒に部屋へと向かった。

「一体あれはどういうことなの？」

部屋に戻り、クローゼットからハンガーを取り出してドレスの肩を通すとそれを中にしまう。

尚人くんはベッドの上に腰を下ろしたので私も隣に腰を下ろす。

「昔、あの二人が付き合っていたことや、ＫＡＴＯの後継者問題の件で中山のばあさんが以前色々と口を出して姉さんが会社を継ぐことになったのは知ってるよね」

尚人くんの言葉に頷《うなず》いた。

素人の私がイメージキャラクターを務めることになったのも、次期社長である十和子さんの強い推薦からだったからだ。

「僕は最初から会社の経営なんて興味なかったから医者になることで戦線離脱したけど、姉さんが後継者になることを決めた辺りからあの二人の仲はおかしくなっていったんだ。お互い好き合っているのに、一緒になれないなんてどうかしてる」

尚人くんの言葉に黙って頷《うなず》いた。

「僕が優花ちゃんと結婚して婿養子に入れば僕は宮原の人間になるから、姉さんは事実上ＫＡＴＯの後継者だ。後々僕の存在を知る人間も、後継者として推薦することもできなくなるから揉めごとも起こらない」

たしかに医師として独立し、その上に結婚して宮原の姓を名乗る以上、誰も口を出せないだろう。

「後は姉さんの結婚相手だけだ。僕みたいに養子に入って、それこそ逆玉を狙う輩も現れかねない。まあ姉さんはそんなの相手にしないけど、お義兄《にい》さんに素直になってもらう最後のチャンスだと思ったんだ。姉さんも素直じゃないからね」

十和子さんは周りに気を配るばかりで自分のことはいつも後回しだ。十和子さんが兄とよりを戻せたら、きっと兄は尚人くんみたいに十和子さんを包みこんで甘やかすだろう。

「あの二人、上手くいくといいね」

「だね。……じゃあ、空いた時間で観光に行こうか」

その後二人がどうなったか、後日改めて聞くことにした私たちは、レンタカーを使って美ら海水族館に向かった。

その後も車で近隣を散策し、地元の食堂で夕食をとると、辺りはすっかり暗くなっていた。熱帯低気圧は進路を東に変えて太平洋沖に抜けていったようだ。明日はきっといい天気になる。

翌朝、天気予報が当たり、沖縄の空は雲一つない青空だった。昨日に引き続き、相川さんと信高さんが私の支度を手伝ってくれている。今日のドレスは、プリンセスラインのウエディングドレスだ。

「やっぱり優花ちゃんは素の姿だとこっちのドレスがよく似合うね。旦那さんも優花ちゃんのことをよくわかってるわ」

花嫁衣装に身を包んだ私の姿を、二人とも絶賛してくれている。みんな、尚人くんがこのドレスを選んだと思っているのだろう。

控室にやってきた他のメンバーにも、ここぞとばかりに持てはやされる。ＹＵＫＡじゃない私の姿にみんなが賛辞の言葉を掛けてくれるのはとても嬉しい。

「さ、もう皆さんお揃いですよ。花嫁さま、準備が整いましたら会場へ向かいましょう」

ホテル側のスタッフに先導され、チャペルの入口へと向かう。その重厚な扉の向こうには、愛する人が待っている。バージンロードを挟んだ座席には、お互いの家族、ＫＡＴＯのスタッフが勢ぞろいだ。

父と一緒にバージンロードをゆっくりと、尚人くんの元へと歩を進めた。

尚人くんの差し出す手を取り、私たちは今から永遠の愛を誓う。

今日までの色々な出来事を思い出すと胸がいっぱいで、大切な挙式なのに涙が込み上げてきてそれどころではない。

「優花ちゃん、君は永遠に僕のお姫様だよ」

誓いのキスの時、尚人くんは私だけに聞こえる声でそう囁《ささや》いた。

初恋の人と一緒になれる幸せを、大切にしたい。これからもずっと――

後日、ＫＡＴＯのバレンタインコフレのポスターに、色々な問い合わせが殺到したのは言うまでもなく……

ＹＵＫＡのアカウントは、この日の尚人くんと私のシルエット写真を投稿以降、ログアウトしたままだからフォロワーの反応は見ていない。でもきっと、たくさんの「いいね」とお祝いのコメントで溢《あふ》れていることだろう。

君を手に入れるため　Side 尚人

「先生、僕、元気になれるかな」

ここは僕が勤務する大学病院の小児科外来にある吸入室。

担当をしている患者の様子が気になって様子を見に病院まで顔を出した時に、小学一年生の男の子、内山雅治《うちやままさはる》くんがぼそっと呟《つぶや》いた。

雅治くんは小さい頃からアレルギー性喘息を患《わずら》っていて、今回は風邪引きの咳から発作を誘発してしまい、念のために数日間入院して経過観察をすることになったのだった。

咳き込みながら吸入をする彼の姿に、どうしても過去の自分を重ねてしまう。

「大丈夫だよ。実は先生も、小さい頃は雅治くんよりもっとひどい喘息で入退院を繰り返してたんだ。雅治くんもおうちで毎日決まった時間に吸入してるだろう？　毎日続けていたら必ず元気になるよ」

僕の言葉に、雅治くんが不安気に返事する。

「本当に？　先生、嘘じゃない？　こんなにしんどいのがなくなる？」

「ああ、本当だ。だから吸入は真面目に続けるんだよ？　入院のこと、後で看護師さんから説明があるから、お母さんと一緒に聞いておくんだよ」

僕はそう言うと、白衣のポケットに手を突っ込んだ。指先に、個別包装されている飴玉が触れる。

初恋の女の子が好きだったりんごの飴だ。小さい頃、喘息がひどくて入院していた時に知り合った
その子は、お見舞いと称して自分の好きな飴を持って来て、二人で一緒にそれを口にしていた。

それ以来、この飴は僕のお気に入りだ。

本当なら吸入を頑張ったご褒美に一つあげたいけれど、医師という立場上、勝手な振る舞いはできない。

吸入が終了し、看護師が雅治くんの人差し指に酸素濃度計を取り付け、数値を測定している。数値は問題ないようだ。

僕は吸入室を後にすると、ちょうどポケットの中に入れていたPHSが震えた。

発信元は、小児科病棟の詰所だった。

僕は急いで通話ボタンを押す。もしかしたら、患者さんの容体が急変したのかもしれないと思うと、気が気じゃない。

「もしもし」

『佐々木先生、そろそろ回診のお時間です』

僕の予想をいい意味で裏切る回診の呼び出しにホッとすると、「わかった」と短く返事をし、通話を終了した。

PHSをポケットにしまうと、小児科の入院病棟へと向かった。

小児科病棟の詰所で、電子カルテが閲覧できるタブレット端末と聴診器、医療用ペンライトを手に取ると、看護師と一緒に病室を回る。

小さい子どもの中には、大人の男が苦手な子も多い。下手すれば、乳幼児期の人見知りの延長で、顔を見るだけで泣かれることもある。そんな時は看護師が上手に宥《たしな》めてくれるので、僕みたいな新米医師は本当に頭が下がる思いだ。

医学部を卒業し、研修期間お世話になった大学病院へそのまま勤務する形になり、二年が経つ。大学病院を訪れる患者さんは、通常、病院からの紹介状がないと外来できない。加えてその症状も重篤《じゅうとく》なものが多い。

先ほどの雅治くんも、アレルギー性喘息だけではなく他にもアレルギーがあるため、他院からの紹介を受けて定期的に小児科を受診している。

今回は今日の外来受診担当医師の判断で、初めて入院することとなった。午後からの回診で、もしかしたら僕も診察することになるかもしれない。

ようやく午前中の回診が終わって時計に目をやると、とっくにお昼と呼べる時間を過ぎていた。

「佐々木先生、今からお昼ですか？　ご一緒してもいいですか？」

詰所にいた若い看護師の一人が、僕に声を掛ける。

「目を通しておきたい論文があるから」

僕は電子カルテに回診時の診察結果を入力し終えると、机の側に印刷して置いていた論文の束とスマホを手に取り、詰所を後にした。

背後で看護師たちが、またフラれたねなどと世間話をしているのが聞こえたけれど、知ったことではない。僕は病院内にあるコンビニでおにぎりとお茶を購入すると、この時間帯誰もいないであろう仮眠室へと向かった。

仮眠室には簡易的な机とパイプ椅子がある。そこに腰を下ろすと、買ってきたおにぎりを頬張りながらお茶で流し込み、分別してゴミ箱の中に放り込む。

時間にして五分もかからない、そんないい加減な食事で自分が体調を崩さないか気になるけれど、今はそれどころではない。

僕は論文のプリントを前に、アラームをセットしようとスマホを取り出した。

ロックを解除し、メールをチェックすると、その中に僕にとって最も重要な人物からのメールが届いていた。

差出人は、宮原病院の院長、宮原真一《しんいち》。

宮原院長は、僕が幼少の頃お世話になった病院の院長で、当時の主治医だ。そして、僕がこの道を進むことに背中を押してくれた恩人でもあり、何を隠そう初恋の相手の父親でもある。

宮原院長には、僕が京都に引っ越していた中学三年生の一年間を除き、高校を卒業するまで喘息の治療でお世話になっていた。

医学部を卒業して研修期間を終え、無事に小児科医になり初めて参加した小児科の学会で、再会するまでの数年間会うことはなかった。けれど父と院長が経団連での繋がりがあり、時折り話は耳にしていた。

受信メールを開いて中身をチェックすると、そこには嬉しい内容が書かれていた。

『先日話をしていた優花とのお見合いの件、本当に問題ないなら釣書と写真を用意して病院に持って来てください』

七月にあった小児科学会の後、宮原院長から食事に誘われた席で、何と優花ちゃんとの見合い話を打診されたのだ。

院長はその時に、条件を二つ出した。

一つは、大学病院を退職して宮原病院に転職すること。

そしてもう一つは、宮原の姓を名乗る、要するに婿養子に入ることだ。

僕は二つ返事でこの申し出を受けた。

院長は笑いながら娘を頼むと言ってスマホを取り出すと、ＳＮＳサイトのとあるアカウントを開いて僕に見せた。

「これ、誰だかわかるかい？」

そこには黒縁眼鏡をかけて、かっちりとしたスーツを身にまとうＹＵＫＡの姿があった。

胸元には、服装に不似合いなバラのブローチが着けられている。

どんな服装でもこのブローチは必ず着けられていて、以前はコメント欄にフォロワーからの賛否が色々と書き込まれていた。けれど、ＹＵＫＡはそんなコメントをすべてスルーし、一貫してブローチを着けている。

いつしか、それが『ＹＵＫＡ仕様』と認識されるようになり、コメント欄も荒れることがなくなった。

「これ、ＫＡＴＯのイメージキャラクターをしてるＹＵＫＡですよね、僕もアカウントをフォローしてますよ。……これって、優花ちゃんですよね」

僕の言葉に、院長は瞠目《どうもく》した。

「こりゃ驚いたな。メイクやカツラで印象がまるで別人のようになってるのに……」

「だってこのブローチ、僕が小さい頃、優花ちゃんにプレゼントしたものですから」

たしかに見た目の印象はまるで別人のようだ。けれど、どんな格好をしていても、優花ちゃんならひと目で見分ける自信がある。

随分前、僕と優花ちゃんとの接点を知らない姉から、偶然このアカウントの存在を知らされた時も、ひと目で優花ちゃんだとわかったとはさすがに言いづらい。

あくまでブローチの存在で、ＹＵＫＡ＝優花ちゃんに気付いたという印象にしたかったけれど、院長が口にする言葉で、僕は言葉を失った。

「ああ、そうだったな。それは昔から優花の宝物で、壊したくないと言って、ずっと箱の中に入れて保管してたのに。十和子ちゃんに口説かれてコスプレ写真を投稿することになったからって、着け始めたけど……そういうことだったんだな」

この時初めて、誰が何を書き込もうが、スルーしてブローチを着け続けていた優花ちゃんの真意を確信した。

自惚《うぬぼ》れかもしれないと、一度は否定していた。

けれど、あのブローチをプレゼントした時の約束を忘れていないということと、僕に優花ちゃんを見つけてほしいという二つの意味が込められていることを、ずっと無言で発信していたのだ。

僕が一時的に京都へ引っ越して、こちらに戻ってから優花ちゃんとは会っていない。

優花ちゃんの話は、経団連を通じて院長と知り合いになった父や、ＫＡＴＯのイメージキャラクターとして彼女を表舞台に引っ張り出した姉から色々と情報が入るけど、きっと院長は僕の話なんて口にしていないのだろう。その証拠が、ＹＵＫＡのブローチ装着だ。

「ところで優花ちゃんは、この話は知ってるんでしょうか？」

僕の質問に、院長は首を横に振る。

「いや、優花が高校を卒業した頃に、何度か見合い話を切り出してみたんだけど、優花の兄に邪魔されたり優花も条件を付けるものだから、我が家でこの手の話題はずっと禁句だったんだ。だからまだ、優花には話もしていない」

院長はそこまで言うと深呼吸をして、再び言葉を続ける。

「まあ、優花に関しては心配することはないと思うけど……もし、話が上手くまとまったら、ＹＵＫＡの活動については二人で話し合いなさい」

その後お互い仕事が忙しく、なかなか連絡をするようにならず、ようやく落ち着いたタイミングが今日この日だったのだろう。

僕は院長のメールに了承の旨を返信すると、ＳＮＳのアプリを開いた。

院長からのメールを見ていて、急に優花ちゃんの顔が見たくなったのだ。

昼休みの時間に小児科の医療に関する学会の論文に目を通すつもりだったけれど、優花ちゃんの投稿写真を眺めているだけで、休憩は終わりそうだ。

僕はスマホの画面を眺めながら、このアカウントの存在を知った当時のことを思い出していた。

ＹＵＫＡは、僕の実家が経営する老舗化粧品会社『ＫＡＴＯ』が売り出すブランドの一つ、Ｔｅｍｐｔａｔｉｏｎのイメージキャラクターに起用されている。

ＫＡＴＯ以外にはメディアの露出が全くないため謎の多い人物として知られ、ＳＮＳサイトにある個人アカウントのフォロワー数は、ＫＡＴＯと契約する前はそれこそ数十人程度だったのに、今ではとんでもない人数にまで膨れ上がっている。

ＹＵＫＡは芸能活動を一切しておらず、ＳＮＳのアカウントはＫＡＴＯの仕事以外、コスプレ画像しか投稿がない。だからここが唯一の情報発信源となり、フォロワーは増える一方だ。

このＹＵＫＡが僕の初恋の相手、宮原優花だということは、ＫＡＴＯの関係者と彼女の家族しか知らない。異母姉の話では、優花ちゃんの職場関係者も、誰一人として気付いていないという。

そして大学病院の関係者も、僕がＫＡＴＯの血縁者だということを知らない。もし知られたところで、僕は医者だ。後継者問題のことを色々言われたところで、今さら会社経営に携わる気なんてない。

なぜYUKAがKATOのイメージキャラクターに起用されることとなったのかは、この姉が大いに関係する。

優花ちゃんは、姉が当時付き合っていた彼氏の実の妹だったのだ。

姉が大学時代、彼氏の家へ遊びに行った際に優花ちゃんと仲良くなり、その容姿に惹かれた姉が着せ替え人形のごとく優花ちゃんを可愛く変身させては優花ちゃんの兄が写真を撮影していたという。そして、優花ちゃんが自身のSNSの画像投稿サイトのアカウントにそれを投稿していたのだ。

あれは僕が大学二年の秋頃のことだ。

夕飯を済ませ、シャワーを浴びた後リビングで寛《くつろ》いでいた時に、背後を通りかかった姉から突然スマホの画面を見せられたのだ。

姉に「この子、可愛いでしょう?」と見せられた写真に、思わず呼吸を忘れてしまうくらい見入ってしまった。それはゴスロリの服に身を包み、その胸元には、昔、僕がプレゼントしたバラのブローチを着けて、カメラに向かってポーズを取っている優花ちゃんの姿だった。

いくら化粧をしても、カラコンやウイッグを使っていたとしても、見間違うはずがない。

「うん、可愛いな。この子、知り合い?」

姉にこの緊張を気取られないよう平静を装って返事をすると、誰かに話したくてたまらなかったのだろう、姉はマシンガンのように口から言葉を発した。僕はそれを黙って聞いている。

彼氏の妹である優花ちゃんと会うたびに、お人形のように可愛くプロデュースしたいと思っていたらしく、本人に直談判したところOKしてくれたのだと言う。

そういえば姉は、幼少の頃、着せ替え人形を持っていなかったことを思い出した。

この年齢になって、優花ちゃんをリアル着せ替え人形扱いして喜んでいるなんて、悪趣味もいいところだ。

僕は男だし、姉とは自宅以外で会うこともないから害はない。けれど、小さい頃は姉に下僕のような扱いをされていたことを、僕は今でも忘れていない。

姉との思い出を振り返れば、本当に黒歴史ばかりでろくなことがない。

そんなことよりも、今は優花ちゃんの話だ。

姉からスマホを借り、僕はYUKAが投稿している過去の写真も遡《さかのぼ》って見せてもらった。

その時、このアカウントには鍵がかけられていることに気が付いた。

姉の視線も気になるので、アカウント名をチェックしたら、後で自分のスマホからじっくりと見ようと思っていたのにそれができない。さて、どうしたものか……

「この子、アカウントに鍵かけてるの?」

今気付いたかのように僕が問うと、姉が溜め息を吐《つ》きながら答えた。

「本人が恥ずかしがって、鍵を開けないって言うのよね。こんなに可愛いんだから、みんなに見てもらいたいんだけどねぇ……」

姉は、自分の手でメイクを施《ほどこ》し、可愛らしく着飾る優花ちゃんを世界中の人たちに見せたくて仕方ないようだ。写真を見る僕に、優花ちゃんは元がいいから何を着せてもどんな風にメイクをしても最高の仕上がりだと自信満々だ。事実、写真の優花ちゃんはお世辞抜きで本当に可愛かった。

「素顔の写真はないの？」

姉にプロデュースされたＹＵＫＡも悪くない。けれど今現在の、素顔で等身大の優花ちゃんの姿が見たかった僕は、思わず心の声を漏らしてしまった。

「あのねえ、身バレするような写真を投稿するわけないでしょ？」

「そうじゃなくて、姉さんが個人的にこの子のプライベートを撮影した写真がないのかって聞いてるんだよ」

話がすんなり通じなかったことに少しイラついたけど、それを態度に出すわけにはいかない。それをすれば、姉の思うつぼだ。

「ああ、そういうことね。ごめん、残念ながら撮ってないわ。素の彼女はとっても恥ずかしがり屋さんでね、ビフォーアフターで全然顔が違うのよ。でもメイク前の素顔もすっごく可愛い子なの」

姉がここまで他の女性を褒めるのは珍しいことだ。

一緒にテレビや雑誌を見ていても、必ずと言っていいほど「この人の顔とメイクの色が合ってない」だの「この子、もっとナチュラルに仕上げたらいいのに」などと、誰に対してもダメ出しという名の毒を吐くのだから。優花ちゃんのことを、ものすごく気に入っていることが窺《うかが》える。

スマホで過去の投稿を遡《さかのぼ》って見ていた時、急に画面が切り替わり、姉のスマホが着信を知らせた。

姉にスマホを返そうと手渡したその時だった。

「あ、そうそう。高校を卒業したら、鍵を外すって言ってたよ」

姉はそのひと言だけ発すると、僕の手からスマホを奪うように受け取り部屋を出た。

画面の名前は一瞬しか見ることができなかったけれど、相手はどうやら彼氏――優花ちゃんのお兄さんのようだ。僕に話を聞かれたくないのだろう、そそくさとリビングを後にすると、一気に階段を駆け上がった。

僕は、先ほど姉に見せられた優花ちゃんのアカウント名と登録の名前をしっかりと記憶していたので、自分のスマホを取り出すと、アカウントを検索した。

出てきたアカウントを指でタップすると、先ほど確認した通り、しっかりと鍵がついている。

ここでフォロー申請を出せば、きっと怪しまれてブロックされるのが関の山だ。

僕はこの日から、優花ちゃんがアカウントの鍵を外すタイミングを毎日チェックした。

優花ちゃんとは、僕が中学三年になる年を最後に会っていない。突然の引っ越しに、挨拶すらする時間もなくこの地から追いやられるように京都へ引っ越すことになった僕は、その一年後に戻ってきた時に、真っ先に優花ちゃんに会いたかった。でも……

＊　＊　＊

父と母は事実婚で、僕と母は、ずっと母の姓である佐々木と名乗っていた。

小さい頃に両親から聞かされた話によると、父は、姉の母と政略結婚した。でも父には恋人がいた。それが母だったのだ。

当時、取引先の会社を経営する社長兼国会議員で現役の大臣、中山太蔵の一人娘との縁談が持ち上がり、どうしてもそれが回避できず、父と母は泣く泣く別れたのだという。

中山大臣の一人娘――それが姉、十和子の母、佐和子さんだ。

でも、佐和子さんは元々身体の弱い人で、姉を出産してすぐ亡くなったという。

中山代議士の妻――姉の祖母は、亡くなった佐和子さんしか子どもがおらず、たった一人の孫娘を溺愛していた。

だから父が再婚でもしようものなら、姉に会えなくなるのではないかという思いから、母との再婚に反対していた。加えてその再婚相手に子どもが生まれようものなら、我が子ばかり可愛がって姉を蔑《ないがし》ろにされるのではないかという思いから、母との仲をずっと認めなかった。

中山代議士も、自分の妻が理不尽なことを言って父を困らせているのだとわかっていても、当時は妻の精神状態を考えたらどうしようもなかったという。

あの人以外は、もう大人なんだし好きなようにすればいいと、いい意味でそっとしてくれていたからか、佐和子さんの一周忌法要が終わった時、父は母に「十和子の母親になってほしい」と復縁を申し出たのだという。

母は復縁こそ受け入れたけれど、亡くなった佐和子さんに申し訳ないと言って、頑なに入籍を拒んでいた。

僕を妊娠していることが判明した時、母は父と話し合い入籍することを考えたそうだ。でも、それを許さなかったのが、中山代議士の妻、その人だった。

僕が生まれてから戸籍上に父親がいないのは可哀想だと言う周囲の声に、しぶしぶ認知だけは認めたけれど、両親の入籍は許さなかった。

事情を知らない周囲から見れば、ごく普通の家族だけど、紙切れ上では、赤の他人……

父も母も、背負わなくてもいい十字架を背負っているように見えた。

中山代議士は、佐和子さんが亡くなった後も娘婿であった父を自分の後継者として考えており、父はそれをずっと拒んでいた。

佐和子さんは亡くなっているとはいえ、父は婚姻関係終了届を出していないので、中山家との姻戚関係は続いている。そして、姉という外孫もいるため、こうしてとやかく口を出されるのだ。

そうして、僕が生まれた。


僕に喘息のアレルギー反応が出たのは、乳幼児期のことだったそうだ。

物心がつく頃には、自宅や病院で吸入マスクを顔につけて、吸入液の蒸気を定期的に吸い込んでいた。そう、それが宮原病院だ。

僕が生まれたのも宮原病院で、いつも院長が自ら僕の病状を診《み》てくれていた。

風邪を引くと、いつも呼吸音がおかしくなる。ひゅうっと喉が鳴るし、息が苦しい。

三歳年上の姉が病気になれば、漏れなく僕に感染し、病状が悪化する。その都度病院に入院することとなり、独りぼっちになる。だから僕は、病院が嫌いだった。

入院すれば、誰も付き添いはしてくれないし、お見舞いにも来てくれない。

病棟の最上階にある、特別室という名のだだっ広い個室に閉じ込められて、病院関係者以外に誰とも会うことがない。

話し相手といえばテレビ画面で、大画面に映るアニメや買い与えられたマンガ本など……いずれにしても、僕の一方的な独り言だ。

だだっ広いだけで話相手もいない特別室に、何一つ魅力なんて感じない。

入院と聞くと、いつも退屈のあまり憂鬱でしかなかった。

母は父の仕事をサポートしなければならないし、姉を一人にするわけにはいかないからと、僕以上に姉へ愛情を注いでいると思っていた。

両親を独り占めする姉のことが、嫌いだった。

姉がいなければ、母が付き添いで側にいてくれるのにと何度思ったことだろう。

でも、母が病院に来られない原因があの人――姉の祖母にあることを知ったのは、小学校入学式当日のことだった。

この日もあの人は、姉に会うためうちへやって来た。

入学式が終わり、帰宅してから定期的に行っている吸入をするため、たまたま応接室の前を通りかかった時にあの人の声が聞こえた。

あの人の親戚筋にあたる女の子が、僕と同じ小学校に入学したという。そしてその流れで僕の話になり、母は罵声《ばせい》を浴びせられている。

それは僕が病弱で入院している間、姉の世話が疎《おろそ》かになっているのではないかと母を一方的に責めるような内容で、誰が聞いても完全な言いがかりだった。

そんなことないのに。いつだって僕は入院してもお見舞いや付き添いなんて来てもらえなくて、独りぼっちなのに……

この時、初めてあの人が憎いと思った。

僕が何をしたわけでもない。母もそうだ。なのに、何であの人にこんな風に言われなければならないのか。

そしてその憎しみは、あの人の親戚だという同級生の子にも向かった。

できるだけその子とは関わりを持たないようにしよう。クラスと名前がわかった時点で、もし話をする機会があったとしても、あの人に情報が筒抜けにならないよう、弱みを握られないよう気を付けなければ。

あの人は、自分の血を引く姉のことしか考えていない。あの人の傍若無人な振る舞いを見かねて、後に姉が間に入って窘《たしな》めても逆効果だった。

僕のことでこのように母を責めるなら、僕はこの家を出るしかない。

それまで将来のことなんて全然考えたこともなかったけれど、ＫＡＴＯの後継者になることだけは絶対に避けたほうがいいと直感した。

でも、こんなに病弱な僕に、大人になって何ができるだろう。

そんな時、ふと思い出したのが宮原院長の言葉だった。

『吸入は、すぐに効果は出ないけど、真面目にきちんと続けていれば喘息は治るんだよ。尚人くんも、喘息が治れば何でもできる。何にでもなれる』

父と年齢的にも近いせいか、いつしか院長を父に重ねて見ている自分がいた。

僕も、大人になったら、院長みたいに医者になりたい。そして、この環境から早く抜け出したい。

医者を志したのは、こんな不純な動機だった。

院長に『医者になりたい』と話をすると、勉強はもちろんのこと、まずは体力をつけることが一番だと言われ、運動するなら水泳だと発作が起こりにくいと教わった。

この日から、僕は真面目に勉強して吸入もきちんと行い、退院したら水泳教室に通おうと決意した。


学校が休みになる春休みや夏休み、冬休みなども、定期的に入退院を繰り返していて、三年生に進級する年の春休みに入ったある日のことだった。

「尚人くん、よかったら春休みの間、うちの娘の遊び相手になってくれないかな？」

突然のことに、びっくりしてすぐに言葉が出なかった。

僕は学校も休みがちで友達も少なくて、水泳教室もまともに通えておらず、話題も乏《とぼ》しいのに、しかも女の子って……

不安な気持ちが顔に表れていたのだろう。院長は笑いながら白衣のポケットから携帯電話を取り出すと、写真フォルダから一枚の画像を見せてくれた。

そこには、天使が写っていた。

笑顔がとても可愛らしく、着用している服もフリルがたくさんあしらわれたもので、とてもよく似合っている。

その女の子の隣には、背の高い男の子が一緒に写っている。

「この子は私の娘で、優花って言うんだ。この四月から小学生で、学年で言えば尚人くんの二つ下だよ。この隣に写ってるのは息子でサッカーのクラブチームに所属してるんだけど、春休み中、母親が練習試合や遠征について行くから優花の相手をする人がいなくてね……。優花は尚人くんにもすぐ懐くと思うんだ。よかったら春休みの期間だけ、遊び相手になってくれないかな？」

僕はしばらく画像を見入っていた。

年下の女の子と遊んだ経験のない僕に、相手が務まるだろうか。

「優花はお兄ちゃんみたいに活発な子ではないから、病室の中で走り回ったりすることもないと思うし、多分気が合うと思うよ。数日うちに病室へ連れてきてもいいかな？」

僕の顔を覗き込みながら院長にそこまで言われて断れるわけもない。

僕は小さく頷《うなず》くと、院長は満足そうな笑顔を浮かべた。

その翌日の午後、僕は運命の出会いを果たした。

優花ちゃんは、僕の入院している特別室に入ったことがなかったと、物珍しそうにきょろきょろと部屋の中を眺めている。僕は自分の吸入が終わるまで部屋の中の探索を提案し、優花ちゃんの様子を窺《うかが》っていた。

吸入が終わったら一緒にパズルで遊ぶ約束をすると、優花ちゃんは早速喜んで部屋の中を色々と探検し始めている。

そういえば、僕も初めてこの部屋に入院した時、同じように部屋の中を歩き回ってどこに何があるかをチェックしていたな……。あの時は、看護師さんがどこに何があり、ナースコールを押すタイミングなど、細かいことまで説明してくれた。

当時は文字も読めない未就学児だったので、僕が理解するまで何度も根気よく説明せざるを得なかったのだろうけど、あの頃の記憶は今でも残っている。

ちょうど吸入が終わったタイミングで、優花ちゃんが声をあげた。

「わあ、このお部屋から、優花のおうちが見える!!」

僕が横になるベッド付近の窓から、優花ちゃんが外を眺めている。

優花ちゃんの視線の先を辿ると、病院の敷地内にある大きな木の横に建つ白い家がある。どうやらそこが優花ちゃんの自宅らしい。

横に並んでみると、優花ちゃんはもうすぐ小学生と聞いたけれど、月齢の割に身長が高い。多分僕とそんなに変わらない。

僕は元々食が細く、加えて病弱な体質だったせいか同年齢の友達と比べたらかなり身体が小さいせいで、両親にはかなり心配をかけていると思う。だからこうして入院して食事も管理してもらっていることに、少なからず安心しているだろう。

二つも年下の女の子と自分の体格がそんなに変わらないことに衝撃を受けたけれど、果たして何をすればいいのか……

吸入が終わり、院長が呼んでくれた看護師さんがやってきて、一緒にパズルをして遊んだ。

優花ちゃんは、院長の言う通りやんちゃな同級生たちとは違い、行動も僕に気を遣ってくれているのがわかった。

院長の言いつけをよく守り、何かあれば僕が動かなくていいように、自分がちょこまかと動き回る。また、回診や吸入などの医療行為中は、邪魔にならないよう応接セットのソファーに座り、終わるまでおとなしく待っている。体調が悪くて一緒に遊べないと看護師さんに伝言をお願いすると、お見舞いと称して飴玉の差し入れを持ってきてくれたりする。

見た目の可愛らしさだけでなく、こんな思いやりのある行動ができる優花ちゃんの内面に、いつしか惹かれている自分に気がついた。

春休みはあっという間に終わってしまう。

始業式の前日に退院が決まっていた僕は、いつものように病室へ遊びに来てくれた優花ちゃんに、誕生日はいつなのかと何気なく聞いてみた。

改めてお礼をと言っても、受け取ってもらえる自信はない。それなら、誕生日のプレゼントとして何かあげたいと思ってのことだったけど、初めて会った日が誕生日だと聞いて驚いた。たまたまこの日は優花ちゃんが樹脂粘土を病室に持ってきて、一緒に工作をしていた。これはチャンスだと思った僕は、その樹脂粘土でバラの花を作り、それをブローチにしてプレゼントすることを思いついた。

樹脂粘土は水分が抜けて固まると、プラスチックのような質感に硬化する。けれど、色移りすることもあり、工作中、僕の指先は粘土の色が付着していた。

翌日、ブローチの金具を取り付けようと、再度水をつけて粘土を柔らかくしようとすると、再び粘土の色が指に付着したため、プレゼントには向かないとがっかりしたその時、看護師さんがレジン液を全体に塗って硬化させたら色落ちしないと教えてくれた。

結局僕は、ブローチの仕上げを優花ちゃんのお母さんに託して、数日後に病院を退院した。


それからも夏休みや冬休みなど、長期の休みに入ると宮原病院に入退院を繰り返していた。

春休みだけの遊び相手のはずだったのに、僕の入院を知った優花ちゃんは、毎日のようにお見舞いと称して病室を訪ねてくれる。

優花ちゃんも小学生になったから、病室に来る時は宿題を持参することもあり、宿題をした後はいつものように一緒に遊んでいた。

そしていつものように、宿題持参で優花ちゃんが病室にやってきた。

この日はタイミング悪く、僕はちょうど吸入をし始めたばかりで、優花ちゃんを待たせてしまっていた。

いつも通り、優花ちゃんは応接セットのソファーに座って待っててくれていた。

けれど……

「あら、優花ちゃん、珍しいわね」

僕の吸入が終わり、看護師の大野さんが優花ちゃんに声を掛けるも返事がない。大野さんがソファーを覗き込むと、優花ちゃんは目を閉じて居眠りしていた。

「そういえば、院長が今日は早起きして朝顔の開花の瞬間を見てたって言ってたから、今頃になって眠気が出たんだろうね」

前日、優花ちゃんは僕にも同じことを話していた。

朝顔の鉢植えの花が、毎日何輪咲くかを紙に書いて提出する宿題があり、夏休み前から少しずつ花が咲いていたことも楽しそうに語ってくれた。

蕾《つぼみ》がどのように花開くのか、どうしても自分の目で確かめたいから明日は頑張って早起きするんだと、昨日ここで宣言していたのだ。まさか本当に早起きすると思っていなかったので僕が驚いていると、大野さんがクローゼットの中からブランケットを取り出した。

「少し寝かせてあげましょうか。ちょっと寝たら、頭もスッキリするからね」

そう言って、大野さんは優花ちゃんの身体にブランケットをそっと掛けた。

特別室の空調は快適だけど、眠っている時は体温が下がるため、風邪を引かないようにそうしたのだろう。

「じゃあ、私は病棟の仕事に戻るから、三十分くらいで起こしてあげて。あまり寝過ぎちゃうと、今晩眠れなくなるかもしれないからね」

大野さんはそう言うと、特別室を後にした。

ドアが閉まり、僕と優花ちゃんは二人きりになった。と言っても、優花ちゃんは眠っているので、実質は一人の時と変わりない。

僕は足音に気をつけて、優花ちゃんが眠るソファーへ近付いた。

大野さんがお腹の部分にブランケットを掛けている。スラリとした手足はそんなに日焼けしているようには見えない。きっと優花ちゃんのお母さんが日焼け止めをしっかり塗っているのだろう。僕みたいに、屋外に出ないから焼けていないのとはわけが違う。

優花ちゃんの顔を覗き込むと、スースーと規則正しい寝息を立てている。

僕は優花ちゃんの側に膝をつくと、人差し指で軽くほっぺたを突いてみた。瑞々《みずみず》しく張りのある肌は、触れるだけで気持ちいい。

改めて優花ちゃんの寝顔を見つめた。

閉じられた瞼《まぶた》には、くっきりと二重のしわが刻まれている。上向きにくるんとカールしたまつ毛は、思っていたよりも長い。

僕はいつの間にか自分の顔を優花ちゃんの顔に触れるくらいにまで近付けていた。

そして……気がつけば、優花ちゃんの唇に自分の唇を重ねていた。

触れるか触れないかの出来事に、自分が今何をしたか、一瞬理解が追いつかない。

慌てて顔を上げ、優花ちゃんが目を覚まさないかビクビクしたけれど、一向に起きる気配はない。

僕は足音を立てないよう、さっき以上に気をつけて応接セットから離れると、洗面所へと向かった。少し頭を冷やそうと鏡に映る自分の顔を見ると、運動をしたわけでもないのに、熱があるわけでもないのに、耳まで顔が赤く染まっていた。

何度も顔を洗い、ようやく冷静さを取り戻すと、冷蔵庫からよく冷えたペットボトルのお茶を取り出した。そして退屈を装ってペットボトルを優花ちゃんの頬に押し当てて起こし、何食わぬ顔をしていつものように過ごした。

後にも先にも、優花ちゃんが僕の前で居眠りをしたのはこの一度きり。誰にも言えない、僕のファーストキスだった。

それからも、僕が入院している時は、毎日のように優花ちゃんは病室を訪れてくれた。

こんな日が、ずっと続くと思っていた。

でも、成長と共に、少しずつ身体も丈夫になってくる。

小学一年生から通い始めた水泳教室のおかげで体力が付き、それと並行して真面目に吸入も続けていたおかげで、喘息の発作も少しずつ出なくなった。


そしてあれは、中学二年の修了式を終えた翌日のこと――

この頃には入院することもほとんどなくなり、優花ちゃんと会うのも外来受診時にタイミングが合えば、病院の待合室に優花ちゃんが来てくれて少し話をするくらいだ。

夕食の席で、ようやく両親の入籍が認められたと聞かされた。

このタイミングで父の再婚が認められた理由は、中山代議士の政界引退にあった。

かねてより父を後継者として動いていた中山代議士も、一向に首を縦に振らない父をようやく諦めたようで、同じ選挙区の後輩議員にその地盤を譲ることにしたのだ。それにより普通の人に戻った中山さんが奥さんにこれ以上の過干渉をしないよう、ようやく動いてくれたのだ。

後日、中山さんから妻のそれまでの振る舞いについて、本人を連れて正式な謝罪を受けた。けれど、はいそうですかとすんなり受け入れられるはずもなく、父の再婚で周囲が騒がしくなることを懸念した両親は、僕が母の出身地である京都へ一時的に避難することを勧めてくれた。

その際、あの人から「もう二度と顔を見たくないから戻って来なければいい」と捨て台詞を吐かれたのを、僕は一生忘れない。

戸籍に関しては、将来ＫＡＴＯのお家騒動にもなりかねないので、両親と何度も話し合いこのまま現状維持することで落ち着いた。

それに、僕は医者になりたいという夢がある。そのためにも、下手に加藤の姓を名乗らないほうがいい。

僕は一年間という期間限定で、急遽京都へ引っ越すことになった。

優花ちゃんに、お別れの挨拶もできないまま……

一年後こちらに戻ってから嘘のように喘息の発作は出なくなり、宮原病院を受診するのも一年に一度、あるかないかだった。

そして高校三年になった年、受診の際院長に医学部への進学を決めたことを伝えると、院長は頑張れと背中を押してくれた。

医者になれば、今後ＫＡＴＯの後継者に担《かつ》ぎ出される心配もない。

そしていつか、一人前の医師になって、優花ちゃんに堂々と胸を張って会いに行けたら……

＊＊＊

休憩時間の終了を告げるスマホのアラームが、仮眠室に鳴り響いた。

案の定、論文を見る間もなく、ＹＵＫＡの投稿画像を見ながら過去のことを思い出しているだけで、あっという間に時間が溶けていく。

僕はテーブルとパイプ椅子を元の位置に戻すと、荷物を持って仮眠室を後にした。

今日は仕事帰りに、釣書を書くための便箋を買おう。

優花ちゃんと会うのは十四、五年振りだ。

僕のことを覚えていてくれるだろうか。

あの頃のように、優花ちゃんとこれから先の人生を一緒に歩んでいきたい。

優花ちゃんとずっと一緒にいられますようにと願いを込めて、僕はポケットの中からりんご味の飴を取り出すと、口の中に放り込んだ。

この作品に対する皆様のご意見・ご感想をお待ちしております。

おハガキ・お手紙は以下の宛先にお送りください。

【宛先】

〒150-6008 東京都渋谷区恵比寿 4-20-3 恵比寿ｶﾞｰﾃﾞﾝﾌﾟﾚｲｽﾀﾜｰ 8F
(株) アルファポリス　書籍感想係

メールフォームでのご意見・ご感想は右のＱＲコードから、
あるいは以下のワードで検索をかけてください。

アルファポリス　書籍の感想　検索

ご感想はこちらから

本書は、「アルファポリス」(https://www.alphapolis.co.jp/) に掲載されていたものを、
改題、改稿、加筆のうえ、書籍化したものです。

幼馴染《おさななじみ》のエリートDr.《ドクター》から一途《いちず》に溺愛《できあい》されています

小田恒子 (おだ つねこ)

2023年 4月 25日初版発行

編集－木村 文・森 順子
編集長－倉持真理
発行者－梶本雄介
発行所－株式会社アルファポリス
〒150-6008 東京都渋谷区恵比寿4-20-3 恵比寿ｶﾞｰﾃﾞﾝﾌﾟﾚｲｽﾀﾜｰ8F
TEL 03-6277-1601 (営業) 03-6277-1602 (編集)
URL https://www.alphapolis.co.jp/
発売元－株式会社星雲社 (共同出版社・流通責任出版社)
〒112-0005 東京都文京区水道1-3-30
TEL 03-3868-3275
装丁イラスト－亜子
装丁デザイン－AFTERGLOW
(レーベルフォーマットデザイン―ansyyqdesign)
印刷－中央精版印刷株式会社

価格はカバーに表示されてあります。

落丁乱丁の場合はアルファポリスまでご連絡ください。

送料は小社負担でお取り替えします。


ISBN978-4-434-31909-9 C0093